Gente normal

Sally Rooney (Castlebar, 1991) es una novelista irlandesa, autora de *Conversaciones entre amigos*, *Gente normal* y *Dónde estás, mundo bello*. Ha sido galardonada con el premio Sunday Times a la Escritora Joven del Año 2017, con el Costa Book Award 2018 y el Royal Society of Literature's Encore Award 2019. Ha colaborado en el guion y la producción de la adaptación televisiva de *Gente normal*, emitida originalmente por la BBC. *Intermezzo* es su última novela.

SALLY ROONEY

Gente normal

Traducción de
Inga Pellisa

DEBOLS!LLO

Papel certificado por el Forest Stewardship Council®

Título original: *Normal People*

Mayo de 2026
Reimpresión: mayo de 2026

Este libro ha sido publicado con el apoyo de Literature Ireland

Printed in Spain – Impreso en España

ISBN: 978-84-663-8880-1
Depósito legal: B-2.619-2026

Impreso en Liberdúplex
Sant Llorenç d'Hortons (Barcelona)

P 38880 A

Uno de los secretos en ese cambio de disposición mental que ha venido apropiadamente en llamarse conversión es que para muchos entre nosotros ni el cielo ni la tierra contienen revelación alguna hasta que cierta personalidad toca la suya con su influencia particular y los torna receptivos.

GEORGE ELIOT, *Daniel Deronda*

Marianne abre la puerta cuando Connell llama al timbre. Va todavía con el uniforme del instituto, pero se ha quitado el suéter, así que lleva solo la blusa y la falda, sin zapatos, solo las medias.

Ah, hola, dice él.

Pasa.

Marianne da la vuelta y echa a andar por el pasillo. Él cierra la puerta y la sigue. Bajan los escalones que dan a la cocina; la madre de Connell, Lorraine, se está quitando un par de guantes de goma. Marianne se sienta de un brinco en la encimera y coge un tarro abierto de crema de cacao, en el que había dejado clavada una cucharilla.

Marianne me estaba contando que hoy os han dado los resultados de los exámenes de prueba, dice Lorraine.

Nos han dado los de lengua, dice él. Vienen por separado. ¿Quieres ir tirando?

Lorraine dobla los guantes de goma con cuidado y los vuelve a guardar debajo del fregadero. Luego comienza a quitarse las horquillas del pelo. A Connell le parece que eso es algo que podría hacer en el coche.

Y me han dicho que te ha ido muy bien, dice Lorraine.

El primero de la clase, apunta Marianne.

Sí, dice Connell. A Marianne también le ha ido bastante bien. ¿Nos vamos ya?

Lorraine hace un alto en el desanudado del delantal.

No sabía yo que tuviéramos prisa.

Connell se mete las manos en los bolsillos y reprime un suspiro irritado, pero lo reprime con una inspiración tan audible que sigue sonando como un suspiro.

Solo tengo que ir un momento a sacar una tanda de ropa de la secadora, dice Lorraine. Y luego nos vamos. ¿Vale?

Él no dice nada, solo agacha la cabeza mientras Lorraine sale de la cocina.

¿Quieres un poco?, pregunta Marianne.

Le está ofreciendo el tarro de crema de cacao. Él hunde las manos un poco más en los bolsillos, como si estuviese intentando meter su cuerpo entero ahí dentro.

No, gracias.

¿Te han dado las notas de francés hoy?

Ayer.

Apoya la espalda en la nevera y mira cómo ella lame la cucharilla. En clase, Marianne y él hacen como si no se conociesen. La gente sabe que Marianne vive en la mansión blanca con el caminito de entrada, y que la madre de Connell es limpiadora, pero nadie conoce la vinculación particular entre ambos hechos.

He sacado un A1, dice él. ¿Qué has sacado tú en alemán?

Un A1, responde ella. ¿Me estás fardando?

Vas a sacar un 600, ¿verdad?

Marianne se encoge de hombros.

Tú seguramente también.

Bueno, tú eres más inteligente que yo.

No te sientas mal. Soy más inteligente que todo el mundo.

Está sonriendo. Marianne practica un abierto desprecio por la gente del instituto. No tiene amigos, y se pasa la hora de la comida sola, leyendo novelas. Muchos la odian con ganas. Su padre murió cuando ella tenía trece años, y Connell ha oído por ahí que ahora tiene una enfermedad mental o algo. Es cierto que es la persona más inteligente del instituto. Le da pavor estar solo así con ella, pero también se descubre fantaseando con cosas que podría decir para impresionarla.

No eres la primera de la clase en lengua, señala él.

Marianne se lame los dientes, tan campante.

A lo mejor me tendrías que dar clases particulares, Connell.

Él nota cómo le arden las orejas. Seguramente ella habla por hablar y no hay ninguna insinuación ahí, pero si se estuviese insinuando sería solo para rebajarlo a él por asociación, dado que a Marianne se la considera objeto de asco. Lleva unos zapatones planos feísimos, de suela gorda, y no se maquilla. Hay gente que dice que no se depila las piernas siquiera. A Connell le llegó una vez que Marianne se había echado helado de chocolate por encima en el comedor del instituto, y que fue al lavabo de chicas, se quitó la blusa y la limpió en el lavamanos. Era una historia bastante conocida, todo el mundo la había oído. Si ella quisiera, podría saludarlo en clase con todo el alarde. Nos vemos luego, podría decirle, delante de los demás. Eso, sin duda, pondría a Connell en una situación incómoda, que es el tipo de cosa con la que ella parece disfrutar. Pero no lo ha hecho nunca.

¿De qué hablabas hoy con la señorita Neary?, pregunta Marianne.

Ah. De nada. No sé. De los exámenes.

Marianne hace girar la cucharilla dentro del tarro.

¿Le molas, o algo?

Connell mira como mueve la cucharilla. Aún se nota las orejas calientes.

¿Por qué dices eso?

Dios, no estarás teniendo un lío con ella, ¿no?

Evidentemente no. ¿Te parece gracioso hacer bromas con eso?

Perdona, dice Marianne.

Tiene una expresión concentrada, como si estuviese mirando a través de los ojos de Connell hasta el fondo mismo de su cabeza.

Tienes razón, no tiene gracia. Lo siento.

Él asiente, echa un breve vistazo por la cocina, hunde la punta del zapato en un surco entre las baldosas.

A veces tengo la sensación de que sí que actúa de una manera un poco rara conmigo, dice. Pero no iría a decírselo a nadie ni nada.

Hasta en clase, creo que flirtea un poco contigo.

¿En serio lo crees?

Marianne asiente. Connell se rasca la nuca. La señorita Neary da economía. Sus presuntos sentimientos hacia ella son motivo de un amplio debate en el instituto. Algunos van diciendo incluso que Connell intentó agregarla en Facebook, cosa que no hizo y no haría jamás. De hecho, él no hace ni dice nada, se limita a quedarse ahí callado mientras ella hace y dice cosas. A veces le pide que se quede después de clase para hablar del rumbo de su vida, y en una ocasión llegó a tocarle el nudo de la corbata del uniforme. Connell no le puede contar a nadie cómo actúa la señorita Neary con él porque pensarían que intenta presumir. En clase se siente demasiado cohibido y molesto como para concentrarse en la lección, se queda allí sentado mirando el libro de texto hasta que los gráficos de barras comienzan a hacerse borrosos.

La gente está siempre dándome la lata con que me mola o algo, dice. Pero en realidad no es así, para nada. A ver, no pensarás que le estoy dando pie cuando ella actúa así, ¿no?

No que yo haya visto.

Connell se frota las palmas de las manos en la camisa del uniforme sin pensar. Están todos tan convencidos de su atracción por la señorita Neary que a veces empieza a dudar de sus propias sensaciones al respecto. ¿Y si, a algún nivel por encima o por debajo de su propia percepción, resulta que sí que la desea? Él ni siquiera sabe realmente qué se supone que se siente cuando deseas a alguien. Todas las veces que se ha acostado con una mujer en la vida real, el asunto le ha parecido tan estresante que ha terminado resultando en buena medida desagradable, lo que le lleva a sospechar que le pasa algo raro, que es incapaz de intimar con mujeres, que sufre algún tipo de problema madurativo. Después se queda ahí tumbado y piensa: Ha sido tan horrible que tengo ganas de vomitar. ¿Será

que él es así? ¿Serán esas náuseas que siente cuando la señorita Neary se inclina sobre su mesa su manera de experimentar excitación sexual? ¿Cómo podría averiguarlo?

Puedo ir yo a hablar con el señor Lyons, si quieres, le dice
Marianne. Como si no me hubieras contado nada. Diré que
lo he notado yo misma y punto.

Dios, no. Ni hablar. No le cuentes nada de esto a nadie,
¿vale?

Vale, de acuerdo.

Connell la mira como para confirmar que lo dice en serio
y luego asiente.

No es culpa tuya que se comporte así contigo, prosigue
Marianne. Tú no estás haciendo nada malo.

¿Y por qué todo el mundo cree que me gusta, entonces?,
pregunta él, con voz queda.

Puede que porque te pones muy rojo siempre que te dice
algo. Pero, en fin, tú te pones rojo por todo, es la piel que
tienes.

Él suelta una risa breve y apenada.

Gracias, dice.

Bueno, es así.

Sí, soy consciente.

De hecho, te estás poniendo rojo ahora mismo, dice Marianne.

Connell cierra los ojos, empuja la lengua contra el paladar.
Oye reír a Marianne.

¿Por qué tienes que ser tan brusca con la gente?

No estoy siendo brusca. A mí no me importa que te pongas rojo, no se lo contaré a nadie.

Que no se lo cuentes a nadie no significa que puedas decir
lo que te venga en gana.

Vale, dice ella. Lo siento.

Connell aparta la vista y mira por la ventana del jardín. En
realidad, más que un jardín son unos «terrenos» que incluyen
una cancha de tenis y una gran estatua de piedra en forma de
mujer. Contempla los «terrenos» y acerca la cara al aliento

fresco del cristal. Cuando la gente cuenta la historia de Marianne lavando la blusa en los baños, hacen como si fuera solo algo gracioso, pero él cree que la verdadera intención es otra. Marianne no ha estado nunca con nadie del instituto, nadie la ha visto jamás desnuda, nadie sabe si le gustan los chicos o las chicas, no se lo ha dicho nunca a nadie. Esto a la gente le molesta, y Connell cree que por eso van contando la historia, como una forma de contemplar embobados algo que no les está permitido ver.

No quiero discutir contigo, dice Marianne.

No estamos discutiendo.

Ya sé que seguramente me odias, pero eres la única persona que me habla.

Yo no he dicho nunca que te odie.

Esto capta la atención de Marianne, que levanta la cabeza. Confuso, él sigue evitando su mirada, pero por el rabillo del ojo ve que ella lo observa. Cuando habla con ella, siente que existe entre ambos una total privacidad. Podría explicarle cualquier cosa de sí mismo, incluso cosas raras, y ella nunca las iría contando por ahí, lo sabe. Estar a solas con Marianne es como abrir una puerta que permite salir de la vida normal y cerrarla tras de sí. No le tiene miedo, en realidad es una persona bastante tranquila, pero sí teme estar con ella por el comportamiento tan extraño que despierta en él, por las cosas que dice y que normalmente no diría.

Hace varias semanas, mientras esperaba a Lorraine en la entrada, Marianne bajó por las escaleras en albornoz. Era un simple albornoz blanco y liso, atado a la manera normal. Llevaba el pelo mojado, y su piel tenía un aspecto brillante, como si se acabase de echar crema facial. Al ver a Connell, dudó en las escaleras y dijo: No sabía que estabas aquí, perdona. Puede que se la viese aturullada, pero no exageradamente. Y luego volvió arriba a su cuarto. Él se quedó en la entrada, esperando. Sabía que Marianne debía de estar vistiéndose, y que la ropa que llevase cuando volviera a bajar sería la ropa que había escogido ponerse después de encontrárselo allí. Pero Lorraine estuvo lista para marcharse antes de que Marianne reapareciera, de modo que Connell no llegó a ver qué se había puesto. Tampoco es que le fuese la vida en ello. Y desde luego no se lo comentó a nadie del instituto, que la había visto en albornoz, ni que pareció aturullada, no era asunto suyo.

Bueno, a mí me gustas, dice Marianne.

Pasan unos segundos sin que él diga nada, y la intensidad de la intimidad entre ambos se vuelve agudísima, lo oprime con una presión casi física en la cara y el cuerpo. Y en ese momento Lorraine entra en la cocina, anudándose la bufanda alrededor del cuello. Da unos golpecitos en la puerta pese a que ya está abierta.

¿Listos?

Sí, dice Connell.

Gracias por todo, Lorraine, se despide Marianne. Nos vemos la semana que viene.

Connell ya está saliendo de la cocina cuando su madre lo reprende: Podrías decir adiós, ¿no? Él gira la cabeza pero descubre que no es capaz de mirar a Marianne a los ojos, así que le acaba hablando al suelo en lugar de a ella. Claro, adiós, dice. No espera a oír la respuesta.

En el coche, su madre se pone el cinturón de seguridad y hace un gesto de reproche.

Podrías ser un poquito más amable con ella. No es que lo esté teniendo precisamente fácil en el instituto.

Connell mete la llave en el contacto y echa un vistazo por el retrovisor.

Ya soy amable con ella.

En realidad es una persona muy sensible, dice Lorraine.

¿Podemos cambiar de tema?

Lorraine hace una mueca. Él clava los ojos en el parabrisas y finge no darse cuenta.

Tres semanas más tarde

(FEBRERO DE 2011)

Está sentada en el tocador, mirando su cara en el espejo. Le falta definición alrededor de las mejillas y la mandíbula. Es una cara que parece un aparato tecnológico, y los dos ojos son como cursores parpadeando. O recuerda a la luna reflejada en algo, temblorosa y oblicua. Lo expresa todo al mismo tiempo, que es lo mismo que no expresar nada. Ponerse maquillaje para la ocasión sería, decide, incómodo. Sin dejar de mirarse a los ojos, hunde el dedo en un tarrito de bálsamo labial transparente y se lo aplica.

Abajo, cuando va a descolgar el abrigo del perchero, su hermano, Alan, aparece por la puerta del salón.

¿Adónde vas?

Fuera.

¿Dónde es fuera?

Ella mete los brazos por las mangas del abrigo y se coloca bien el cuello. Se está empezando a poner nerviosa y confía en que su silencio transmita insolencia en lugar de inseguridad.

Solo voy a dar un paseo, responde.

Alan se planta delante de la puerta.

Bueno, con amigos ya sé que no has quedado, dice. Porque tú no tienes amigos, ¿verdad?

No, no tengo amigos.

Marianne sonríe, una sonrisa plácida, esperando que el gesto de sumisión aplaque a su hermano y este deje libre la puerta. Pero él dice:

¿Por qué haces eso?

¿El qué?

Esa sonrisa rara que estás poniendo.

Él imita su cara, retorcida en una sonrisa horrible, enseñando los dientes. A pesar de que está sonriendo, la fuerza y lo extremo de la imitación hacen que parezca enfadado.

¿Estás contenta de no tener amigos?

No.

Todavía sonriendo, Marianne retrocede dos pasitos, luego gira sobre sus talones y va hacia la cocina, donde hay una puerta que da al jardín. Alan la sigue. La agarra del brazo y la aparta de la puerta de un tirón. Marianne nota cómo se le tensa la mandíbula. Los dedos de su hermano le oprimen el brazo a través del abrigo.

Si le vas llorando a mamá por esto…, dice Alan.

No, no, responde Marianne. Solo quiero salir a dar un paseo. Gracias.

Alan la suelta, y ella se escabulle por la puerta trasera. Fuera el aire es muy frío, y los dientes le empiezan a castañetear. Rodea la casa y baja por el camino de entrada hasta la calle. Le palpita la zona del brazo por la que la ha agarrado Alan. Se saca el móvil del bolsillo y escribe un mensaje, pulsando una y otra vez la tecla equivocada, borrando y volviendo a escribir. Por fin lo manda: De camino. Antes de que se lo vuelva a guardar, recibe la respuesta: guay nos vemos ahora.

A finales del trimestre pasado, el equipo de fútbol del instituto llegó a la final de alguna competición, y todo el curso tuvo que saltarse las tres últimas clases para ir al partido. Era la primera vez que Marianne los veía jugar. No le interesaba el deporte, y la clase de educación física le producía ansiedad. En el autobús, de camino al partido, fue escuchando música por los auriculares, nadie le dirigió la palabra. Por la ventanilla: ganado negro, praderas verdes, casas blancas con tejados marrones. Los del equipo iban todos juntos arriba, bebiendo agua y dándose palmadas en los hombros unos a otros para levantar la moral. Marianne tenía la sensación de que la vida real estaba sucediendo en un lugar muy lejano, en su ausencia, y no sabía si algún día lograría averiguar dónde estaba y formar parte de ella. A menudo tenía esa misma sensación en el instituto, pero no iba acompañada de ninguna imagen concreta de cómo podría ser esa vida real o de lo que se sentiría una vez dentro. Lo único que sabía era que, una vez comenzara, ya no tendría que seguir imaginándola.

Aguantó sin llover durante el partido. A ellos los habían llevado allí con el fin de que lo siguieran desde las bandas y animaran. Marianne estaba cerca de la portería, con Karen y otras chicas. Por algún motivo, todos menos ella parecían saberse los himnos del instituto de memoria, con unas letras que no había oído en su vida. En la media parte seguían todavía empatados a cero, y la señorita Keaney repartió bricks de zumo y barritas energéticas. En la segunda parte hubo cambio de campo, y los delanteros pasaron a jugar cerca de donde estaba Marianne. Connell Waldron era el delantero centro. Desde su sitio, lo veía allí plantado con el uniforme del equipo, los pantalones cortos blancos y resplandecientes, la camiseta del instituto, con el número nueve a la espalda. Tenía muy buena postura, mucho mejor que la de ningún otro de los jugadores. Su figura era como una pincelada larga y elegante. Cuando la pelota se acercaba a su zona echaba a correr de aquí para allá, a veces levantando una mano al aire, y luego se volvía a quedar parado. Era agradable mirarlo, y Marianne no creía que Connell supiese o le importase dónde estaba ella. Algún día después de clase le diría que lo había estado mirando, y él se reiría y la llamaría rara.

En el minuto setenta, Aidan Kennedy subió el balón por la banda izquierda del campo y le lanzó un pase a Connell, que chutó desde la esquina del área, por encima de los defensas, y mandó el balón al fondo de la red. Todos se pusieron gritar, incluida Marianne, y Karen la cogió por la cintura y la estrechó. Estaban animando juntas, habían presenciado algo mágico que disolvió las relaciones sociales habituales entre ellas. La señorita Keaney silbaba y pateaba el suelo. En el campo, Connell y Aidan se abrazaron como hermanos que se reencuentran. Connell era tan hermoso... A Marianne se le ocurrió que le encantaría verlo haciéndolo con alguien; no tenía por qué ser con ella, podía ser con cualquiera. Sería maravilloso solo mirarlo. Sabía que esa era la clase de pensamientos que la hacían distinta de la otra gente del instituto, y más rara.

Da la impresión de que a los compañeros de clase de Marianne les gusta bastante el instituto y les parece normal. Vestirse todos los días con el mismo uniforme, obedecer órdenes arbitrarias a todas horas, que los escudriñen y controlen para que tengan buena conducta, todo eso es normal para ellos. No perciben para nada el instituto como un entorno opresivo. El año pasado Marianne tuvo una bronca con el profesor de historia, el señor Kerrigan, porque la pilló mirando por la ventana en plena clase, y ningún compañero se puso de su lado. Le parecía tan clarísimamente demencial tener que disfrazarse cada mañana, y que la llevaran todo el día en rebaño por un edificio enorme, y que no le permitiesen siquiera posar los ojos donde le viniera en gana, que hasta sus movimientos oculares estuviesen sujetos a la jurisdicción de las normas educativas. No aprenderás nada si te quedas en Babia mirando por la ventana, le dijo el señor Kerrigan. Y Marianne, que para entonces ya estaba fuera de sus casillas, le soltó: No se engañe, no tengo nada que aprender de usted.

Connell le había dicho hacía poco que recordaba aquel incidente, y que en el momento le pareció que había sido dura con el señor Kerrigan, que de hecho era uno de los profesores más razonables del instituto.

Pero entiendo lo que dices, añadió. Lo que te sientes un poco encarcelada en el instituto, eso sí lo entiendo. Tendría que haberte dejado mirar por la ventana, ahí estoy de acuerdo. No le hacías daño a nadie.

Después de su conversación en la cocina, aquel día que ella le dijo que le gustaba, Connell empezó a pasar más a menudo por casa. Llegaba pronto para recoger a su madre del trabajo y deambulaba un rato por el salón sin decir gran cosa, o se quedaba de pie junto a la chimenea con las manos en los bolsillos. Marianne no le preguntaba nunca por qué había ido. Hablaban un poco, o ella hablaba y él asentía. Connell le dijo que debería leer el *Manifiesto comunista*, que creía que le podía gustar, y se ofreció a apuntarle el título para que no se le olvidara.

Ya sé cómo se llama el *Manifiesto comunista*, dijo ella.

Él se encogió de hombros.

Vale. Y al cabo de un momento añadió, sonriente: Quieres ir de superior, pero vamos, tú no te lo has leído.

Marianne no tuvo más remedio que reírse, y Connell rio porque ella se había reído. No eran capaces de mirarse el uno al otro cuando reían, tenían que apartar la vista hacia algún rincón del cuarto, o bajarla al suelo.

Connell parecía comprender lo que ella sentía hacia el instituto; decía que le gustaba escuchar sus opiniones.

Ya escuchas bastantes en clase, dijo ella.

En clase te comportas distinto, respondió él con naturalidad. No eres así realmente.

Por lo visto, pensaba que Marianne tenía acceso a todo un abanico de identidades distintas, entre las que iba saltando sin esfuerzo alguno. Esto la sorprendía, porque ella a menudo se sentía confinada en una única personalidad, que era siempre la misma, independientemente de lo que hiciera o dijese. En alguna ocasión había intentado ser de otra manera, como una especie de experimento, pero no había funcionado nunca. Si con Connell era distinta, la diferencia no se daba en ella misma, en su persona, sino entre ellos dos, en la dinámica. A veces Marianne lo hacía reír, pero otros días estaba taciturno, inescrutable, y cuando se marchaba ella se quedaba acelerada, nerviosa, cargada de energía y al mismo tiempo terriblemente exhausta.

La semana anterior la había seguido al estudio mientras ella buscaba un ejemplar de *La próxima vez el fuego* para prestarle. Él se puso a inspeccionar las librerías, con el botón de arriba de la camisa desabrochado y la corbata aflojada. Ella encontró el libro y se lo dio, y Connell se sentó en el banco de la ventana para echar un vistazo a la contracubierta. Marianne se sentó a su lado y le preguntó si sus amigos Eric y Rob sabían que leía tanto fuera de clase.

No les interesarían estas cosas, respondió él.

Quieres decir que no les interesa el mundo que les rodea.

Connell puso la cara que ponía siempre cuando Marianne criticaba a sus amigos, ceñuda e inexpresiva.

No del mismo modo. Ellos tienen sus propios intereses. No creo que se leyeran libros sobre racismo y esas cosas.

Claro, están demasiado ocupados fardando de a quién se han tirado.

Él se quedó un segundo callado, como si el comentario hubiese aguzado sus oídos pero no supiera exactamente qué responder.

Sí, algo de eso hacen. No lo defiendo, sé que pueden llegar a ser irritantes.

¿A ti no te molesta?

Hizo una pausa de nuevo.

En general, no. A veces se pasan un poco de la raya y ahí sí que me molesta, evidentemente. Pero al final son mis amigos, ya sabes. Para ti es distinto.

Marianne lo miró, pero él estaba examinando el lomo del libro.

¿Por qué es distinto?

Connell se encogió de hombros mientras doblaba la cubierta de un lado a otro. Se sintió frustrada. Le ardían la cara y las manos. Connell no apartaba los ojos del libro, pese a que para entonces estaba claro que tenía que haber leído ya todo el texto de la contra. Ella estaba conectada a la presencia del cuerpo de él de un modo microscópico, como si el movimiento rutinario de su respiración tuviese poder suficiente para hacerla enfermar.

¿Sabes el otro día, cuando dijiste que yo te gustaba?, le preguntó él. Lo dijiste en la cocina, mientras hablábamos del instituto.

Sí.

¿Te referías a como amigo, o qué?

Ella bajó la vista a su regazo. Llevaba una falda de pana, y a la luz de la ventana reparó en que estaba salpicada de pelusas.

No, no solo como amigo.

Ah, vale. No sabía.

Se quedó ahí sentado, asintiendo para sí mismo.

Estoy un poco confuso respecto a lo que siento, añadió. Creo que sería muy raro, en clase, si pasara algo entre nosotros.

No tendría por qué saberlo nadie.

Connell alzó la vista y la miró, a los ojos, con total atención. Marianne sabía que iba a besarla, y así fue. Tenía los labios suaves. Metió la lengua levemente en su boca. Y de repente el beso había terminado y él ya se estaba apartando. Pareció caer en la cuenta de que seguía con el libro en las manos y se puso a mirarlo de nuevo.

Ha estado bien, dijo Marianne.

Connell asintió, tragó saliva, volvió a clavar los ojos en el libro. Tenía una actitud tan avergonzada, como si hubiese sido de mal gusto por parte de ella hacer siquiera referencia al beso, que Marianne se echó a reír. Connell, entonces, pasó a parecer confundido.

Vale, dijo. ¿De qué te ríes?

De nada.

Actúas como si nunca le hubieses dado un beso a nadie.

Bueno, es que es así.

Él se tapó la cara con la mano. Marianne rio de nuevo, no se pudo contener, y Connell terminó riendo también. Tenía las orejas coloradísimas y negaba con la cabeza. Al cabo de unos segundos se puso de pie, con el libro en la mano.

No le vayas contando esto a la gente de clase, ¿vale?

Como si yo hablase con alguien en el instituto.

Él salió del cuarto. Sin apenas fuerzas, Marianne se dejó caer del asiento hasta desplomarse en el suelo, con las piernas extendidas al frente como una muñeca de trapo. Ahí sentada, sintió que era como si Connell hubiera estado yendo a su casa solo para ponerla a prueba y ella la hubiese superado, como si ese beso fuese la notificación que decía: Aprobada. Recordó la manera en que él se había reído al decirle ella que nunca le había dado un beso a nadie. Que otra persona se hubiese reído así habría resultado cruel, pero con él era distinto. Se habían reído juntos, de una situación compartida, pese a que Marianne no sabía exactamente cómo explicar la situación ni qué tenía de divertido.

A la mañana siguiente, antes de alemán, estuvo observando cómo sus compañeros se apartaban unos a otros a empujones de los radiadores, entre gritos y risas. Cuando empezó la clase, escucharon en silencio la grabación de una mujer alemana hablando de una fiesta a la que no había podido asistir. *Es tut mir sehr leid.* Por la tarde empezó a nevar, unos gruesos copos grises que pasaban revoloteando frente a las ventanas y se fundían en la gravilla. Todo reflejaba y desprendía sensualidad: el olor a rancio de las aulas, el timbre metálico que sonaba entre clase y clase por el intercomunicador, los árboles oscuros y austeros que se alzaban como apariciones alrededor de la cancha de baloncesto. La lenta rutina de tomar apuntes con bolígrafos de diferentes colores en hojas de papel rayado azul y blanco. Connell, como de costumbre, no habló con Marianne en el instituto ni la miró siquiera. Ella lo estuvo observando desde la otra punta de la clase, mientras él conjugaba verbos mordisqueando el cabo de su lápiz. Al otro lado del comedor durante el almuerzo, sonriendo por algo con sus amigos. Su secreto compartido le pesaba agradablemente dentro del cuerpo, presionaba contra su pelvis cuando se movía.

Aquel día no lo vio después de clase, ni tampoco el siguiente. El jueves por la tarde a su madre le tocaba trabajar de nuevo, y Connell llegó pronto a recogerla. Marianne tuvo que ir a abrir, porque no había nadie más en casa. Él se había quitado el uniforme, llevaba vaqueros negros y una sudadera.

Cuando lo vio, Marianne tuvo el impulso de salir corriendo y esconder la cara.

Lorraine está en la cocina, le dijo.

Luego giró sobre sus talones, subió a su cuarto y cerró la puerta. Se tumbó boca abajo en la cama, respirando contra la almohada. ¿Quién era ese tal Connell, además? Tenía la impresión de que lo conocía muy íntimamente, pero ¿qué motivos tenía para sentir eso? ¿Solo porque la había besado una vez, sin ninguna explicación, y luego le había advertido de que no se lo contase a nadie? Al cabo de un minuto o dos, oyó que llamaban a la puerta del dormitorio y se sentó en la cama.

Adelante, dijo.

Él abrió la puerta y, con una mirada interrogante, como para ver si era bienvenido o no, entró en el cuarto y cerró tras de sí.

¿Estás cabreada conmigo?, preguntó.

No. ¿Por qué iba a estarlo?

Connell se encogió de hombros. Se acercó con aire despreocupado y se sentó en la cama. Ella estaba con las piernas cruzadas, cogiéndose de los tobillos. Se quedaron un momento en silencio. Luego él se subió a la cama con ella. Le acarició la pierna y ella se recostó contra la almohada. Le preguntó con todo atrevimiento si la iba a volver a besar. Él le dijo:

¿Tú qué crees?

A ella le pareció una respuesta tremendamente críptica y sofisticada. En cualquier caso, Connell empezó a besarla. Marianne le dijo que estaba bien, y él no respondió nada. Ella sintió que haría cualquier cosa para gustarle, para hacerle decir en voz alta que le gustaba. Connell metió la mano por debajo de la blusa del uniforme. Al oído, ella le dijo:

¿Podemos quitarnos la ropa?

Él tenía la mano debajo del sujetador.

Ni hablar. Además, esto es una tontería, Lorraine está abajo.

Llamaba a su madre así, por su nombre de pila.

Ella no sube nunca.

Connell negó con la cabeza y dijo:

No, tendríamos que parar.

Se sentó en la cama, mirándola desde arriba.

Has estado tentado un segundo, ahí.

Qué va.

Te he tentado.

Él volvió a negar con la cabeza, sonriendo.

Eres una persona de lo más extraña, dijo Connell.

Ahora Marianne está en el camino de entrada de la casa de Connell, ahí está el coche de él aparcado. Él le ha enviado un mensaje con la dirección, es el número 33: una casa adosada con paredes de yeso grueso, cortinas de visillo, un pequeño patio de cemento. Ve una luz encendida en la ventana de arriba. Cuesta creer que viva aquí realmente, en una casa en la que nunca ha entrado, que no había visto antes siquiera. Se ha puesto un jersey negro, falda gris, ropa interior negra y barata. Lleva las piernas depiladas meticulosamente, las axilas suaves y blanquecinas por el desodorante, y la nariz le gotea un poco. Llama al timbre y oye los pasos de Connell bajando las escaleras. Se abre la puerta. Antes de hacerla pasar, él mira hacia la calle por encima de su hombro, para asegurarse de que nadie la haya visto llegar.

Un mes más tarde

Están hablando de las solicitudes para la universidad. Marianne, tumbada en la cama, con la sábana cubriéndole el cuerpo con descuido, y Connell, sentado con el MacBook de ella en el regazo. Marianne ya ha presentado la solicitud para entrar en historia y política en el Trinity College. Él ha escogido derecho en Galway, pero ahora está pensando en cambiarlo porque, como ha señalado Marianne, a él no le interesa para nada el derecho. Ni siquiera es capaz de imaginarse visualmente de abogado, con corbata y todo eso, puede que ayudando a meter a gente en la cárcel por sus delitos. Solo lo puso porque no se le ocurrió qué otra cosa poner.

Tendrías que estudiar filología inglesa, dice Marianne.

¿Lo crees de verdad, o estás de broma?

Lo creo. Es la única asignatura con la que disfrutas de verdad en el instituto. Y te pasas todo el tiempo libre leyendo.

Connell lanza una mirada vacía al portátil, y luego a la fina sábana amarilla sobre el cuerpo de Marianne, que proyecta un triángulo de sombra lila sobre su pecho.

No todo el tiempo libre.

Marianne sonríe.

Además la clase estará llena de chicas, así que serás todo un semental.

Ya. Sin embargo, no tengo muy claras las perspectivas laborales.

Ah, ¿qué más da? La economía está jodida de todos modos.

La pantalla del portátil se ha apagado, y Connell da un toquecito al ratón táctil para que se encienda. La página de la solicitud lo contempla de nuevo.

Después de acostarse la primera vez, Marianne pasó la noche en casa de Connell. Él no había estado nunca con una chica que fuese virgen. En total, lo había hecho muy pocas veces, y siempre con chicas que luego se lo habían ido contando al instituto entero. Connell había tenido que oír cómo le relataban después sus propias acciones en los vestuarios: sus errores y, muchísimo peor, sus atroces tentativas de ternura, representadas con gigantesca pantomima. Con Marianne era distinto, porque todo sucedía solo entre ellos dos, hasta las cosas incómodas o difíciles. Con ella podía hacer o decir lo que quisiera y nadie lo sabría nunca. Pensar en ello le generaba una sensación vertiginosa, delirante. Cuando la tocó esa noche estaba mojadísima, y ella puso los ojos en blanco y dijo: Dios, sí. Y era libre de decirlo, nadie lo sabría. Connell tuvo miedo de correrse solo de acariciarla.

A la mañana siguiente, en el recibidor, le dio un beso de despedida y la boca de Marianne tenía un sabor alcalino, como a pasta de dientes. Gracias, dijo ella. Y se marchó, antes de que Connell comprendiese por qué le daba las gracias. Metió las sábanas en la lavadora y cogió unas limpias del armario de la colada. Pensaba en la persona tan reservada e independiente que era Marianne, que podía venir a su casa y dejar que se acostara con ella, sin tener ninguna necesidad de contárselo luego a nadie. Dejaba que las cosas sucediesen sin más, como si nada tuviese importancia para ella.

Lorraine volvió a casa por la tarde. Antes de dejar siquiera las llaves sobre la mesa dijo:

¿Eso es la lavadora?

Connell asintió. Ella se agachó y miró por la ventanilla redonda de cristal, al tambor, donde las sábanas daban vueltas entre la espuma.

No voy a preguntar, dijo Lorraine.

¿El qué?

Ella empezó a llenar el hervidor mientras él se apoyaba contra la encimera.

Qué hacen tus sábanas lavándose. No voy a preguntar.

Connell puso los ojos en blanco solo por hacer algo con su cara.

Tú siempre piensas lo peor.

Lorraine se echó a reír, puso la jarra en su soporte y le dio al interruptor.

Disculpa, pero debo de ser la madre más permisiva del instituto. Siempre y cuando uses protección, puedes hacer lo que quieras.

Él no dijo nada. El agua de la tetera comenzó a calentarse, y Lorraine cogió una taza limpia del armario.

¿Y bien? ¿Eso es un sí?

¿Sí, qué? Obviamente no me he acostado sin protección con nadie mientras estabas fuera. Dios.

Bueno, sigue, ¿cómo se llama?

Connell salió de la cocina, pero siguió oyendo las risas de Lorraine mientras subía las escaleras. La vida de su hijo siempre le daba buenos ratos.

El lunes en clase tuvo que evitar mirar a Marianne o interactuar con ella en modo alguno. Cargaba el secreto a cuestas como si fuera algo grande y candente, como una bandeja rebosante de bebidas calientes que tuviese que pasear de aquí para allá sin que se derramaran. Ella actuó igual que siempre, como si nada hubiera pasado, leyendo un libro en las taquillas como de costumbre, metiéndose en discusiones absurdas. El martes, en la hora del almuerzo, Rob empezó a hacerle preguntas a Connell sobre el trabajo de su madre en casa de Marianne, y él se limitó a seguir comiendo y a intentar no poner ninguna expresión.

¿Tú entras alguna vez?, le preguntó Rob. En la mansión.

Connell agitó la bolsa de patatas fritas en su mano y luego miró dentro.

He estado unas cuantas veces, sí.

¿Y cómo es por dentro?

Se encogió de hombros.

No sé. Grande, obviamente.

¿Y cómo es ella en su hábitat natural?

No sé.

Seguro que te toma por su mayordomo, ¿verdad?

Connell se limpió la boca con el dorso de la mano. La notó grasienta. Las patatas estaban demasiado saladas y le dolía la cabeza.

Lo dudo, respondió.

Pero tu madre es la criada, ¿no?

Bueno, es la limpiadora. Solo va, en plan, dos veces por semana. No creo que interaccionen demasiado.

Entonces Marianne no tiene una campanita para llamarla, ¿no?

Connell no dijo nada. A esas alturas no entendía la situación con Marianne. Después de hablar con Rob se dijo a sí mismo que se había terminado: se había acostado con ella una vez para ver qué tal y no volvería a verla más. Pero incluso mientras se decía todo eso a sí mismo, oyó cómo otra parte de su cerebro, con una voz distinta, sentenciaba: Sí que la volverás a ver. Era una parte de su conciencia nueva para él, ese impulso inexplicable de actuar guiado por deseos perversos y secretos. Se descubrió fantaseando con ella esa tarde, sentado al fondo de la clase de matemáticas, o mientras se suponía que estaban jugando a rounders. Recordaba su boca pequeña y húmeda y de repente se quedaba sin aliento, luchando por llenar los pulmones.

Esa tarde fue a casa de Marianne después de clase. Llevó todo el camino la radio del coche a todo volumen para no tener que pensar en lo que estaba haciendo. Cuando subieron arriba no pronunció palabra, la dejó hablar a ella.

Qué bueno, decía Marianne una y otra vez. Me encanta.

El cuerpo de ella era suave y blanco como masa de harina. Él tenía la sensación de encajar perfectamente dentro de ella.

En lo físico, todo cuadraba, y en ese momento entendió por qué la gente cometía locuras por motivos sexuales. De hecho, entendió un montón de cosas del mundo adulto que hasta entonces le habían parecido un misterio. Pero ¿por qué Marianne? No es que fuese tan atractiva. Algunos la consideraban la chica más fea del instituto. ¿Qué clase de persona querría hacer esto con ella? Y sin embargo ahí estaba él, fuera la clase de persona que fuese, haciéndolo. Marianne le preguntó si le gustaba aquello y él fingió que no la había oído. Ella estaba a cuatro patas, así que él no podía verle la cara ni deducir lo que estaba pensando. Al cabo de unos segundos, Marianne preguntó, con una voz mucho más fina:

¿Estoy haciendo algo mal?

Connell cerró los ojos.

No, dijo. Me gusta.

La respiración de Marianne sonó entrecortada. Él la apretó contra su cuerpo cogiéndola de las caderas, y luego la soltó, solo un poco. Ella hizo un ruido como si se estuviese ahogando. Connell la apretó de nuevo y ella le dijo que se iba a correr.

Muy bien, respondió él, como si fuese lo más natural del mundo.

La decisión de ir a casa de Marianne esa tarde le pareció de pronto muy acertada e inteligente, puede que la única cosa inteligente que había hecho en la vida.

Cuando terminaron, Connell le preguntó qué quería que hiciese con el condón. Sin levantar la cara de la almohada, ella le dijo:

Déjalo ahí en el suelo.

Tenía la cara húmeda y sonrosada.

Él hizo lo que le había dicho y luego se tumbó de espaldas, mirando la lámpara del techo.

Me gustas tanto…, dijo Marianne.

Connell sintió cómo lo invadía una agradable tristeza que lo puso al borde de las lágrimas. Los momentos de dolor emocional llegaban así, sin sentido, o al menos indescifrables. Marianne vivía una vida drásticamente libre, él se daba cuenta. Él estaba atrapado entre consideraciones diversas. Le preocupaba lo que la gente pensara de él. Le preocupaba incluso lo que Marianne pensara, era evidente.

Había intentado muchas veces recoger en el papel sus pensamientos sobre Marianne en un esfuerzo por entenderlos. Siente el deseo de poner en palabras exactamente cómo es su aspecto, cómo habla. Su pelo y su ropa. El ejemplar de *Por el camino de Swann* que ella lee al mediodía en el comedor del instituto, con un oscuro cuadro francés en la cubierta y el lomo color verde menta. Sus dedos largos pasando las páginas. Ella no lleva el mismo tipo de vida que los demás. A veces actúa como si tuviese tanto mundo que le hace sentir un ignorante, y otras puede ser tremendamente ingenua. Quiere entender cómo funciona su mente. Si hablando con ella decide calladamente no decir algo, Marianne le pregunta «¿Qué?» en cuestión de un segundo o dos. Ese «¿Qué?» contiene para él muchas cosas: no solo la atención quirúrgica que presta a sus silencios y que le permite preguntar, ya de entrada, sino un anhelo de comunicación total, la noción de que todo lo que no se dice es una molesta interrupción entre ellos. Connell escribe estas cosas, frases larguísimas de corrido y plagadas de subordinadas, conectadas a veces por puntos y coma jadeantes, como si quisiera recrear una copia precisa de Marianne por escrito, como si quisiera preservarla por completo para futuras revisiones. Cuando termina pasa la página de la libreta para no tener que ver lo que ha hecho.

¿En qué piensas?, dice ahora Marianne.
Se recoge el pelo detrás de la oreja.
En la universidad.
Tendrías que pedir filología en el Trinity.
Connell se queda otra vez mirando la página. Últimamente le consume la idea de que él es en realidad dos personas distintas, y que pronto tendrá que decidir qué persona quiere

ser a tiempo completo y dejar a la otra atrás. Tiene una vida en Carricklea, tiene amigos. Si fuese a la universidad en Galway podría conservar el mismo grupo social, de hecho, y vivir la vida que siempre había planeado, sacarse un buen título, tener una buena novia. La gente diría que había triunfado. Por otro lado, podría ir al Trinity como Marianne. Su vida sería distinta, entonces. Empezaría a ir a cenas y tendría conversaciones sobre el rescate de Grecia. Podría follarse a chicas con pinta rara que resultarían ser bisexuales. He leído *El cuaderno dorado*, podría decirles. Es verdad, lo ha leído. Después de eso no volvería nunca a Carricklea, se iría a alguna otra parte, Londres, o Barcelona. La gente no pensaría necesariamente que había triunfado; algunos tal vez considerarían que le había ido muy mal, otros se olvidarían por completo de él. ¿Qué pensaría Lorraine? Ella querría verlo feliz, y que no se preocupara por lo que dijesen los demás. Pero el Connell de antes, el que conocían todos sus amigos: esa persona estaría muerta, en cierto modo, o peor, enterrada viva, aullando bajo tierra.

Entonces estaríamos los dos en Dublín, dice Connell. Seguro que si nos encontrásemos por ahí harías como que no me conoces.

Marianne no dice nada al principio. Cuanto más dura su silencio más nervioso se pone, como si tal vez pudiera ser, en efecto, que fingiera no conocerlo, y la idea de no merecer su atención le genera un sentimiento de pánico, no solo respecto a Marianne, sino respecto a su futuro, respecto a lo que es posible para él.

Y entonces ella responde:

Yo nunca haría como si no te conociese, Connell.

El silencio se vuelve muy intenso después de eso. Connell se queda inmóvil unos segundos. Por supuesto, él finge no conocer a Marianne en el instituto, pero no tenía intención de que eso saliera a relucir. Así es como tiene que ser. Si la gente descubriese lo que ha estado haciendo con ella, en secreto, mientras la ignora día tras día en el instituto, estaría acabado. Iría por el pasillo y los ojos de la gente lo seguirían, como si fuera un asesino en serie, o peor. Sus amigos no lo consideran un desviado, no lo ven alguien que podría decirle a Marianne Sheridan, a plena luz del día, completamente sobrio: ¿Te parece bien si me corro en tu boca? Con sus amigos actúa con normalidad. Marianne y él tienen su propia vida privada en el cuarto de Connell, donde nadie puede venir a molestarlos, así que no hay razón para mezclar esos dos mundos aparte. Aun así, se da cuenta de que ha perdido su punto de apoyo en la discusión y ha dejado un resquicio para que surja el tema, aunque no era su intención, y ahora tiene que decir algo.

¿No lo harías?

No.

Vale, pues pongo filología en el Trinity.

¿En serio?

Sí. Tampoco es que me importe tanto lo de encontrar trabajo.

Marianne lo mira con una leve sonrisa, como si sintiera que ha ganado la discusión. A él le gusta hacerle sentir eso. Por un momento, parece posible conservar ambos mundos, ambas versiones de su vida, y pasar de una a otra como quien cruza una puerta. Puede tener el respeto de alguien como Marianne y al mismo tiempo estar bien visto en el instituto, puede formarse opiniones y preferencias secretas, sin que surja conflicto alguno, sin tener que escoger nunca entre una cosa y otra. Con solo un pequeño subterfugio puede vivir dos existencias por completo independientes, sin enfrentarse jamás a la cuestión definitiva de qué hacer consigo mismo o qué clase de persona es. Este pensamiento es tan consolador que por unos segundos evita la mirada de Marianne, deseoso de sustentar esa creencia un instante más. Sabe que, cuando la mire, no podrá seguir creyéndolo.

Seis semanas más tarde

(ABRIL DE 2011)

Tienen su nombre en la lista. Le enseña el carnet al segurata. Dentro está medio a oscuras, el ambiente es cavernoso, vagamente morado, con largas barras a ambos lados y unos escalones que bajan a la pista de baile. Huele a alcohol rancio, con un deje difuso y metálico a hielo seco. Algunas de las chicas del comité para recaudar fondos están ya sentadas en torno a una mesa, revisando listas.

Hola, dice Marianne.

Se vuelven hacia ella.

Hola, responde Lisa. Mírala qué arreglada.

Estás guapísima, dice Karen.

Rachel Moran no dice nada. Todo el mundo sabe que Rachel es la chica más popular del instituto, pero nadie tiene permitido decirlo. En vez de eso, todos han de fingir que no se dan cuenta de que sus vidas siguen un orden jerárquico, con ciertas personas en lo más alto, algunas dándose codazos a media altura, y otras más abajo. Marianne se ve a veces al mismo pie de la escalera, pero otras se imagina directamente fuera, al margen de sus mecánicas, dado que no tiene ningún ansia de popularidad ni mueve un dedo por conseguirla. Desde su posición privilegiada no está muy claro qué recompensas otorga esa jerarquía, ni siquiera a los que están de verdad en lo más alto. Se frota el brazo y dice:

Gracias. ¿Alguien quiere algo? Tengo que ir a la barra.

Pensaba que no bebías alcohol, comenta Rachel.

Yo querré una botella de West Coast Cooler, dice Karen, si no te importa.

El vino es la única bebida alcohólica que Marianne ha probado en su vida, pero cuando va a la barra se decide por un gin-tonic. El camarero le mira descaradamente los pechos mientras pide. Marianne no tenía ni idea de que los hombres hacían realmente esas cosas fuera de las películas y la tele, y la experiencia le deja un leve estremecimiento de feminidad. Lleva un vestido negro de gasa pegado al cuerpo. El local sigue casi vacío, pese a que el evento técnicamente ya ha comenzado. Cuando vuelve a la mesa, Karen se deshace en agradecimientos por la bebida.

Te debo una, dice.

No te preocupes, responde Marianne, con un gesto de la mano.

Al final la gente empieza a llegar y suena la música, un remix machacón de Destiny's Child, y Rachel le da a Marianne el talonario de boletos para la rifa y le explica el sistema de precios. A Marianne la escogieron por votación para el comité de recogida de fondos del baile de graduación, cabe suponer que como una especie de broma, pero ha ayudado a organizar los eventos de todos modos. Talonario en mano, sigue rondando cerca de las chicas. Ella está acostumbrada a observar a esta gente desde la distancia, casi con interés científico, pero esta noche, en la que no tiene más remedio que entablar conversación y sonreír educadamente, ya no es una observadora sino una intrusa, y una intrusa torpe. Vende algunos boletos, da el cambio del monedero que lleva en el bolso, pide más copas, echa vistazos a la puerta y aparta la vista decepcionada.

Los chicos llegan muy tarde, dice Lisa.

De todos los chicos posibles, Marianne sabe a cuáles se refiere en concreto: Rob, con el que Lisa está siempre dejándolo y volviendo, y sus amigos Eric, Jack Hynes y Connell Waldron. Su retraso tampoco le ha pasado desapercibido a Marianne.

Como no aparezcan de verdad que voy a matar a Connell, dice Rachel. Ayer me dijo que venían seguro.

Marianne no hace ningún comentario. Rachel habla así de Connell a menudo, aludiendo a conversaciones privadas que han tenido lugar entre ellos, como si fuesen confidentes especiales. Connell ignora este comportamiento, pero ignora también las indirectas que le lanza Marianne al respecto cuando están los dos solos.

Deben de estar todavía tomando la primera en casa de Rob, dice Lisa.

Cuando lleguen van a ir ya mamadísimos, dice Karen.

Marianne saca el móvil del bolso y le manda un mensaje a Connell: Aquí, animada discusión a propósito de vuestra ausencia. ¿Tenéis pensado aparecer? En cuestión de medio minuto, Connell responde: sí a jack le ha dado la vomitera y hemos tenido que meterlo en un taxi etc. pero ya vamos de camino. qué tal te va socializando. Marianne responde: Soy la nueva chica popular del instituto. Me llevan todos a hombros por la pista de baile coreando mi nombre. Guarda el móvil en el bolso. Nada le parecería más alucinante en este momento que decir: Ya vienen para acá. En qué estatus tan terrorífico y desconcertante la colocaría eso en este preciso momento, cuán desestabilizante sería, cuán destructivo.

Aunque Carricklea es el único sitio en el que ha vivido Marianne, no es un pueblo que conozca particularmente bien. No sale a beber a los pubs de la calle principal, y antes de esta noche no había estado nunca en la única discoteca del lugar. No ha visitado nunca la urbanización de Knocklyon. No sabe cómo se llama ese río marrón y fangoso que pasa junto al Centra y por detrás del aparcamiento de la iglesia, arrastrando bolsas de plástico en su corriente, ni adónde se dirige después. ¿Quién se lo iba a decir? Las únicas veces que sale de casa son para ir al instituto y para la obligada excursión a misa de los domingos, y a casa de Connell cuando no hay nadie. Sabe cuánto se tarda en llegar a Sligo —veinte minutos—, pero la ubicación de otros pueblos cercanos, y su tamaño en relación con Carricklea, son un misterio para ella. Coolaney, Skreen, Ballysadare…, está bastante segura de que están todos en las inmediaciones de Carricklea, y sus nombres le suenan de un modo difuso, pero no sabe dónde están. No ha pisado jamás el polideportivo. No ha ido nunca a beber a la fábrica de sombreros abandonada, aunque sí que ha pasado por delante con el coche.

Del mismo modo, le es imposible saber qué familias del pueblo se consideran buenas familias y cuáles no. Esa es la clase de cosa que le interesaría saber, solo para poder saltárselo más rotundamente. Ella es de buena familia y Connell de una mala, eso sí lo sabe. Los Waldron son conocidos en Carricklea. Uno de los hermanos de Lorraine estuvo una vez en la cárcel, Marianne no sabe por qué, y el otro tuvo un accidente de moto en la rotonda unos años atrás y estuvo a punto de morir. Y desde luego, Lorraine se quedó embarazada a los diecisiete y dejó el instituto para tener al bebé. Sin embargo, a Connell se lo considera un buen partido. Es buen estudiante, juega de delantero centro en el equipo de fútbol, es guapo, no se mete en peleas. Le cae bien a todo el mundo. Es callado. Hasta la madre de Marianne dice con tono de aprobación: Ese chico no parece un Waldron para nada. La madre de Marianne es abogada. Su padre también lo era.

La semana pasada, Connell mencionó algo llamado «la fantasma». Era la primera vez que Marianne oía eso, de modo que tuvo que preguntarle qué era. A él se le dispararon las cejas hacia arriba.

La fantasma, dijo. La urbanización fantasma, Mountain View. Está como justo detrás del instituto.

Marianne era vagamente consciente de la presencia de algún tipo de construcción en los terrenos de detrás del instituto, pero no sabía que hubiese una urbanización allí, o que viviese alguien en ella.

La gente va a beber, añadió Connell.

Ah, comprendió Marianne.

Le preguntó cómo era el sitio. Él dijo que le encantaría poder enseñárselo, pero que siempre había gente rondando. A menudo hace esos comentarios despreocupados sobre cosas que le «encantaría» hacer. Me encantaría que pudieras quedarte, dice cuando ella se va, o: Me encantaría que pudieras pasar la noche aquí. Si de verdad quisiera esas cosas, Marianne lo sabe, ocurrirían. Connell consigue siempre lo que quiere, y luego siente lástima de sí mismo cuando eso que quería no lo hace feliz.

De todos modos, terminó por llevarla a ver la urbanización fantasma. Fueron en el coche de Connell una tarde; él salió primero para cerciorarse de que no hubiese nadie, y luego lo siguió ella. Las casas eran enormes, con fachadas de hormigón visto y jardines invadidos por la maleza. Algunos de los huecos sin ventanas estaban tapados con plásticos que batían ruidosamente con el viento. Estaba lloviendo, y Marianne se había dejado la chaqueta en el coche. Cruzó los brazos y miró con los ojos entornados los tejados de pizarra mojados.

¿Quieres ver dentro?, le preguntó Connell.

La puerta principal del número 23 estaba abierta. Estaba más tranquilo en el interior, y más oscuro. El sitio daba asco. Marianne golpeó con la punta del zapato una botella de sidra vacía. El suelo estaba lleno de colillas, y alguien había llevado un colchón hasta el salón, por lo demás vacío. Tenía unas manchas enormes de humedad y de algo que parecía sangre.

Esto es bastante sórdido, dijo Marianne en voz alta.

Connell permanecía callado, mirando alrededor.

¿Vienes mucho por aquí?

No mucho, respondió él con un vago encogimiento de hombros. Antes venía alguna vez, ahora ya no.

Por favor, dime que no te has acostado nunca con nadie en ese colchón.

Él sonrió con aire distraído.

No. Eso es lo que crees que hago los fines de semana, ¿no?

Más o menos.

Connell no dijo nada, lo que la hizo sentir aún peor. Luego dio un puntapié a una lata aplastada de Dutch Gold, que salió patinando hacia las puertas de cristal.

Esto debe de tener tres veces el tamaño de mi casa, ¿no te parece?

Marianne se sintió tonta por no haber adivinado lo que a él le pasaba por la cabeza.

Seguramente. Aún no he estado arriba, claro.

Cuatro habitaciones.

Dios.

Aquí vacías, sin nadie viviendo. ¿Por qué no se las dan a alguien, si no pueden venderlas? No me estoy poniendo borde contigo, pregunto sinceramente.

Ella se encogió de hombros. Tampoco entendía por qué.

Tiene algo que ver con el capitalismo, respondió.

Sí. Como todo. Ese es el problema, ¿no?

Marianne asintió. Él se volvió a mirarla, como despertando de un sueño.

¿Tienes frío? Pareces congelada.

Ella sonrió, se frotó la nariz. Connell se bajó la cremallera del plumífero negro y se lo puso sobre los hombros. Estaban muy cerca el uno del otro. Marianne se habría tumbado en el suelo y habría dejado que él caminara sobre su cuerpo, Connell lo sabía.

Cuando salgo el fin de semana o lo que sea, dijo, no voy detrás de otras chicas ni nada.

Marianne sonrió y dijo:

No, supongo que ya van ellas detrás de ti.

Él sonrió y bajó la vista al suelo.

Tienes una imagen muy rara de mí.

Ella cogió su corbata entre los dedos. Era la primera vez en la vida que podía decir cosas escandalizadoras y emplear lenguaje soez, así que lo hacía a todas horas.

Si quisiera que me follaras aquí, ¿me follarías?

Connell no cambió de expresión, pero sus manos se deslizaron bajo el jersey de Marianne para indicarle que estaba escuchando. Al cabo de unos segundos, respondió:

Sí. Si quisieras, sí. Tú siempre me haces hacer cosas extrañas.

¿Qué quieres decir con eso? Yo no puedo obligarte a hacer cualquier cosa.

Sí, sí que puedes. ¿Tú crees que hay alguna otra persona con la que haría esta clase de cosas? En serio, ¿tú crees que por otra persona iría a escondidas por ahí y todo esto?

¿Qué quieres que haga? ¿Que te deje en paz?

Él la miró, descolocado, al parecer, por este giro en la discusión.

Si hicieras eso…, dijo, negando con la cabeza.

Marianne le mantuvo la mirada, pero él no dijo nada más.

Si hiciera eso, ¿qué? —preguntó ella.

No sé. O sea, ¿si no quisieras que nos siguiésemos viendo? Me sorprendería, la verdad, porque da la impresión de que lo pasas bien conmigo.

¿Y si conociera a alguien a quien le gustase más?

Connell se echó a reír. Ella le dio la espalda enfadada, soltándose de sus manos, y se abrazó a sí misma. Él le dijo Eh, pero Marianne no se dio la vuelta. Tenía delante ese colchón asqueroso, con manchas de color óxido por todas partes. Él se acercó despacio por detrás, le apartó el pelo y la besó en la nuca.

Perdona por reírme, dijo. Haces que me sienta inseguro, con eso de que dejemos de vernos. Pensaba que yo te gustaba.

Marianne cerró los ojos.

Sí que me gustas.

Bueno, si conocieras a alguien que te gustase más, pues me jodería, ¿vale? Ya que lo preguntas. No estaría nada contento. ¿De acuerdo?

Hoy tu amigo Eric me ha llamado plana delante de todo el mundo.

Connell no dice nada. Nota su respiración.

No me he enterado.

Tú estabas en el baño o algo. Me ha dicho que parezco una tabla de planchar.

Hostia puta, qué capullo llega a ser. ¿Por eso estás de mal humor?

Ella se encogió de hombros. Connell la rodeó por la cintura.

Solo quiere sacarte de quicio. Si pensara que tiene la más mínima oportunidad contigo, hablaría de un modo muy distinto. Lo que pasa es que cree que lo miras por encima del hombro.

Ella volvió a encogerse de hombros, mordiéndose el labio inferior.

No hay nada en tu aspecto por lo que tengas que preocuparte.

Hummm.

No me gustas solo por tu cerebro, créeme.

Marianne se rio, se sentía una tonta.

Connell le rozó la oreja con la nariz y añadió:

Si no quisieras verme más, te echaría de menos.

¿Echarías de menos acostarte conmigo?

Apoyó la mano en la cadera de Marianne, meciéndola contra su cuerpo, y dijo en voz baja:

Sí, mucho.

¿Podemos volver a tu casa?

Él asintió. Se quedaron unos segundos ahí de pie, quietos, ella entre sus brazos, su aliento en el oído. La mayoría de la gente, pensó Marianne, pasa por la vida sin sentirse jamás tan unida a alguien.

Por fin, después de su tercer gin-tonic, la puerta se abre de golpe y llegan los chicos. Las chicas del comité se levantan y empiezan a meterse con ellos, a regañarlos por llegar tarde, esas cosas. Marianne se queda atrás, buscando la mirada de Connell, que no se la devuelve. Lleva una camisa blanca de cuello abotonado y las mismas deportivas Adidas con las que va a todas partes. Los otros chicos también se han puesto camisa, pero más formal, más brillante, y con zapatos de vestir. Flota en el aire un olor denso y estimulante a loción de afeitado. Eric capta la mirada de Marianne y suelta de pronto a Karen, un movimiento tan llamativo que todo el mundo se vuelve a mirar.

Pero fíjate, Marianne, dice Eric.

A ella no le queda claro de inmediato si está siendo sincero o riéndose de ella. Todos los chicos la miran menos Connell.

Lo digo en serio. Menudo vestido, muy sexy.

Rachel se echa a reír y se acerca a Connell para decirle algo al oído. Él aparta levemente la cara y no le ríe el comentario. Marianne siente una cierta presión en la cabeza que desea liberar gritando o llorando.

Vamos a echar un baile, dice Karen.

No he visto nunca bailar a Marianne, dice Rachel.

Bueno, pues ahora podrás.

Karen coge a Marianne de la mano y tira de ella hacia la pista de baile. Está sonando una canción de Kanye West, la del sample de Curtis Mayfield. Marianne lleva todavía el talonario de la rifa en una mano, y nota la otra sudada en la mano de Karen. La pista está llena de gente y manda vibraciones de bajo que se transmiten a sus zapatos y le suben por las piernas. Karen apoya un brazo en el hombro de Marianne, tambaleándose, y le dice al oído:

No le hagas caso a Rachel, está de un humor de perros.

Marianne asiente mientras mueve el cuerpo al ritmo de la música. Sintiéndose ya borracha, gira buscando por la sala, quiere saber dónde está Connell. Lo ve enseguida, de pie en lo alto de los escalones. La está mirando. La música está tan alta que palpita dentro de su cuerpo. En torno a Connell, los demás hablan y ríen. Él solo la observa, sin decir nada. Bajo su mirada, sus movimientos se amplifican, escandalosos, y nota el peso del brazo de Karen en su hombro, caliente y sensual. Balancea las caderas adelante y se pasa la mano por el pelo, desinhibida.

Karen le dice al oído:

Lleva todo el rato mirándote.

Marianne se vuelve hacia él y luego de nuevo hacia Karen, sin decir palabra, intentando que su cara no delate nada.

Ahora ya entiendes por qué Rachel está de mal humor contigo.

Le llega el olor a spritzer en el aliento de Karen cuando habla, le ve los empastes. Le gusta tanto en ese momento... Bailan un poco más y luego suben juntas los escalones, cogidas de la mano, sin aliento, sonriendo sin motivo. Eric y Rob están fingiendo una pelea. Connell se mueve hacia ella de manera casi imperceptible y sus brazos se tocan. Marianne desea cogerle la mano y chuparle la punta de los dedos una a una.

Rachel se vuelve hacia ella y le dice:

¿Podrías probar a vender boletos en algún momento?

Marianne sonríe, y la sonrisa que le sale es casi engreída, burlona.

Vale.

A lo mejor esos quieren comprar alguno, dice Eric.

Señala con la barbilla a la puerta, donde algunos chicos más mayores acaban de llegar. En teoría no deberían estar ahí, la discoteca dijo que sería solo para los que tuviesen entrada. Marianne no sabe quiénes son, hermanos o primos de alguien tal vez, o puede que solo unos veinteañeros a los que les gusta ir a fiestas de instituto. Ven que Eric los está saludando y se acercan. Marianne busca el monedero en su bolso por si quieren comprar boletos para la rifa.

¿Cómo va eso, Eric?, dice uno de los hombres. ¿Quién es tu amiga?

Marianne Sheridan, dice Eric. Conoces a su hermano, diría. Alan, debía de ir al curso de Mick.

El tipo se limita a asentir mientras mira a Marianne de arriba abajo. A ella le es indiferente su atención. La música está demasiado alta para oír lo que Rob le dice a Eric al oído, pero siente que tiene que ver con ella.

Te invito a una copa, dice el hombre. ¿Qué estás tomando?

No, gracias, responde Marianne.

Entonces el tipo le pasa el brazo por los hombros. Es muy alto, ella se da cuenta. Más alto que Connell. Le roza la piel del brazo con los dedos. Marianne intenta quitárselo de encima, pero él no la suelta. Uno de sus amigos empieza a reírse, y Eric se ríe también.

Bonito vestido, dice el hombre.

¿Puedes soltarme?

Mucho escote, ¿no?

En un solo movimiento, baja la mano del hombro y le estruja la carne del seno derecho, delante de todo el mundo. Al instante Marianne se zafa de un tirón y se sube el escote del vestido hasta la clavícula. Nota toda la sangre en la cara. Le arden los ojos y le duele donde él la ha agarrado. A su espalda, los demás se ríen. Los oye. Rachel ríe también, un ruido agudo y aflautado que resuena en sus oídos.

Sin darse la vuelta, Marianne sale por la puerta, deja que se cierre de un portazo tras ella. Está en el pasillo del guardarropa y no es capaz de recordar si la salida queda a la izquierda o a la derecha. Le tiembla todo el cuerpo. La encargada del guardarropa le pregunta si se encuentra bien. Marianne ya no sabe cómo de borracha está. Da unos pasos hacia una puerta a la izquierda y luego apoya la espalda contra la pared y empieza a resbalar hasta que queda sentada en el suelo. Le duele el pecho. El tipo no iba en broma, quería hacerle daño. Se queda ahí sentada, abrazándose las rodillas contra el cuerpo.

Al otro lado del pasillo la puerta se abre de nuevo y aparece Karen, seguida por Eric, Rachel y Connell. Ven a Marianne en el suelo y Karen va corriendo hacia ella mientras los otros tres se quedan donde están, sin saber tal vez qué hacer, o prefiriendo no hacer nada. Karen se agacha delante de ella y le acaricia la mano. A Marianne le escuecen los ojos y no sabe adónde mirar.

¿Estás bien?, pregunta Karen.

Estoy bien, responde Marianne. Lo siento. Creo que he bebido demasiado.

Déjala, dice Rachel.

Oye, mira, era solo una broma, se disculpa Eric. Pat en verdad es un tipo bastante legal, cuando lo conoces.

A mí me ha parecido gracioso, dice Rachel.

Al oír esto, Karen gira la cabeza bruscamente y los mira.

¿Y qué hacéis aquí si os ha parecido tan gracioso?, espeta. ¿Por qué no os volvéis con vuestro amigote, si os parece tan gracioso ir agrediendo a niñas?

¿Cómo va a ser Marianne una niña?, exclama Eric.

Estábamos todos riéndonos, se defiende Rachel.

Eso no es verdad, dice Connell.

Todos se vuelven hacia él. Marianne levanta la vista. Sus miradas se encuentran.

Estás bien, ¿verdad?, le pregunta él.

Ah, ¿quieres darle un besito para que se ponga buena?, dice Rachel.

Connell tiene la cara encendida, se lleva una mano a la frente. Siguen todos con los ojos clavados en él. Marianne nota el frío de la pared en la espalda.

Rachel, dice Connell, ¿por qué no te vas a la mierda?

Karen y Eric cruzan una mirada, los ojos como platos, Marianne los ve. Connell jamás habla ni actúa de esta manera en el instituto. En todos estos años, no lo ha visto nunca comportarse con la más mínima agresividad, ni aunque lo provoquen. Rachel sacude la cabeza y se vuelve sin más adentro. La puerta se cierra con fuerza sobre sus goznes. Connell continúa frotándose la frente un segundo. Karen articula en silencio para decirle algo a Eric, Marianne no pilla el qué. Entonces Connell la mira y dice:

¿Quieres irte a casa? He traído el coche, te puedo llevar.

Ella asiente. Karen la ayuda a levantarse del suelo. Connell mete las manos en los bolsillos como para evitar tocarla sin querer.

Perdón por montar el número, le dice Marianne a Karen. Me siento una tonta. No estoy acostumbrada a beber.

No es culpa tuya, dice Karen.

Gracias por ser tan amable.

Se estrechan las manos una vez más. Marianne sigue a Connell hacia la salida, y luego rodean el hotel hasta donde está aparcado el coche. Fuera está oscuro y hace frío, y el sonido de la música procedente de la discoteca palpita débilmente a sus espaldas. Marianne se sienta en el asiento del pasajero y se abrocha el cinturón. Connell cierra la puerta de su lado y mete la llave en el contacto.

Perdón por montar el número, dice ella de nuevo.

No has montado ningún número. Siento que los otros hayan sido tan idiotas contigo. Creen que Pat es genial solo porque de vez en cuando da fiestas en su casa. Al parecer, si montas fiestas en casa tienes derecho a meterte con la gente, no sé.

Me ha dolido de verdad. Lo que ha hecho.

Connell no dice nada. Aprieta con fuerza el volante entre las manos. Agacha la cabeza y exhala muy rápido, casi como una tos.

Lo siento, dice.

Arranca el coche y conducen unos minutos en silencio. Marianne se refresca la frente en el cristal de la ventanilla.

¿Quieres venir un rato a mi casa?, dice él.

¿No está Lorraine?

Connell se encoge de hombros. Tamborilea sobre el volante.

Ya debe de estar acostada, dice. O sea, podríamos pasar un rato en mi casa antes de llevarte a la tuya. Si no te apetece no pasa nada.

¿Y si sigue levantada?

Sinceramente, es bastante flexible con estas cosas. O sea que, la verdad, no creo que le importara.

Marianne ve pasar por la ventanilla el pueblo que desfila ante sus ojos. Sabe lo que Connell quiere decir: que no le importa que su madre se entere de lo suyo. Puede que ya lo sepa.

Lorraine parece muy buena madre, comenta Marianne.

Sí. Eso creo.

Debe de estar orgullosa de ti. Eres el único chico del instituto que ha salido bien.

Connell le lanza una mirada.

¿Cómo que he salido bien?

¿Es que no lo sabes? Le caes bien a todo el mundo. Y a diferencia de la mayoría de la gente, eres realmente buena persona.

Él le responde con una cara que Marianne no sabe interpretar, como levantando las cejas, o frunciendo el ceño. Cuando llegan a su casa, las ventanas están todas oscuras, y Lorraine ya se ha ido a dormir. Se tumban juntos en el cuarto de Connell, hablando en susurros. Él le dice que es preciosa. A Marianne no le habían dicho eso nunca, y aunque a veces ella ha tenido íntimas sospechas, es distinto oírlo de boca de otra persona. Lleva la mano de Connell hasta su pecho, al punto donde le duele, y él la besa. Marianne tiene la cara mojada, ha estado llorando. Él le besa el cuello.

¿Estás bien?, le pregunta. Cuando ella asiente, le peina el pelo hacia atrás y le dice: Es normal que estés enfadada, ¿sabes?

Marianne tiene la cara apoyada en el pecho de Connell. Se siente como un pedazo blando de tela, estrujado y goteante.

Tú nunca pegarías a una chica, ¿verdad que no?

Dios, no. Por supuesto que no. ¿Por qué me preguntas eso?

No sé.

¿Crees que soy la clase de persona que va por ahí pegando a chicas?

Ella aprieta la cara con fuerza contra su pecho.

Mi padre pegaba a mi madre, dice.

Durante unos segundos que se antojan increíblemente largos, Connell no dice nada. Y luego:

Dios. Lo siento. No lo sabía.

No pasa nada.

¿Te pegaba también a ti?

A veces.

47

Connell se queda otra vez callado. Baja la cabeza y la besa en la frente.

Yo nunca te haría daño, ¿vale? Nunca.

Ella asiente sin decir nada.

Me haces muy feliz, sigue Connell. Le acaricia el pelo: Te quiero. No lo digo por decir, es la verdad.

A Marianne se le llenan los ojos de lágrimas. Los cierra. Incluso en el recuerdo, este momento le parecerá siempre de una intensidad insoportable, y sabe que será así ahora mismo, mientras sucede. No ha creído nunca que fuese digna de ser amada. Pero de pronto tiene una vida nueva, y este es el primer momento de ella, y por muchos años que pasen nunca dejará de pensar: Sí, ahí fue, ahí comenzó mi vida.

Dos días más tarde

(ABRIL DE 2011)

Connell espera de pie junto a la cama mientras su madre va a buscar a una enfermera.

¿Solo llevas eso?, pregunta su abuela.

¿Eh?

¿Ese jersey es lo único que llevas?

Ah. Sí.

Te vas a helar. Vas a acabar tú ingresado.

Esta mañana su abuela ha resbalado en el aparcamiento del Aldi y se ha golpeado en la cadera. No es tan mayor como el resto de los pacientes, solo tiene cincuenta y ocho años. La misma edad que la madre de Marianne, piensa Connell. El caso es que parece que la cadera de su abuela está algo tocada, y puede que rota, y Connell ha tenido que llevar a Lorraine a Sligo para visitarla en el hospital. En una cama al otro lado del pabellón alguien tose.

Estoy bien, dice Connell. Afuera hace calor.

Su abuela suspira, como si ese comentario suyo sobre el tiempo le resultara doloroso. Y seguramente lo sea, porque todo lo que Connell hace le resulta doloroso, porque lo odia por estar vivo. Le echa un vistazo de arriba abajo con expresión reprobadora.

Bueno, desde luego no has salido a tu madre, ¿eh?

Ya, responde él. No.

Físicamente, Lorraine y Connell son el día y la noche. Lorraine es rubia y tiene una cara de facciones suaves, nada marcadas. Los chicos del instituto la encuentran atractiva, cosa que le dicen a menudo a Connell. Seguramente lo sea, ¿y qué?, a él eso no le ofende. Connell tiene el pelo más oscuro y un rostro de rasgos duros, como el retrato de un criminal hecho por un artista. Sabe, sin embargo, que el comentario de su abuela no tiene que ver con su apariencia física, sino que pretende ser una alusión al lado paterno de él. Así que, bueno, no tiene nada que decir al respecto.

Nadie salvo Lorraine sabe quién es el padre de Connell. Ella dice que se lo puede preguntar el día que quiera saberlo, pero lo cierto es que a él le da igual. Cuando sale de noche sus amigos sacan a veces el tema de su padre, como si fuese algo profundo y cargado de significado de lo que solo pudieran hablar cuando van borrachos. A Connell esto le parece deprimente. Él no piensa jamás en el hombre que dejó embarazada a Lorraine, ¿por qué iba a pensar en él? Sus amigos parecen obsesionadísimos con sus padres, obsesionadísimos con imitarlos o por diferenciarse de ellos de algún modo concreto. Cuando discuten, las discusiones parecen tener siempre un significado en la superficie y esconder debajo otro significado oculto. Sin embargo, cuando Connell discute con Lorraine suele ser por algo como dejarse una toalla húmeda tirada en el sofá, y nada más: la discusión es realmente sobre la toalla, o como mucho sobre si Connell tiende en el fondo a ser descuidado, porque él quiere que Lorraine lo considere una persona responsable pese a su costumbre de dejarse toallas olvidadas por todas partes, y Lorraine dice que si es tan importante para él que lo consideren una persona responsable debería demostrarlo en sus acciones, ese tipo de cosas.

A finales de febrero llevó a Lorraine a votar al centro electoral, y en el coche ella le preguntó a quién iba a votar.

A uno de los candidatos independientes, respondió él con vaguedad.

Lorraine se echó a reír.

No me lo digas: al comunista, Declan Bree.

Connell, impasible, siguió con la mirada puesta en la carretera.

No nos vendría mal un poco más de comunismo en este país, si quieres que te diga lo que pienso, dijo él.

Por el rabillo del ojo, vio sonreír a Lorraine.

Venga, camarada. Fui yo la que te crio con esos buenos valores socialistas, ¿recuerdas?

Es cierto que Lorraine es una persona con valores. Le preocupa Cuba, y la causa de la liberación palestina. Al final Connell votó a Declan Bree, que terminó quedando eliminado en el quinto recuento. Dos de los escaños fueron a parar al Fine Gael y el otro al Sinn Féin. Lorraine dijo que aquello era una desgracia.

Cambiamos a una banda de criminales por otra, dijo.

Le envió un mensaje a Marianne: el fg en el gobierno, hostia puta. Y ella le respondió: El partido de Franco. Connell tuvo que buscar lo que significaba eso.

La otra noche Marianne le dijo que pensaba que había salido bien como persona. Le dijo que era buena persona, y que le caía bien a todo el mundo. Se descubrió recordándolo continuamente. Era un pensamiento agradable. Eres buena persona y le caes bien a todo el mundo. Para ponerse a prueba intentaba no pensar en ello durante un rato, y luego lo traía de nuevo a la mente para ver si aún le hacía sentir bien, y sí, así era. No sabía por qué, pero deseaba contarle a Lorraine lo que Marianne había dicho. Tenía la sensación de que la tranquilizaría de algún modo, pero ¿respecto a qué? ¿La convencería de que su único hijo no había terminado siendo un inútil? ¿De que no había desperdiciado su vida con él?

Me han dicho que vas a ir al Trinity College, dijo su abuela.

Sí, si me llegan los puntos.

¿Y cómo es que te ha dado por el Trinity?

Connell se encoge de hombros. Ella se ríe, pero es una especie de risa burlona.

Bueno, bien por ti. ¿Y qué vas a estudiar?

Connell reprime el impulso de sacar el móvil y mirar la hora.

Filología inglesa.

Sus tíos y tías están todos muy impresionados con su decisión de poner el Trinity de primera opción, y eso lo hace sentir incómodo. Si entra cumplirá los requisitos para pedir una beca completa, pero incluso así tendrá que trabajar a jornada completa durante el verano y al menos a tiempo parcial durante el curso. Lorraine dice que no quiere que trabaje demasiado durante la carrera, que quiere que se centre en la universidad. Pero eso lo hace sentir mal, porque filología no es un título de verdad de esos con los que se encuentra trabajo, es una carrera de chiste, y cree que seguramente tendría que haber escogido derecho, a fin de cuentas.

Lorraine vuelve al pabellón. Sus zapatos chasquean con un sonido monótono contra el suelo. Se pone a hablar con la abuela de Connell sobre el especialista, que está de baja, sobre el doctor O'Malley y sobre la radiografía que le han hecho. Le transmite toda esta información con mucho cuidado y anota los datos más importantes en un papel. Por último, la abuela le da un beso en la mejilla a Connell y salen de la habitación. Él se desinfecta las manos en el pasillo mientras Lorraine espera. Bajan las escaleras y salen del hospital al sol, resplandeciente y bochornoso.

Después de la fiesta para recaudar fondos de la otra noche, Marianne le contó lo de su familia. Él no supo cómo reaccionar. Empezó a decirle que la quería. Sucedió sin más, igual que retiras la mano cuando tocas algo que quema. Ella estaba llorando y demás, y Connell lo dijo sin pensar. ¿Era verdad? No sabía tanto como para saber eso. Al principio pensó que debía de ser cierto, dado que lo había dicho, ¿y por qué iba a mentir? Pero luego recordó que a veces mentía, sin planearlo y sin saber por qué. No era la primera vez que sentía el impulso de decirle a Marianne que la quería, fuera o no verdad, pero sí la primera que cedía y terminaba diciéndolo. Se percató del tiempo que tardó ella en decir algo en respuesta, y de cuánto le preocupó este silencio, como si no fuese a decirlo ella también. Y cuando lo hizo él se sintió mejor, pero tal vez no significaba nada. Le encantaría saber cómo manejaba otra gente su vida privada, para copiar del ejemplo.

A la mañana siguiente se despertaron con el ruido de las llaves de Lorraine en la puerta. Fuera ya era de día, tenía la boca seca, y Marianne se estaba levantando y poniéndose la ropa. Lo único que ella dijo fue: Perdona, lo siento. Debieron de quedarse dormidos sin querer. Connell tenía pensado llevarla a casa. Marianne se puso los zapatos mientras él se vestía también. Cuando llegaron a las escaleras, Lorraine estaba en la entrada con dos bolsas de plástico del supermercado. Marianne llevaba el vestido de la noche anterior, el negro de tirantes.

Hola, cariño, la saludó Lorraine.

Marianne tenía la cara encendida como una bombilla.

Perdón por molestar, se disculpó.

Connell no la tocó ni le dijo nada. Le dolía el pecho. Marianne salió por la puerta diciendo:

Adiós, lo siento, gracias, perdón otra vez.

Cerró la puerta tras de sí cuando Connell ni siquiera había llegado abajo.

Lorraine apretó los labios como si estuviese intentando contener la risa.

Me puedes ayudar con la compra, dijo, y le dio una de las bolsas.

Connell la siguió a la cocina y dejó la bolsa sobre la mesa sin mirar qué había dentro. Se frotó la nuca mientras observaba cómo su madre desempaquetaba todo y lo ponía en su sitio.

¿Qué es lo que te hace tanta gracia?

No hace falta que se vaya corriendo de esa manera solo porque he llegado yo, dijo Lorraine. Yo estoy más que encantada de verla, ya sabes que le tengo mucho cariño a Marianne.

Miró cómo su madre plegaba y guardaba la bolsa de plástico reutilizable.

¿Creías que no lo sabía?, preguntó ella.

Connell cerró los ojos unos segundos, luego volvió a abrirlos y se encogió de hombros.

Bueno, continuó Lorraine, sabía que alguien venía aquí por las tardes. Y también trabajo en su casa, ya sabes.

Él asintió, incapaz de hablar.

Debe de gustarte de verdad.

¿Por qué lo dices?

¿No es por eso por lo que has escogido el Trinity?

Connell se tapó la cara con las manos. Lorraine había estallado en risas, la oía.

Estás consiguiendo que se me quiten las ganas de ir.

Ah, venga ya.

Connell miró en la bolsa que había dejado sobre la mesa y sacó un paquete de espaguetis. Con gesto cohibido, llevó el paquete al armario de al lado de la nevera y lo guardó con el resto de la pasta.

Entonces ¿Marianne es tu novia?, preguntó Lorraine.

No.

¿Qué significa eso? ¿Te estás acostando con ella pero no es tu novia?

Estás metiendo las narices en mi vida. No me gusta, no es asunto tuyo.

Volvió a la bolsa y sacó un cartón de huevos, que dejó sobre la encimera junto al aceite de girasol.

¿Es por su madre?, preguntó Lorraine. ¿Crees que te miraría con malos ojos?

¿Cómo?

Podría ser, ya sabes.

¿Con malos ojos a mí? Menuda locura, ¿qué he hecho yo?

Podría ser que pensara que no estamos del todo a su altura.

Se quedó mirando fijamente a su madre de punta a punta de la cocina mientras ella guardaba una caja de copos de maíz marca blanca en el armario. La idea de que la familia de Marianne se considerara a sí misma superior a Lorraine y él, demasiado buena para relacionarse con ellos, no se le había pasado nunca por la cabeza. Descubrió, para su sorpresa, que la idea lo enfurecía.

¿Qué, ella se cree que no somos lo bastante buenos para su familia?, dijo Connell.

No sé. Puede que lo averigüemos.

¿Le parece bien que le limpies la casa pero no quiere que tu hijo vaya por ahí con su hija? No hay por dónde pillarlo. Es algo como del siglo diecinueve, me río yo de todo eso.

Pues no parece que te estés riendo.

Créeme, me estoy riendo. Me parece divertidísimo.

Lorraine cerró el armario y se volvió a mirarlo con curiosidad.

¿Y a qué viene tanto secretismo, entonces, si no es por Denise Sheridan? ¿O es que Marianne tiene novio o algo así y no quieres que se entere?

Te estás poniendo muy entrometida con estas preguntas.

O sea, que tiene novio.

No, respondió Connell. Pero es la última pregunta que te respondo.

Lorraine hizo un extraño movimiento de cejas, pero no dijo nada. Él hizo una bola con la bolsa de plástico vacía y se quedó ahí parado con el bulto arrugado en la mano.

Tú no se lo vas a contar a nadie, ¿verdad?

Esto está empezando a parecerme muy turbio. ¿Por qué no debería contárselo a nadie?

Con la sensación de ser tremendamente despiadado, le respondió:

Porque a ti no te reportaría ningún beneficio y a mí me traería muchas molestias.

Se quedó pensando un momento y añadió con un giro sagaz:

Y también a Marianne.

Ay, Dios. Creo que no quiero ni saberlo.

Connell siguió esperando, porque no le parecía que su madre hubiese prometido de forma totalmente inequívoca que no se lo contaría a nadie. Al fin ella lanzó los brazos al cielo con exasperación y dijo:

Tengo cosas más interesantes que hacer que ir por ahí cotilleando sobre tu vida sexual, ¿vale? No te preocupes.

Connell subió a su cuarto y se sentó en la cama. No tenía ni idea del tiempo que había pasado ahí sentado. Pensó en la familia de Marianne, en la idea de que ella fuese demasiado buena para él, y también en lo que le había contado la noche antes. Algunos chicos del instituto decían que las chicas a veces se inventaban historias para llamar la atención, decían que les habían sucedido cosas malas y rollos así. Y la de Marianne, lo de que su padre le pegaba de pequeña, era una historia bastante buena en ese sentido. Además, el padre ya estaba muerto, así que no estaba ahí para defenderse. Connell se daba cuenta de que cabía la posibilidad de que Marianne le hubiese mentido para ganarse su compasión, pero también sabía, con toda la seguridad del mundo, que no le había engañado. La sensación que tenía, si acaso, era que ella se había guardado de contarle lo grave que había sido en realidad. Todo aquello le generaba una cierta inquietud, tener esa información sobre ella, estar ligado a ella de ese modo.

Eso había sido el día anterior. Por la mañana llegó pronto a clase, como de costumbre, y Rob y Eric empezaron a vitorearlo en broma cuando fue a guardar los libros en la taquilla. Connell dejó caer la mochila al suelo, sin hacerles caso. Eric le echó el brazo por los hombros y le dijo:

Venga, cuenta. ¿Pillaste cacho la otra noche?

Connell se metió la mano en el bolsillo en busca de la llave de la taquilla y se quitó de encima el brazo de Eric.

Qué gracioso.

Me han dicho que se os veía a los dos la mar de amigos cuando os fuisteis, insistió Rob.

¿Pasó algo?, preguntó Eric. Di la verdad.

No, evidentemente, respondió Connell.

¿Por qué tan evidentemente?, dijo Rachel. Todo el mundo sabe que le gustas.

Rachel estaba sentada en el antepecho de la ventana con las piernas columpiándose lentamente adelante y atrás, largas y negras como la tinta enfundadas en unas medias tupidas. Connell no le devolvió la mirada. Lisa estaba sentada en el suelo, con la espalda apoyada en las taquillas, terminando los deberes. Karen no había llegado aún. Deseó que estuviera allí.

Apuesto a que se llevó un polvo de regalo, dijo Rob. Aunque tampoco nos lo diría.

Yo no te lo tendría en cuenta, añadió Eric, la chica no está tan mal cuando se esfuerza.

Sí, solo es una perturbada mental, dijo Rachel.

Connell fingió buscar algo en la taquilla. Un fino sudor blanco le había brotado en las manos y debajo del cuello de la camisa.

Estáis siendo todos muy crueles, dijo Lisa. ¿Acaso os ha hecho algo alguna vez?

La pregunta es si se lo ha hecho a Waldron, soltó Eric. Míralo, cómo se esconde en la taquilla. Venga, suéltalo. ¿Te la tiraste?

No, respondió Connell.

Bueno, pues lo siento por ella, dijo Lisa.

Yo también, dijo Eric. Creo que tendrías que compensárselo, Connell. Creo que tendrías que pedirle que vaya contigo al baile de graduación.

Estallaron todos en carcajadas. Connell cerró la taquilla y se marchó con la mochila colgando lánguidamente de la mano derecha. Oyó a los demás llamándolo, pero no se dio la vuelta. Cuando llegó a los lavabos, se encerró en uno de los cubículos. Las paredes amarillas se le echaban encima y tenía la cara pringosa de sudor. No podía dejar de pensar en sí mismo diciéndole a Marianne en la cama: Te quiero. Era aterrador, como verse cometiendo un crimen terrible en circuito cerrado de videovigilancia. Y ella llegaría en cualquier momento al instituto, y metería sus libros en la mochila, sonriendo para sí, sin saber nada. «Eres buena persona y le caes bien a todo el mundo.» Tomó aire con una profunda e incómoda inspiración y luego vomitó.

Pone el intermitente a la izquierda al salir del hospital para volver a coger la N16. Un dolor se ha instalado detrás de sus ojos. Recorren la avenida comercial, flanqueada por hileras de árboles oscuros a ambos lados.

¿Estás bien?, pregunta Lorraine.

Sí.

Te veo una cara rara.

Connell respira hondo, lo que hace que el cinturón de seguridad se le clave un poco en las costillas, y luego exhala.

He invitado a Rachel al baile.

¿Qué?

Le he pedido a Rachel Moran que vaya conmigo al baile.

Están a punto de pasar por una gasolinera, y Lorraine da unos golpecitos rápidos en la ventanilla y dice:

Para aquí.

Connell echa un vistazo afuera, confuso.

¿Qué?

Ella golpea de nuevo la ventanilla, más fuerte, y las uñas repiquetean contra el cristal.

Para, vuelve a decir.

Él se apresura a poner el intermitente, mira por el retrovisor, y luego entra en la estación de servicio y para el coche. Junto a la gasolinera hay alguien lavando una furgoneta con una manguera, el agua se escurre en riachuelos oscuros.

¿Quieres algo de la tienda?, pregunta Connell.

¿Con quién va a ir Marianne al baile?

Connell aprieta el volante entre los dedos con la mirada perdida.

No lo sé. No me habrás hecho parar aquí solo para discutir, ¿no?

O sea, que a lo mejor no se lo pide nadie, sigue Lorraine. Y entonces no irá.

Sí, puede ser. No lo sé.

Ese mediodía, al volver del comedor, él se quedó un poco

rezagado. Sabía que Rachel se daría cuenta y lo esperaría, estaba seguro. Y cuando lo hizo, él apretó los ojos hasta casi cerrarlos, para que el mundo se volviese de un color gris blanquecino, y le dijo:

Oye, ¿ya tienes pareja para el baile de graduación?

Ella le dijo que no. Connell le preguntó si quería ir con él.

Vale, respondió ella. Aunque debo decirte que esperaba algo un poco más romántico.

Él no dijo nada, porque se sentía como si acabase de saltar de un precipicio altísimo al encuentro de su muerte, y se alegraba de estar muerto, no quería volver a estar vivo jamás.

¿Sabe Marianne que vas a ir con otra persona?, pregunta Lorraine.

Todavía no. Ya se lo diré.

Lorraine se tapa la boca con la mano, de modo que Connell no distingue su expresión: podría estar sorprendida, o preocupada, o a punto de vomitar.

¿Y no te parece que a lo mejor deberías habérselo pedido a ella, ya que te la follas todos los días después de clase?

Ese lenguaje es repugnante.

A Lorraine se le ensanchan las fosas al tomar aire.

¿Y con qué palabras te gustaría que lo dijera? Supongo que tendría que decir que la has estado utilizando sexualmente, ¿así es más apropiado?

¿Quieres relajarte un momento? Aquí nadie está utilizando a nadie.

¿Cómo lo hiciste para que se estuviese callada? ¿Le dijiste que le pasaría algo malo si lo iba contando?

Dios. Pues claro que no. Fue de mutuo acuerdo, ¿vale? Lo estás sacando totalmente de quicio.

Lorraine asiente para sí, mirando por el parabrisas. Él aguarda nervioso a que diga algo.

A la gente del instituto no les cae bien, ¿verdad? Así que supongo que tenías miedo de lo que pudiesen decir de ti si se enteraban.

Connell no responde.

Bueno, pues esto es lo que yo tengo que decir de ti. Creo que eres una deshonra. Me avergüenzo de ti.

Él se limpia la frente con la manga.

Lorraine, dice.

Su madre abre la puerta del pasajero.

¿Adónde vas?

Me vuelvo en autobús.

Pero ¿qué dices? Compórtate como una persona normal, ¿quieres?

Si me quedo en el coche, lo único que voy a hacer es decir cosas de las que me arrepentiré.

Pero ¿qué es esto?, dice Connell. Y además, ¿qué más te da a ti con quién voy o dejo de ir? No tiene nada que ver contigo.

Ella abre la puerta del todo y sale del coche.

Te estás comportando de lo más raro, dice él.

En respuesta, Lorraine cierra dando un portazo, con fuerza. Él aprieta el volante con las manos hasta hacerse daño, pero se queda callado. ¡Es mi puto coche!, podría soltar. ¿Te he dicho acaso que puedas dar portazos? Lorraine se aleja ya, el bolso le rebota en la cadera al ritmo de sus pasos. La sigue con la mirada hasta que dobla la esquina. Dos años y medio, ha trabajado en la gasolinera después de clase para comprar este coche, y no lo usa más que para llevar de aquí para allá a su madre, que no tiene carnet. Ahora mismo podría salir detrás de ella, bajar la ventanilla y gritarle que se meta dentro. Casi siente ganas de hacerlo, aunque ella simplemente lo ignoraría. Pero en lugar de eso, se queda sentado en el asiento del conductor, con la cabeza recostada en el cabecero, escuchando su estúpida respiración. Junto a la entrada, un cuervo picotea una bolsa de patatas fritas tirada en el suelo. Una familia sale de la tienda con helados. El olor a gasolina se filtra en el interior del coche, pesado como un dolor de cabeza. Arranca el motor.

Cuatro meses más tarde

(AGOSTO DE 2011)

Marianne está en el jardín, con gafas de sol. Lleva ya unos días haciendo buen tiempo y le están saliendo pecas en los brazos. Oye cómo se abre la puerta de atrás, pero no se mueve. La voz de Alan grita desde el patio:

¡Annie Kearney ha quedado detrás con quinientos setenta!

Marianne no responde. Busca a tientas la crema solar en la hierba de detrás de la tumbona, y cuando se incorpora para dársela en la piel ve que Alan está hablando por el móvil.

¡Alguien de tu curso ha sacado un seiscientos, eh!, grita.

Ella se echa un poco de crema en la palma izquierda.

¡Marianne!, insiste Alan. ¡Alguien ha sacado seis A1, te digo!

Ella asiente. Extiende la crema lentamente por el brazo derecho, que queda brillante. Alan está intentando averiguar quién ha sacado esos seiscientos puntos. Marianne sabe de inmediato quién debe de ser, pero no dice nada. Se da crema en el brazo izquierdo y luego, tranquilamente, se tiende de nuevo en la tumbona, de cara al sol, y cierra los ojos. Tras sus párpados la luz se mueve en ondas verdes y rojas.

Hoy no ha comido nada para desayunar ni almorzar, solo ha tomado dos tazas de café con leche y azúcar. No tiene apetito este verano. Cuando se despierta por la mañana levanta la tapa del portátil, en la almohada de al lado, y espera a que los ojos se acostumbren al resplandor rectangular de la pantalla para leer las noticias. Lee largos artículos sobre Siria y luego investiga el bagaje ideológico de los periodistas que los han escrito. Lee largos artículos sobre la crisis de deuda pública en Europa y hace zoom para leer la letra pequeña de los gráficos. Después de eso, por lo general se vuelve a dormir o se mete en la ducha, o también puede que se tumbe y se masturbe. El resto del día sigue un patrón similar, con variaciones mínimas: puede que descorra las cortinas, puede que no; puede que desayune o que solo tome un café, que se suba al cuarto para no tener que ver a su familia. Esta mañana era distinta, claro.

¡Eh, Marianne!, dice Alan. ¡Es Waldron! ¡Connell Waldron ha sacado seiscientos puntos!

Ella no reacciona. Al teléfono, Alan dice:

No, ella solo ha sacado quinientos noventa. Diría que está rabiando porque alguien lo ha hecho mejor que ella. ¿Estás rabiando, Marianne?

Ella lo oye pero no dice nada. Bajo los cristales de las gafas se nota los párpados grasientos. Un insecto pasa zumbando cerca de su oreja y se aleja.

¿Está Waldron ahí contigo?, pregunta Alan. Pásamelo.

¿Por qué lo llamas «Waldron» como si fuese tu amigo?, le dice Marianne. Apenas lo conoces.

Alan levanta la vista del teléfono con una sonrisa de satisfacción.

Lo conozco bien, dice. Lo vi en la queli de Eric el otro día.

Ella se arrepiente de haber abierto la boca. Alan va de un lado al otro del patio, Marianne oye el ruido áspero de sus pasos cuando se dirige hacia la hierba. Alguien al otro lado de la línea comienza a hablar y el rostro de Alan estalla en una sonrisa tensa y radiante.

¿Qué tal?, dice. Bien hecho, felicidades.

Connell habla bajo, así que Marianne no lo oye. Alan sigue con esa sonrisa tirante en la cara. Siempre se pone así cuando trata con otra gente, rastrero y adulador.

Sí, sigue diciendo. Le ha ido bien, sí. ¡Pero no tanto como a ti! Quinientos noventa, ha sacado. ¿Quieres que te la pase?

Marianne levanta la vista. Alan está de broma. Cree que Connell dirá que no. No se le ocurre ninguna razón por la que Connell pudiera querer hablar por teléfono con Marianne, una pringada sin amigos; y mucho menos en un día especial como este. Pero él le dice que sí. La sonrisa de Alan flaquea.

Sí, dice, ningún problema.

Le tiende el móvil a Marianne para que lo coja. Ella niega con la cabeza. A Alan se le abren los ojos como platos. Sacude la mano hacia ella.

Coge. Quiere hablar contigo.

Ella niega de nuevo. Alan le clava el teléfono en el pecho, bruscamente.

Está esperando a que lo cojas, Marianne.

No quiero hablar con él, dice ella.

La cara de Alan adopta una expresión salvaje de furia, se le ve todo el blanco de los ojos. Le clava el móvil aún con más fuerza en el esternón, hasta hacerle daño.

Dile hola.

Marianne oye la voz de Connell zumbando en el auricular. El sol le pega en la cara. Le coge el teléfono de la mano a Alan y, deslizando el dedo, cuelga la llamada. Alan se queda ahí plantado mirándola desde arriba. Durante varios segundos no se oye ni un sonido en el jardín. Y entonces, en voz baja, dice:

¿Por qué cojones has hecho eso?

No quería hablar con él. Ya te lo he dicho.

Él sí que quería hablar contigo.

Sí, ya sé que quería.

Es un día excepcionalmente soleado, y la sombra de Alan en el césped tiene una cualidad intensa y afilada. Marianne tiene todavía el teléfono en la mano, descansando sobre la palma abierta, a la espera de que su hermano lo coja.

En abril, Connell le dijo que iba a llevar a Rachel Moran al baile de graduación. Marianne estaba sentada en el borde de la cama, con pose fría y divertida, lo que le hacía sentir incómodo. Él le dijo que no era nada «romántico», y que Rachel y él eran solo amigos.

¿Te refieres a solo amigos como tú y yo?, dijo Marianne.

Bueno, no. Distinto.

Pero ¿te estás acostando con ella?

No. ¿Cómo iba a tener tiempo siquiera?

¿Y quieres?

No es que me atraiga enormemente la idea. Y tampoco creo que sea tan insaciable, la verdad, ya te tengo a ti.

Marianne se miró fijamente las uñas.

Es broma, dijo Connell.

No pillo qué parte es broma.

Sé que estás cabreada conmigo.

Me da igual, en realidad. Solo creo que si quieres acostarte con ella deberías decírmelo.

Sí, y te lo diré, si algún día quiero. Dices que el problema es ese, pero, sinceramente, no creo que esa sea la cuestión.

¿Y cuál es entonces?, le espetó Marianne.

Él se la quedó mirando. Ella volvió a bajar la vista a sus uñas, ruborizada. Connell no dijo nada. Al final Marianne se echó a reír, porque su ánimo no la había abandonado por completo, y evidentemente aquello tenía su punto divertido, la brutalidad con que él la había humillado, y su incapacidad para pedir perdón o para reconocer siquiera lo que había hecho. Se marchó a casa y se metió directamente en la cama, donde durmió trece horas seguidas.

A la mañana siguiente dejó el instituto. Era imposible volver atrás, lo mirara por donde lo mirase. Nadie más iba a invitarla al baile, eso estaba claro. Había organizado la recogida de fondos, había alquilado el local, pero no iría a la fiesta. Todo el mundo lo sabría, y algunos se alegrarían, y hasta los más empáticos no sentirían más que una terrible vergüenza ajena. En lugar de ir a clase se quedaba todo el día en su cuarto con las cortinas echadas, estudiando y durmiendo a horas extrañas. Su madre estaba furiosa. Hubo portazos. En dos ocasiones distintas la cena de Marianne fue del plato a la basura.

Aun así, era una persona adulta, y nadie podía seguir obligándola a ponerse un uniforme y a aguantar que la miraran o murmurasen sobre ella.

Una semana después de dejar el instituto, entró en la cocina y vio a Lorraine de rodillas en el suelo limpiando el horno. Lorraine se enderezó un poco y se secó la frente con la parte de muñeca que quedaba al descubierto por encima del guante de goma. Marianne tragó saliva.

Hola, cariño, la saludó Lorraine. Me han dicho que llevas unos días sin ir al instituto. ¿Va todo bien?

Sí, estoy bien, respondió Marianne. De hecho, no voy a volver a clase. Creo que aprovecho más si me quedo en casa y estudio.

Lorraine asintió.

Como tú veas.

Y luego volvió a restregar el interior del horno. Marianne abrió la nevera para buscar el zumo de naranja.

Mi hijo dice que no le coges las llamadas, añadió Lorraine.

Marianne se quedó inmóvil, y el silencio de la cocina resonó en sus oídos, como el ruido blanco del agua corriendo.

Sí. Supongo que sí.

Bien hecho, dijo Lorraine. No te merece.

Marianne sintió un alivio tan enorme y repentino que se parecía casi al pánico. Dejó el zumo de naranja en la encimera y cerró la nevera.

Lorraine, dijo, ¿le puedes pedir que no venga? En plan, si te tiene que recoger y eso, ¿pasa algo si se queda fuera?

Ah, por lo que a mí respecta, tiene la entrada prohibida permanentemente. No te tienes que preocupar por eso. Hasta yo estoy tentada de echarlo de mi propia casa.

Marianne sonrió, incómoda.

No ha hecho nada tan malo. O sea, en comparación con el resto de la gente del instituto ha sido bastante amable, la verdad.

Cuando oyó esto, Lorraine se puso de pie y se quitó los guantes. Sin decir palabra, rodeó a Marianne entre sus brazos y la estrechó muy fuerte. Con una voz extraña y ahogada, Marianne dijo:

No pasa nada. Estoy bien. No te preocupes por mí.

Era verdad lo que había dicho de Connell. No había hecho nada tan malo. Nunca intentó hacerle creer que fuese socialmente aceptable; se había engañado ella sola. Se había limitado a usarla como una especie de experimento privado, y su disposición a ser utilizada seguramente debió de sorprenderle. Al final había sentido lástima por ella, pero también rechazo. En cierto modo lo lamenta por él, porque ahora tiene que vivir con el hecho de haberse acostado con ella, por propia decisión, y de haberlo disfrutado. Eso dice más de él, la persona en teoría sana y normal, que de ella. Marianne no volvió al instituto más que para hacer los exámenes. Para entonces la gente andaba diciendo que había estado en el psiquiátrico. Pero ahora todo eso ya daba igual.

¿Estás enfadada porque ha sacado mejor nota que tú?, le dice su hermano.

Marianne se echa a reír. ¿Por qué no iba a reírse? Su vida aquí en Carricklea ha terminado, y puede que empiece una nueva, o puede que no. Pronto estará metiendo cosas en maletas: jerséis de lana, faldas, sus dos vestidos de seda. Un juego de tazas y platillos con dibujos de flores. Un secador, una sartén, cuatro toallas de algodón blancas. Una cafetera. Los objetos de una existencia nueva.

No, responde.

¿Y por qué no has querido saludarle, entonces?

Pregúntaselo a él. Si tan amigos sois, tendrías que preguntárselo. Él lo sabe.

Alan cierra la mano izquierda en un puño. Ya da igual, se ha acabado. Últimamente, Marianne pasea por Carricklea y piensa en lo bonito que es cuando hace sol, unas nubes blancas como polvo de tiza sobre la biblioteca, largas avenidas bordeadas de árboles. El arco de una pelota de tenis cruzando el cielo azul. Coches frenando en los semáforos con las ventanillas bajadas, música quejumbrosa saliendo de los altavoces. Marianne se pregunta cómo sería pertenecer a este sitio, caminar por la calle saludando a la gente y sonriendo. Sentir que la vida está sucediendo aquí, en este lugar, y no en algún otro muy lejano.

¿Qué quieres decir con eso?, pregunta Alan.

Que le preguntes a Connell Waldron por qué ya no nos hablamos. Llámalo otra vez, si quieres, me gustaría saber qué responde.

Alan se muerde el nudillo del índice. Le tiembla el brazo. En apenas unas semanas Marianne estará viviendo con gente distinta, y la vida será distinta. Pero ella no. Ella seguirá siendo la misma persona, atrapada dentro de su propio cuerpo. No hay lugar alguno al que pueda ir para liberarse de esto. Un lugar distinto, gente distinta, ¿qué más da? Alan se saca el nudillo de la boca.

Como si le importase una mierda, dice Alan. Me sorprende hasta que sepa tu nombre.

Ah, pues de hecho antes estábamos muy unidos, de hecho. Le puedes preguntar también, si quieres. Aunque a lo mejor te hace sentir un poco incómodo, eso sí.

Antes de que Alan pueda responder, oyen a alguien llamando desde el interior de la casa, una puerta que se cierra. Su madre está en casa. Alan levanta la vista, su expresión cambia, y Marianne nota cómo su cara se vuelve también a mirar involuntariamente.

No deberías ir contando mentiras sobre la gente, dice su hermano.

Ella asiente, sin pronunciar palabra.

No le cuentes esto a mamá, añade.

Ella niega con la cabeza.

No, conviene.

Aunque daría lo mismo que se lo contara, en realidad. Denise decidió hace mucho tiempo que es aceptable que los hombres empleen las agresiones contra Marianne como una forma de expresarse a sí mismos. De niña, Marianne se resistía, pero ahora se limita a desconectar, como si aquello no tuviese ningún interés para ella, en cierto modo no lo tiene. A Denise esto le parece un síntoma de la personalidad fría y antipática de su hija. Cree que a Marianne le falta «calidez», con lo que se refiere a la capacidad de mendigar amor de personas que la odian. Alan vuelve adentro. Marianne oye la puerta del patio al cerrarse.

Tres meses más tarde

Connell no conoce a nadie en la fiesta. La persona que lo invitó no es la misma que le ha abierto la puerta y que, con gesto indiferente, lo ha dejado pasar. A la persona que lo invitó, un tipo llamado Gareth que va con él al seminario de teoría de la crítica, todavía no lo ha visto. Connell sabía que ir a una fiesta él solo sería mala idea, pero Lorraine lo convenció por teléfono de lo contrario.

No conoceré a nadie, dijo él.

Y ella respondió con paciencia:

No conocerás nunca a nadie si no sales y te relacionas con gente.

Y aquí está ahora, plantado en una sala llena de gente sin saber si quitarse la chaqueta o no. Le parece prácticamente un escándalo quedarse ahí él solo. Tiene la sensación de que todo el mundo alrededor está molesto por su presencia y esforzándose por no mirarlo.

Al fin, justo cuando ha decidido marcharse, entra Gareth. El intenso alivio de Connell al verlo desata una nueva ola de autodesprecio, dado que ni siquiera lo conoce demasiado ni le cae particularmente bien. Gareth le tiende la mano, y Connell, con ademán desesperado, estrafalario, se descubre estrechándola. Es un punto muy bajo en su vida adulta. La gente los mira mientras se dan la mano, Connell está seguro de ello.

Me alegro de verte, tío, dice Gareth. Me alegro. Me gusta la mochila, muy noventas.

Connell lleva una mochila azul marino totalmente lisa, sin el más mínimo adorno que la diferencie de ninguna de las numerosas mochilas que hay en la fiesta.

Ah, dice. Sí, gracias.

Gareth es una de esas personas populares metida en sociedades estudiantiles. Fue a una de las grandes escuelas privadas de Dublín, y en el campus la gente está siempre saludándolo, en plan: ¡Eh, Gareth! ¡Gareth, eh! Lo llaman de punta a punta de la plaza principal solo para que los salude con la mano. Connell lo ha visto. Yo antes le caía bien a la gente, tiene ganas de decir bromeando. Jugaba en el equipo de fútbol del instituto. Pero aquí nadie le reiría esa broma.

¿Te traigo algo para beber?, pregunta Gareth.

Connell ha traído un pack de seis botellines de sidra, pero no le apetece hacer nada que atraiga la atención hacia su mochila, por si Gareth se siente empujado a emitir más comentarios sobre ella.

Gracias, dice.

Gareth se abre paso hasta la mesa que hay a un lado de la sala y regresa con un botellín de Corona.

¿Te vale esto?, pregunta.

Connell lo mira un segundo, dudando si la pregunta es irónica o sinceramente servil. Incapaz de decidirlo, responde:

Sí, me vale, gracias.

La gente en la universidad es así: tan pronto se muestran engreídos hasta decir basta, como se rebajan para hacer gala de sus buenos modales. Connell da un trago a la cerveza bajo la mirada de Gareth. Sin sarcasmo aparente, este sonríe y dice:

Salud.

Así son las cosas en Dublín. Todos los compañeros de clase de Connell tienen idéntico acento y llevan un MacBook del mismo tamaño debajo del brazo. En los seminarios expresan sus opiniones con vehemencia y llevan a cabo debates improvisados. Incapaz de formular posturas tan claras o de expresarlas con una mínima contundencia, Connell experimentó al principio un sentimiento de aplastante inferioridad respecto a sus compañeros de universidad, como si se hubiera ascendido a sí mismo por error a un nivel muy superior al suyo, en el que tiene que esforzarse por asimilar las premisas más elementales. Poco a poco empezó a preguntarse por qué los debates en todas sus clases eran tan abstractos y carecían de detalles textuales, y terminó por darse cuenta de que la mayoría de gente no seguía el programa de lecturas. Iban todos los días a la universidad a mantener acalorados debates sobre libros que no habían leído. Ahora entiende que sus compañeros de clase no son como él. Para ellos es sencillo tener opiniones, y expresarlas con confianza. No les preocupa quedar como unos ignorantes o unos engreídos. No son tontos, pero tampoco mucho más inteligentes que él. Es solo que se mueven por el mundo de otra manera. Seguramente nunca llegará a comprenderlos del todo, y sabe que ellos nunca lo comprenderán a él, ni lo intentarán siquiera.

De todos modos, tiene pocas horas de clase a la semana, así que ocupa el resto del tiempo leyendo. Por las noches se queda hasta tarde en la biblioteca, leyendo los textos que les hayan mandado, novelas, obras de crítica literaria. Como no tiene amigos con los que comer, lee durante la hora del almuerzo. Los fines de semana, cuando hay fútbol en la tele, echa un vistazo a la actualidad de su equipo y luego se vuelve a leer, en lugar de ver la previa del partido. Una noche, la biblioteca empezó a echar el cierre justo cuando llegaba al pasaje de *Emma* en el que parece que el señor Knightley se va a casar con Harriet, y tuvo que cerrar el libro y volver a casa caminando sumido en un estado de extraña agitación emocional. Se hace gracia a sí mismo, cuando queda envuelto de esa manera en el drama de las novelas. No parece muy serio intelectualmente preocuparse de con quién se casan o dejan de casarse unos personajes de ficción. Pero así es: la literatura lo conmueve. Uno de sus profesores lo define como «el placer de ser tocado por el gran arte». Con esas palabras, parece algo casi sexual. Y en cierto modo, el sentimiento que provoca en

Connell que el señor Knightley bese la mano de Emma no es por completo asexual, aunque su vínculo con la sexualidad sea indirecto. Esto le induce a pensar que la misma imaginación que emplea como lector es necesaria también para entender a la gente real, y para entablar una relación estrecha con ella.

Tú no eres de Dublín, ¿verdad?

No. De Sligo.

¿Ah, sí? Mi novia es de Sligo.

Connell no está seguro de qué espera Gareth que responda a eso.

Ah, replica tímidamente. Bueno, es lo que hay.

La gente en Dublín menciona a menudo el oeste de Irlanda con ese tono de voz extraño, como si fuese un país extranjero, pero uno en el que se consideran grandes entendidos. La otra noche, en el Workmans, Connell le dijo a una chica que era de Sligo y ella puso una cara curiosa y dijo: Sí, tienes pinta. De hecho, le parece que cada vez más le atrae ese tipo arrogante de persona. A veces, cuando sale de noche, de entre una multitud de mujeres sonrientes con vestidos ajustados y pintalabios perfectamente aplicado, su compañero de piso Niall señala a una de ellas y dice: Apuesto a que esa te parece atractiva. Y siempre es una chica de pecho plano, con zapatones y fumando un cigarrillo con aire de desdén. Y Connell tiene que reconocer que sí, sí que le parece atractiva, y puede que incluso intente hablar con ella y que vuelva a casa sintiéndose todavía peor que antes.

Incómodo, mira alrededor y dice:

Tú vives aquí, ¿verdad?

Sí, dice Gareth. No está mal para ser un alojamiento del campus, ¿verdad?

No, nada mal. Es muy bonito, realmente.

¿Por dónde vives tú?

Connell se lo explica. Es un piso cerca de la universidad, justo al lado de Brunswick Place. Niall y él tienen un cuartito alquilado a medias, con dos camas individuales pegadas a paredes opuestas. Comparten la cocina con dos estudiantes portugueses que no están nunca en casa. El piso tiene algún problema de humedades, y a veces por las noches hace tanto frío que Connell ve su propio aliento flotando en la oscuridad, pero al menos Niall es buena persona. Es de Belfast y a él también le parece rara la gente del Trinity, lo cual es consolador. Connell ya conoce más o menos a algunos amigos de Niall, y conoce también de vista a la mayoría de sus propios compañeros de clase, pero nadie con quien tener una verdadera conversación.

Allá en casa, la timidez de Connell no supuso nunca un gran obstáculo para su vida social, porque todo el mundo sabía quién era, y en ningún momento tuvo necesidad de presentarse o de crear ninguna imagen sobre su personalidad. Si acaso, su personalidad parecía algo externo a sí mismo, gestionado por las opiniones de los demás, y no algo que él hiciese o produjese de manera autónoma. Ahora tiene un sentimiento de invisibilidad, de insignificancia, sin reputación alguna que le sirva de carta de recomendación para nadie. Pese a que su aspecto físico no ha cambiado, se siente objetivamente peor parecido que antes. Se ha vuelto muy consciente de su ropa. Todos los chicos de su clase llevan la misma parka encerada y los mismos pantalones chinos color ciruela, y Connell no tiene ningún problema con que la gente se vista como quiera, pero él se sentiría un completo imbécil con esa ropa puesta. Al mismo tiempo, eso lo obliga a reconocer que su propia ropa es barata y está pasada de moda. Los únicos zapatos que tiene son un par de Adidas viejísimas que se pone para ir a todas partes, hasta al gimnasio.

Sigue volviendo a casa los fines de semana, porque trabaja en la gasolinera los sábados por la tarde y los domingos por la mañana. La mayoría de la gente del instituto ya se ha ido del pueblo, a estudiar o trabajar. Karen vive en Castlebar con su hermana, Connell no la ha visto desde el examen de selectividad. Rob y Eric están estudiando administración de empresas en Galway y parece que no pasen nunca por el pueblo.

Algunos fines de semana Connell no ve a ni a una sola persona del instituto. Por las noches se queda en casa viendo la tele con su madre.

¿Qué tal lo de vivir sola?, le preguntó la semana pasada.

Ella sonrió.

Ah, es fantástico. Nadie se deja toallas tiradas en el sofá. Nada de platos sucios en el fregadero, es genial.

Él asintió, serio. Lorraine le dio un empujoncito juguetón.

¿Qué quieres que te diga? ¿Que por las noches lloro hasta quedarme dormida?

Connell puso los ojos en blanco.

Obviamente, no, murmuró.

Ella le dijo que se alegraba de que se hubiese marchado, que pensaba que sería bueno para él.

¿Qué tiene de bueno marcharse?, preguntó Connell. Tú has vivido aquí toda la vida y has salido bastante bien.

Lorraine lo miró boquiabierta.

Ah, y tienes pensado enterrarme aquí, ¿no? Dios, solo tengo treinta y cinco años.

Connell intentó no reírse, aunque le pareció divertido.

Podría marcharme mañana mismo, muchas gracias, añadió. Y me ahorraría tener que ver tu cara de triste cada fin de semana.

Aquí Connell tuvo que reírse, no lo pudo evitar.

Ahora Gareth le está diciendo algo que no consigue oír. *Watch the Throne* suena a todo volumen por un par de altavoces malos. Connell se inclina un poco hacia Gareth y dice:

¿Qué?

Mi novia, tendrías que conocerla. Te la presento.

Contento por la pausa en la conversación, Connell sigue a Gareth por la puerta principal hasta los escalones de la entrada. El edificio está enfrente de las pistas de tenis, que a esta hora están cerradas y desprenden una frialdad fantasmagórica en el vacío, rojizas a la luz de las farolas. Al pie de las escaleras hay gente fumando y hablando.

Eh, Marianne, dice Gareth.

Ella levanta la vista del cigarrillo, a media frase. Lleva una chaqueta de pana encima de un vestido y el pelo recogido hacia atrás. La mano que sostiene el cigarrillo se ve larga y etérea bajo esa luz.

Ah, vale, dice Connell. Hola.

Al instante, de manera increíble, la cara de Marianne estalla en una sonrisa gigantesca que deja a la vista sus dientes torcidos. Se ha puesto pintalabios. Todos tienen los ojos puestos en ella. Estaba hablando, pero se ha interrumpido para mirarlo.

Virgen santa, exclama. ¡Connell Waldron! Llegado de ultratumba.

Él carraspea y, aterrorizado por parecer normal, dice:

¿Desde cuándo fumas?

Para Gareth, para sus amigos, ella añade:

Íbamos juntos al instituto.

Clavando de nuevo la mirada en Connell, radiante de satisfacción, dice:

Bueno, ¿y cómo estás?

Él se encoge de hombros y masculla:

Sí, bueno, bien.

Marianne lo mira como si sus ojos contuviesen un mensaje.

¿Te apetece tomar algo?

Connell le muestra la botella que le ha servido Gareth.

Te busco un vaso. Vamos adentro.

Marianne sube los escalones hasta donde está él.

Vuelvo enseguida, dice por encima del hombro.

Por este comentario, y por la forma en que estaba en las escaleras, Connell ve claramente que toda esa gente de la fiesta son amigos suyos, que tiene un montón de amigos, y que es feliz. Entonces la puerta principal se cierra tras ellos y están en el recibidor, solos.

La sigue hasta la cocina, que está vacía y sumida en un higiénico silencio. Superficies a juego de un verde azulado y electrodomésticos de marca. La ventana cerrada refleja el interior iluminado, azul y blanco. Connell no necesita vaso, pero Marianne coge uno del armario de la cocina y él no dice nada. Ella se quita la chaqueta y le pregunta de qué conoce a Gareth. Connell le responde que comparten algunas clases. Marianne cuelga la chaqueta del respaldo de una silla. Lleva un vestido gris bastante largo con el que su cuerpo se ve esbelto y delicado.

Parece que lo conoce todo el mundo, dice Marianne. Es extrovertido.

Es uno de esos famosos del campus.

Eso la hace reír, y es como si no pasara nada entre ellos, como si viviesen en un universo ligeramente distinto en el que no hubiese ocurrido nada malo, pero en el que de pronto Marianne tiene un novio guay y Connell es el solitario y el colgado.

Le encantaría oír eso, dice ella.

Parece que está metido en un montón como de... comités de cosas.

Marianne sonríe, lo mira con los ojos entornados. El pintalabios es muy oscuro, color vino, y lleva también los ojos maquillados.

Te he echado de menos, dice.

Esa franqueza, tan pronta y tan inesperada, lo hace ruborizarse. Empieza a verter la cerveza en el vaso para distraer su atención.

Sí, yo también. Me preocupé un poco cuando dejaste el instituto y todo eso. Ya sabes, me quedé bastante hecho polvo.

Bueno, nunca fuimos mucho juntos en horario de clase.

No. Ya. Obviamente.

¿Y qué hay de Rachel y tú? ¿Seguís saliendo?

No, lo dejamos en verano.

Con una voz que contiene el punto justo de falsedad para sonar casi sincera, Marianne dice:

Vaya. Lo siento.

Después de que Marianne dejase el instituto en abril, Connell entró en una época decaída. Los profesores se lo comentaron. La orientadora le dijo a Lorraine que estaba «preocupada» por él. Seguramente la gente de clase también andaba hablando sobre el tema, no lo sabía. Era incapaz de reunir la energía necesaria para actuar con normalidad. A la hora del almuerzo se sentaba en el mismo sitio de siempre, tomando bocados tristes de comida, sin prestar atención a lo que hablasen sus amigos. A veces ni siquiera los oía cuando lo llamaban por su nombre, y tenían que lanzarle algo o darle un capón en la cabeza para que reaccionase. Todo el mundo debía de saber que algo le pasaba. Sentía una vergüenza debilitante por el tipo de persona que había resultado ser, y echaba de menos cómo le había hecho sentir Marianne, y su compañía. La llamaba por teléfono a todas horas, le mandaba mensajes todos los días, pero ella nunca respondió. Lorraine le dijo que tenía prohibido entrar en su casa, aunque cree que de todas formas tampoco se le habría ocurrido intentarlo.

Durante un tiempo trató de superarlo bebiendo demasiado y manteniendo tristes y ansiosas relaciones sexuales con otras chicas. En una fiesta que montaron en mayo en casa de alguien, se acostó con la hermana de Barry Kenny, Sinead, que tenía veintitrés años y estaba licenciada en logopedia. Al terminar se sintió tan mal que vomitó, y tuvo que decirle a Sinead que estaba borracho aunque en realidad no era así. No había nadie con quien pudiera hablar de ello. Sentía una soledad terrible. Tenía sueños recurrentes en los que volvía a estar con Marianne y la abrazaba plácidamente, como solía hacer cuando estaban cansados, y hablaban en voz baja. Luego recordaba lo que había pasado y se despertaba tan deprimido que era incapaz de mover un solo músculo del cuerpo.

Una noche, en junio, llegó a casa borracho y le preguntó a Lorraine si veía mucho a Marianne cuando iba a trabajar.

A veces, respondió ella. ¿Por qué?

¿Y está bien o qué?

Ya te he dicho que creo que está disgustada.

No me responde a ningún mensaje ni nada. Cuando la llamo, en plan, si ve que soy yo, no lo coge.

Porque heriste sus sentimientos.

Sí, pero está exagerando un poco, ¿no?

Lorraine se encogió de hombros y volvió a mirar la tele.

¿Tú no lo piensas?

¿Que si pienso qué?

¿No piensas que es exagerar, lo que está haciendo?

Lorraine siguió mirando fijamente la tele. Connell iba borracho, no recuerda qué era lo que ella estaba viendo. Muy despacio, su madre le dijo:

Marianne es una persona muy vulnerable, ¿sabes? Tú te aprovechaste mucho de ella y le hiciste daño. Así que tal vez está bien que te sientas mal por ello.

Yo no he dicho que me sienta mal, respondió él.

Comenzó a salir con Rachel en julio. Todo el mundo en el instituto sabía que él le gustaba, y daba la impresión de que Rachel consideraba el emparejamiento un logro personal por su parte. En cuanto a la relación en sí, tenía lugar fundamentalmente antes de salir de noche, mientras ella se ponía maquillaje y se quejaba de sus amigas, y Connell la esperaba sentado allí bebiendo latas. A veces miraba el móvil mientras Rachel hablaba y ella le decía: Ni siquiera me estás escuchando. Connell detestaba la forma en que actuaba cuando estaba con ella, porque tenía razón, no la estaba escuchando, y cuando lo hacía no le gustaba lo que decía. Solo se acostó con ella dos veces, ninguna de ellas placentera, y cuando se tumbaban juntos en la cama sentía una presión dolorosa en el pecho que le impedía respirar. Había pensado que estar con ella lo haría sentirse menos solo, pero lo único que consiguió fue darle a su soledad un carácter pertinaz, como si estuviese instalada en su interior y fuese imposible de erradicar.

Al fin llegó la noche del baile de graduación. Rachel llevó un vestido exageradamente caro y Connell posó con ella en el jardín de su casa para que su madre les hiciese una foto. Rachel no dejaba de mencionar que Connell iba a ir al Trinity, y su padre le enseñó algunos palos de golf. Luego fueron al hotel y cenaron. Todo el mundo terminó muy borracho, y Lisa se desmayó antes del postre. Por debajo de la mesa, Rob les enseñó a Eric y a Connell fotos de Lisa desnuda en el móvil. Eric se reía e iba dando golpecitos a la pantalla para ampliar partes de su cuerpo. Connell se quedó mirando el teléfono y luego dijo en tono pausado:

Un poco chungo enseñarle eso a la gente, ¿no?

Con un sonoro suspiro, Rob bloqueó el teléfono y se lo metió de nuevo en el bolsillo.

Últimamente te estás poniendo gay de la hostia con estas cosas, dijo.

A medianoche, borracho hasta las cejas pero hipócritamente asqueado por la ebriedad de todo el mundo a su alrededor, Connell salió deambulando del salón del baile y cruzó por un pasillo hasta el jardín de fumadores. Se había encendido un cigarrillo y estaba enfrascado haciendo trizas las hojas bajas de un árbol cercano cuando se abrió la puerta y Eric salió y se unió a él. Soltó una risita cómplice al verlo, y luego se sentó en una maceta puesta boca abajo y se encendió también un cigarrillo.

Una pena que Marianne no haya venido al final, dijo.

Connell asintió. Odiaba oír su nombre mencionado y no quería darle el gusto de una respuesta.

¿Qué pasó con eso?, preguntó Eric.

Connell lo miró en silencio. Un haz de luz blanca caía desde la bombilla que había sobre la puerta e iluminaba la cara de Eric con una palidez fantasmal.

¿A qué te refieres?

Entre ella y tú.

Connell apenas reconoció su propia voz cuando dijo:

No sé de qué me estás hablando.

Eric sonrió de oreja a oreja y sus dientes relucieron con un brillo húmedo a la luz.

¿Te crees que no sabemos que te la estabas tirando? Lo sabe todo el mundo.

Connell se quedó callado y dio otra calada al cigarrillo. Aquella era seguramente la cosa más terrorífica que podría haberle dicho Eric, y no porque hubiese acabado con su vida, sino porque no lo hizo. Supo en aquel momento que el secreto por el que había sacrificado su propia felicidad y la felicidad de otra persona había sido insignificante desde el principio, que no tenía ningún valor. Marianne y él podrían haber ido de la mano por los pasillos del instituto, ¿y con qué consecuencias? Con ninguna, en realidad. A la gente le daba igual.

Muy bien, dijo Connell.

¿Cuánto duró la cosa?

No sé. Un tiempo.

¿Y cómo fue la historia? ¿Lo hiciste solo para reírte, o cómo va esto?

Ya me conoces.

Apagó el cigarrillo y volvió adentro a coger su chaqueta. Después se fue sin despedirse de nadie, incluida Rachel, que rompió con él poco después. Eso fue todo, la gente se marchó, él se marchó. La vida en Carricklea, que habían imbuido de tanto drama y trascendencia, terminó así, sin ninguna conclusión, y jamás podrían retomarla, nunca del mismo modo.

Sí, bueno, le dice a Marianne. No era muy compatible con Rachel, creo.

Marianne sonríe, una tímida sonrisita.

Hummm.

¿Qué?

Yo podría habértelo dicho.

Sí, deberías. Pero no respondías a mis mensajes en aquella época.

Bueno, me sentía un poco abandonada.

Yo también me sentía un poco abandonado, ¿eh?, dice Connell. Desapareciste. Y, por cierto, no tuve que ver nada con Rachel hasta siglos después de aquello. Tampoco es que importe ya ni nada, pero fue así.

Marianne suspira y niega con la cabeza en un gesto ambivalente.

En realidad no fue por eso por lo que dejé el instituto, dice.

Ya. Supongo que estabas mejor en casa.

Fue más, como, la última gota.

Sí, dice Connell. Me preguntaba si habría sido eso.

Marianne sonríe de nuevo, una sonrisa ladeada, como si estuviese flirteando.

¿En serio? A lo mejor tienes poderes telepáticos.

Lo cierto es que a veces creía que era capaz de leerte la mente, dice Connell.

En la cama, te refieres.

Connell da un sorbo de su vaso. La cerveza está fría, pero el vaso está a temperatura ambiente. Antes de esa noche no sabía cómo reaccionaría Marianne si algún día llegaban a encontrarse en la universidad, pero ahora parece inevitable, por supuesto que sería así. Por supuesto que ella hablaría con sorna de su vida sexual, como si fuese un chiste ingenioso entre ellos y no algo incómodo. Y en cierto modo le gusta, le gusta saber cómo actuar con ella.

Sí, responde Connell. Y también después. Pero a lo mejor es normal.

No lo es.

Sonríen, los dos, una sonrisa divertida a medio reprimir. Connell deja el botellín vacío sobre la encimera y mira a Marianne. Ella se alisa el vestido.

Se te ve muy bien, dice él.

Lo sé. Un clásico en mi vida: fue llegar a la universidad y volverme guapa.

Connell se echa a reír. Ni siquiera tiene ganas, pero hay algo en esa dinámica extraña entre ellos que le empuja a hacerlo. «Un clásico en mi vida» es una expresión muy de Marianne, un punto autoparódica, que al mismo tiempo alude a cierta noción asumida por ambos, la noción de que ella es especial. Su vestido es escotado por delante y deja ver sus pálidas clavículas como dos guiones blancos.

Tú siempre has sido guapa, dice Connell. De eso entiendo, soy un tío superficial. Eres muy guapa, eres preciosa.

Ahora ella no se ríe. Esboza una expresión curiosa y se aparta el pelo de la frente.

Ah, vaya. Eso hacía tiempo que no me lo decían.

¿No te dice Gareth que eres preciosa? ¿O es que anda demasiado ocupado con, no sé, el grupo de teatro o algo?

El grupo de debate. Y estás siendo muy cruel.

¿De debate? Dios, no me digas que está metido en el rollo ese nazi, ¿verdad?

Los labios de Marianne se transforman en una fina línea. Connell no lee muy a menudo los periódicos del campus, pero así y todo ha conseguido enterarse de que la sociedad de debate ha invitado a un neonazi a dar una conferencia. En las redes sociales, el tema está en todas partes. Hasta ha salido un artículo en *The Irish Times*. Connell no ha comentado nada en ningún hilo de Facebook, pero, en lo que debe de ser la acción política más clamorosa que ha llevado a cabo en su vida, ha puesto me gusta en varios comentarios que exigen que se cancele la invitación.

Bueno, no compartimos la misma opinión en todo, dice Marianne.

Él se ríe, feliz por algún motivo de descubrirla tan inusitadamente falta de convicción y escrúpulos.

Yo me sentía mal por salir con Rachel Moran. Pero tu novio es un negacionista del Holocausto.

Bah, solo defiende la libertad de expresión.

Sí, eso está muy bien. Gracias a Dios que tenemos a los moderados blancos, como creo que escribió en su día Martin Luther King.

Marianne se ríe con eso, sinceramente. Sus dientecillos blancos asoman de nuevo un instante, antes de llevarse una mano a la boca para taparla. Connell da otro trago a su bebida y se fija en su expresión dulce, que ha echado de menos, y todo esto le parece una bonita escena entre ellos, aunque probablemente más adelante deteste todo lo que le ha dicho.

Vale, dice Marianne, los dos suspendemos en pureza ideológica.

Connell se plantea responder: Espero que sea muy bueno en la cama, Marianne. Seguro que lo encontraría gracioso. Pero por algún motivo, puede que por timidez, no lo dice. Ella lo mira con los ojos entornados y pregunta:

¿Estás saliendo con alguna persona problemática en estos momentos?

No, responde Connell. Ni siquiera con una buena persona.

Marianne muestra una sonrisa curiosa.

¿Te está costando conocer gente?

Él se encoge de hombros y luego, con gesto vago, asiente.

Es un poco distinto de casa, ¿no?

Tengo algunas amigas que podría presentarte.

¿Ah, sí?

Sí, ahora tengo de eso.

No estoy seguro de que fuese su tipo.

Se miran el uno al otro. Ella está algo ruborizada y el pintalabios se le ha corrido ligeramente en el labio inferior. Su mirada lo perturba como solía hacerlo; es como mirarse en un espejo, contemplar algo que no tiene secretos para ti.

¿Qué quieres decir con eso?

No sé.

¿Qué hay en ti que pueda no gustarles?

Connell sonríe y mira el fondo del vaso. Si Niall viese a Marianne, soltaría: No me lo digas. Te gusta. Es cierto que es su tipo, puede que sea incluso el modelo original de ese tipo: elegante, aspecto hastiado, la impresión de una perfecta seguridad en sí misma. Y se siente atraído por ella, lo reconoce. Después de estos meses lejos de casa, la vida parece haber ganado en amplitud y sus dramas personales se le antojan menos importantes. Ya no es esa persona ansiosa y reprimida que era en el instituto, cuando la atracción que sentía hacia ella le resultaba aterradora, como un tren abalanzándose sobre él, y había arrojado a Marianne a las vías. Sabe que ella está actuando de ese modo extraño y remilgado porque quiere que vea que no le guarda rencor. Connell podría decirle: Siento mucho lo que te hice, Marianne. Siempre pensó que, si volvía a verla alguna vez, eso era lo que le diría. Pero ahora, de algún modo, ella no parece admitir esa posibilidad, o puede que él mismo esté siendo cobarde, o ambas cosas.

No lo sé, responde. Buena pregunta. No lo sé.

Tres meses más tarde

(FEBRERO DE 2012)

Marianne se sienta en el asiento delantero del coche de Connell y cierra la puerta. Lleva el pelo sin lavar, y sube los pies al asiento para atarse los cordones. Huele como a licor de frutas, no de un modo desagradable, pero tampoco del todo agradable. Connell entra en el coche y enciende el motor. Ella lo mira de reojo.

¿Te has abrochado el cinturón?, le pregunta él.

Tiene los ojos en el retrovisor, como si fuese un día cualquiera. En realidad, es la mañana siguiente de una fiesta en una casa de Swords en la que Connell no bebió y Marianne sí, así que no tiene nada de normal. Ella se abrocha el cinturón obedientemente, para mostrarle que siguen siendo amigos.

Perdón por lo de anoche, dice.

Intenta pronunciar las palabras de un modo que transmita varias cosas: disculpa, una dolorosa vergüenza, cierta dosis adicional de vergüenza fingida que sirva para ironizar y diluir la de tipo doloroso, la noción de saberse pronto perdonada o de que lo está ya, el deseo de «no darle demasiada importancia».

Ya está, déjalo.

Bueno, lo siento.

No pasa nada.

Connell está saliendo por el camino de entrada. Al parecer ha dado por zanjado el incidente, pero por algún motivo a Marianne eso no le sirve. Quiere que él deje constancia de lo ocurrido antes de pasar página, o tal vez es que solo quiere sufrir innecesariamente.

Estuvo fuera de lugar, le dice.

Mira, ibas bastante borracha.

Eso no es excusa.

Y bastante pasada, cosa que no descubrí hasta más tarde.

Sí. Me sentí como una acosadora.

Connell se echa a reír. Ella se lleva las rodillas al pecho y se abraza las piernas con las manos en los codos.

No me acosaste. Son cosas que pasan.

Esto es lo que pasó. Connell llevó a Marianne en coche hasta la casa de una amiga común que daba una fiesta de cumpleaños. Habían decidido que pasarían la noche allí y que Connell la llevaría de vuelta la mañana siguiente. Por el camino escucharon a Vampire Weekend, y Marianne fue dando tragos de ginebra de una petaca plateada y hablando del gobierno Reagan.

Te estás emborrachando, le dijo Connell en el coche.

¿Sabes?, tienes una cara muy bonita, dijo ella. De hecho, me lo ha dicho más gente, lo de tu cara.

Hacia medianoche, en la fiesta, Connell se había perdido por ahí y Marianne había encontrado a sus amigas Peggy y Joanna en el cobertizo. Estaban fumando y bebiendo juntas una botella de Cointreau. Peggy llevaba una chaqueta de cuero hecha polvo y unos pantalones de lino a rayas. El pelo le caía suelto sobre los hombros, y no dejaba de echárselo hacia un lado y de peinárselo con los dedos. Joanna estaba sentada encima del congelador en calcetines. Llevaba un vestido largo e informe, como de embarazada, con una camisa debajo. Marianne se apoyó contra la lavadora y se sacó la petaca de ginebra del bolsillo. Peggy y Joanna estaban hablando de moda masculina, y en concreto del gusto de sus amigos varones a la hora de vestirse. Marianne se sentía contenta de estar ahí sin más, con la lavadora soportando la mayor parte de su peso corporal, haciendo girar la ginebra dentro de su boca y escuchando hablar a sus amigas.

Tanto Peggy como Joanna estudian historia y política con Marianne. Joanna está ya proyectando su tesis de final de carrera sobre James Connolly y el Congreso de Sindicatos Irlandeses. Está siempre recomendando libros y artículos que Marianne lee, o lee por encima, o lee resumidos. La gente considera a Joanna una persona seria, que lo es, pero también puede ser muy divertida. Peggy no acaba de «pillar» del todo el humor de Joanna, porque ella tiene un tipo de carisma que tira más hacia lo aterrador y lo sexy que hacia lo cómico. En una fiesta antes de Navidad, Peggy le hizo una raya de cocaína a Marianne en el baño de su amigo Declan, y Marianne se la metió, al menos la mayor parte. No tuvo ningún efecto apreciable sobre su estado de ánimo, salvo por el hecho de que luego estuvo días sintiendo alternativamente diversión y culpa ante la idea de habérsela tomado. No se lo ha contado a Joanna. Sabe que a ella no le parecería bien, porque a la propia Marianne tampoco le parece bien, pero cuando a Joanna algo no le parece bien no va y lo hace de todos modos.

Joanna quiere dedicarse al periodismo, mientras que Peggy da la impresión de no querer trabajar en nada. Hasta ahora eso no le ha supuesto ningún problema, porque anda siempre con hombres a los que les gusta financiar su estilo de vida a base de bolsos y drogas caras. Suele preferir a hombres algo mayores que ella, hombres que trabajan para bancos de inversión o firmas contables, tipos de veintisiete años con dinero a espuertas y una novia abogada y sensata esperando en casa. Una vez Joanna le preguntó a Peggy si se le había ocurrido que quizá algún día sería ella la chica de veintisiete años cuyo novio se pasaba toda la noche por ahí metiéndose cocaína con una adolescente. Peggy no se sintió ni lo más remotamente insultada, le pareció muy gracioso. Dijo que para entonces ya estaría casada con un oligarca ruso y le daría igual cuántas amiguitas tuviera. Todo eso hace que Marianne se pregunte qué va a hacer ella cuando termine la carrera. No hay prácticamente ningún camino que parezca cerrado, ni siquiera el de casarse con un oligarca. Cuando sale de noche, los hombres le gritan las vulgaridades más atroces por la calle, así que salta a la vista que no se avergüenzan de desearla, más bien al contrario. Y en la universidad tiene a menudo la sensación de que su cerebro no conoce límites, de que puede sintetizar cualquier cosa que meta en él, es como tener una máquina potente dentro de la cabeza. Lo cierto es que todo está de su parte, pero no tiene ni idea de lo que va a hacer con su vida.

En el cobertizo, Peggy preguntó dónde estaba Connell.

Arriba, respondió Marianne. Con Teresa, supongo.

Connell había estado viéndose con una amiga suya llamada Teresa. Marianne no tiene ningún problema con esa chica, pero a menudo se descubre incitando a Connell a hablar mal de ella sin motivo, cosa a la que él se niega.

Connell viste bien, comentó Joanna.

No *del todo*, replicó Peggy. O sea, tiene su estilo, pero va casi siempre en chándal. Dudo hasta que tenga un traje.

Joanna buscó de nuevo la mirada de Marianne, y esta vez ella se la devolvió. Peggy, sin quitarles ojo, dio un trago teatralmente largo de Cointreau y se secó los labios con la mano con que agarraba la botella.

¿Qué?

Bueno, ¿no viene de un entorno bastante obrero?, preguntó Joanna.

Eso es supersusceptible, replicó Peggy. Entonces ¿no puedo criticar la manera de vestir de alguien por su nivel socioeconómico? Anda ya.

No, Joanna no quería decir eso, dijo Marianne.

Porque, a ver, somos todos muy majos con él.

Marianne se sintió incapaz de mirar a ninguna de sus amigas. ¿Quiénes son «todos»?, quiso preguntar. En lugar de eso, cogió la botella de Cointreau de manos de Peggy y dio dos tragos templados y asquerosamente dulces.

En algún momento hacia las dos de la madrugada, cuando ya estaba borrachísima y Peggy la había convencido para que se fumaran un porro a medias en el lavabo, vio a Connell en el descansillo de la tercera planta. No había nadie más con él.

Hey, la saludó.

Ella se apoyó contra la pared, borracha y anhelando su atención. Connell estaba en lo alto de la escalera.

Te has largado con Teresa.

¿Ah, sí?, respondió él. Qué interesante. Vas totalmente pasada, ¿verdad?

Hueles a perfume.

Teresa no está aquí. O sea, que no está en la fiesta.

Marianne, entonces, se echó a reír. Se sintió tonta, pero no en el mal sentido.

Ven aquí, le dijo.

Connell se acercó hasta quedar frente a ella.

¿Qué?

¿Te gusta más que yo?, preguntó Marianne.

Él le colocó un mechón de pelo detrás de la oreja.

No. A decir verdad, no la conozco demasiado bien.

Pero ¿es mejor que yo en la cama?

Estás borracha, Marianne. Si estuvieses sobria ni siquiera querrías saber la respuesta a esa pregunta.

Entonces no es la respuesta que quiero.

Se había embarcado en ese diálogo de un modo básicamente lineal, al tiempo que trataba de desabrochar uno de los botones de la camisa de Connell, no con un punto sexy, sino solo porque iba borrachísima y colocada. De hecho, ni siquiera había conseguido todavía desabrocharlo del todo.

No, por supuesto que es la respuesta que quieres.

Y entonces Marianne lo besó. Connell no se apartó como si estuviese horrorizado, pero sí que se echó atrás con bastante firmeza y le dijo:

No, venga.

Vamos arriba.

Esto…., ya estamos arriba.

Quiero que me folles.

Él puso una especie de expresión ceñuda que, de haber estado sobria, habría inducido a Marianne a fingir que todo era una broma.

Esta noche no. Estás borracha.

¿Ese es el único motivo?

Connell la miró desde arriba. Ella reprimió un comentario que se había estado reservando sobre la forma de su boca, sobre lo perfecta que era, porque quería que respondiese a la pregunta.

Sí. Es solo por eso.

Entonces, si no estuviese borracha, lo harías.

Tendrías que ir a acostarte.

Te daré drogas.

Pero si tú no... Marianne, tú ni siquiera tienes drogas. Y ese es solo uno de los niveles de absurdo en lo que estás diciendo. Vete a la cama.

Dame un beso.

Él la besó. Fue un beso bonito, pero amistoso. Luego le dio las buenas noches y se marchó escaleras abajo a paso ligero, con su cuerpo sobrio y ágil caminando en líneas rectas. Marianne fue a buscar un baño, donde bebió directamente del grifo hasta que dejó de dolerle la cabeza, y luego se quedó dormida en el suelo. Y ahí es donde se había despertado veinte minutos antes, cuando Connell le pidió a una de las chicas que fuese a buscarla.

Ahora él está cambiando de una emisora a otra mientras esperan en un semáforo. Encuentra una canción de Van Morrison y la deja.

De todos modos, lo siento, dice Marianne de nuevo. No estaba intentando enturbiar las cosas con Teresa.

No es mi novia.

Vale. Pero fue una falta de consideración a nuestra amistad.

No sabía que tuvieses tanta relación con ella.

Me refiero a mi amistad contigo.

Él se vuelve a mirarla. Marianne se abraza las rodillas con más fuerza y hunde la barbilla en el hombro. Últimamente, Connell y ella quedan muy a menudo. En Dublín pueden caminar juntos por primera vez por calles largas y majestuosas con la certeza de que nadie que pase por su lado sabe quiénes son ni le importa. Marianne vive sola en un apartamento de una habitación que pertenece a su abuela, y por las noches Connell y ella se sientan en el salón a beber vino. Él se queja ante ella, al parecer sin reservas, de lo difícil que es hacer amigos en el Trinity. El otro día se tumbó en el sofá, haciendo girar los posos del vino en la copa, y dijo:

La gente aquí son unos esnobs. Aunque yo les cayese bien, sinceramente no querría ser amigo suyo.

Dejó la copa sobre la mesa y miró a Marianne.

Por eso para ti es fácil, por cierto, añadió. Porque tú vienes de familia rica, por eso les caes bien.

Ella frunció el ceño y asintió, y Connell se echó a reír.

Te estoy tomando el pelo.

Sus ojos se encontraron. Marianne quiso reír también, pero no sabía si la broma era a su costa.

Connell va siempre a las fiestas, aunque dice que realmente no entiende a su grupo de amistades. Las amigas de Marianne lo adoran, y por algún motivo están la mar de cómodas sentadas en su regazo durante las conversaciones y alborotándole el pelo cariñosamente. Los chicos no le han cogido el mismo cariño. Lo toleran por su relación con Marianne, pero no lo consideran especialmente interesante en sí mismo. ¡Ni siquiera es inteligente!, dijo uno de los amigos de Marianne una noche en que Connell no estaba. Es más inteligente que yo, aseguró Marianne. Nadie supo qué responder a eso. Es cierto que Connell se muestra muy callado en las fiestas, callado con obstinación incluso, y que no le interesa alardear de cuántos libros ha leído o de cuántas guerras conoce. Pero Marianne sabe, en lo más hondo, que ese no es el motivo por el que la gente lo considera tonto.

¿En qué sentido fue una falta de consideración?, pregunta él.

Creo que sería complicado seguir siendo amigos si empezáramos a acostarnos.

Connell sonríe con una expresión maliciosa. Confusa, ella esconde la cara bajo el brazo.

¿Eso pasaría?, dice él.

No lo sé.

Bueno, está bien.

Una noche, en el sótano de Bruxelles, dos de los amigos de Marianne estaban echando una torpe partida de billar mientras los demás estaban sentados por ahí, bebiendo y mirándolos. Cuando Jamie ganó, dijo: ¿Quién quiere jugar contra el vencedor? Y Connell dejó con calma su pinta y dijo: Venga, va. Jamie rompió, pero no metió ninguna bola. Sin entablar conversación alguna, Connell metió a continuación cuatro de las bolas amarillas una detrás de otra. Marianne empezó a reír, pero Connell permaneció inexpresivo, con cara de concentración. En la breve pausa tras su turno, bebió en silencio y observó cómo Jamie hacía saltar una bola roja del tapete. Luego puso tiza al taco con gesto enérgico y procedió a meter las tres bolas amarillas restantes. Había algo tremendamente placentero en la forma en que analizaba la mesa y alineaba los tiros, y en el beso silencioso de la tiza contra la superficie lisa de la bola blanca. Las chicas se sentaron todas alrededor, contemplando cómo tiraba, cómo se inclinaba sobre la mesa con su cara callada y adusta iluminada por la lámpara de techo. Esto parece un anuncio de Coca-Cola Light, dijo Marianne. Todo el mundo rio, incluso Connell. Cuando solo quedaba la bola negra, señaló el agujero de la esquina superior derecha y, para su satisfacción, dijo: Vale, Marianne, ¿estás mirando? Y metió la bola. Todos aplaudieron.

En lugar de volver caminando a casa esa noche, Connell se quedó en la de Marianne. Se tumbaron en la cama mirando el techo y hablando. Hasta entonces siempre habían evitado tocar el tema de lo que había pasado entre ellos el año anterior, pero esa noche Connell dijo:

¿Tus amigos saben lo nuestro?

Marianne guardó silencio.

¿Qué es lo nuestro?, dijo al fin.

Lo que pasó en el instituto y todo eso.

No, no lo creo. Puede que hayan pillado algo, pero no se lo he contado nunca.

Durante unos segundos, Connell no dijo nada. Marianne sintonizó con su silencio a oscuras.

¿Te sentirías incómoda si lo descubriesen?

En algunos aspectos, sí.

Él se giró en la cama, de modo que ya no miraba al techo sino a ella.

¿Por qué?

Porque fue humillante.

Te refieres, como…, a la manera en que te traté.

Bueno, sí. Y al simple hecho de que yo lo consintiera.

Con cuidado, Connell buscó a tientas la mano de Marianne bajo la colcha, y ella dejó que se la cogiese. Un ligero temblor recorrió su mandíbula y se esforzó por hacer que su voz sonase despreocupada y graciosa.

¿Te planteaste alguna vez invitarme a mí al baile de graduación?, le preguntó. Es una chorrada, pero tengo curiosidad por saber si lo pensaste.

Para ser sincero, no. Ojalá.

Ella asintió. Siguió con la mirada clavada en el techo oscuro, tragando saliva, preocupada por que él pudiese distinguir la expresión de su cara.

¿Habrías dicho que sí?, preguntó él.

Marianne asintió de nuevo. Intentó poner los ojos en blanco, pero el gesto resultó feo y autocompasivo en lugar de divertido.

Lo siento mucho, dijo Connell. Me equivoqué, ahí. Y, ¿sabes?, al parecer la gente del instituto ya sabía lo nuestro igualmente. No sé si llegaste a enterarte.

Ella se incorporó apoyada en el codo y lo miró fijamente en la oscuridad del cuarto.

¿Sabía qué?

Que nos veíamos y todo eso.

Yo no se lo dije a nadie, Connell, lo juro por Dios.

Aun a oscuras, lo vio hacer una mueca.

No, ya lo sé. Lo que quiero decir es que habría dado igual que lo hubieses contado. Pero sé que no lo hiciste.

¿Se cebaron con el tema?

No, no. Eric solo lo mencionó en el baile, que la gente lo sabía. Todo el mundo pasaba, en realidad.

Hubo otro breve silencio entre ellos.

Me siento culpable por todas las cosas que te dije, añadió Connell. Sobre lo horrible que sería si alguien se enterara. Evidentemente estaba más en mi cabeza que otra cosa. Es decir, ¿por qué le iba a importar a alguien? Pero yo sufría como ansiedad con esas cosas. No quiero poner excusas, pero creo que proyectaba algo de ansiedad sobre ti, si es que eso tiene algún sentido. No lo sé. Sigo pensando mucho en ello, en por qué me comporté de una forma tan jodida.

Marianne le apretó la mano y él hizo lo mismo, con tanta fuerza que casi le dolió, y ese pequeño gesto de desesperación por parte de Connell la hizo sonreír.

Te perdono, le dijo.

Gracias. Creo que aprendí algo de aquello. Y espero haber cambiado, ya sabes, como persona. Pero la verdad, si es así, te lo debo a ti.

Siguieron cogidos de la mano bajo la colcha, incluso después de quedarse dormidos.

Cuando llegan al apartamento de Marianne ella le pregunta si quiere pasar. Él dice que necesita comer algo, y ella le responde que hay cosas para el desayuno en la nevera. Suben arriba juntos. Connell se pone a buscar en la nevera mientras ella va a darse una ducha. Se quita toda la ropa, sube la presión del agua al máximo y se ducha durante casi veinte minutos. Luego se siente mejor. Cuando sale, envuelta en un albornoz blanco, el pelo secado con la toalla, Connell ya ha comido algo. El plato está limpio y él ha entrado en internet a mirar su correo. La habitación huele a café y a fritura. Marianne se acerca y él se limpia la boca con el dorso de la mano, como si de pronto se hubiese puesto nervioso. Ella se planta junto a su silla y Connell, mirándola desde abajo, le suelta el cinturón del albornoz. Ha pasado casi un año. Roza su piel con los labios y ella se siente sagrada, como un santuario.

Ven a la cama, le dice.

Connell la sigue.

Al terminar, él se mete en la ducha y Marianne enciende el secador de pelo. Luego se tumba de nuevo en la cama, escuchando el sonido de las cañerías. Sonríe. Cuando él sale se echa a su lado, cara a cara, y la acaricia. Hummm, dice ella. Lo hacen otra vez, sin hablar demasiado. Después, Marianne se siente tranquila y le entran ganas de dormir. Connell besa sus párpados cerrados.

No es así con otra gente, dice ella.

Sí. Lo sé.

Intuye que hay algo que él no le dice. No sabe si Connell está reprimiendo el impulso de apartarse de ella, o el deseo de hacerse más vulnerable de algún modo. La besa en el cuello. A Marianne le pesan los párpados.

Yo creo que nos irá bien, dice Connell.

Ella no sabe o no recuerda de qué está hablando. Se queda dormida.

Dos meses más tarde

(ABRIL DE 2012)

Connell acaba de volver de la biblioteca. Marianne ha tenido amigos en casa, pero ya se están marchando cuando llega él, cogiendo sus chaquetas de los colgadores del recibidor. Peggy es la única que sigue sentada a la mesa, vaciando una botella de rosado en un vaso enorme. Marianne está limpiando la encimera con un trapo húmedo. La ventana que hay sobre el fregadero deja ver un rectángulo de cielo, azul vaquero. Connell se sienta a la mesa. Marianne saca una cerveza de la nevera y se la abre. Le pregunta si tiene hambre y él responde que no. Fuera hace calor, y el frescor de la botella es agradable. Los exámenes comenzarán pronto, y Connell ahora acostumbra a quedarse en la biblioteca hasta que pasa el hombre tocando la campana para avisar de que cierran.

¿Puedo hacer una pregunta?, dice Peggy.

Connell se da cuenta de que está borracha y de que a Marianne le gustaría que se marchase. A él también le gustaría que se marchara.

Claro, responde Marianne.

Vosotros dos folláis, ¿verdad? O sea, el uno con el otro.

Connell no dice nada. Pasa el pulgar por la etiqueta de la botella de cerveza, buscando una esquina por donde despegarla. No tiene ni idea de con qué saldrá Marianne: algo gracioso, cree, algo que hará que Peggy se ría y olvide la cuestión. Pero en lugar de eso, de manera inesperada, Marianne responde:

Ah, sí.

Él sonríe para sus adentros. La esquina de la pegatina se despega del cristal.

Peggy suelta una risa.

Vale, dice. Está bien saberlo. Anda todo el mundo especulando, por cierto.

Bueno, sí. Pero no es nada nuevo, estuvimos liados en el instituto.

Ah, ¿en serio?, dice Peggy.

Marianne se está sirviendo un vaso de agua. Cuando se da la vuelta, con el vaso en la mano, mira a Connell.

Espero que no te importe que cuente esto ahora.

Él se encoge de hombros, pero le sonríe, y ella le devuelve la sonrisa. No van anunciando públicamente su relación, pero los amigos de Connell están enterados. No le gustan las exhibiciones públicas, eso es todo. Marianne le preguntó una vez si se «avergonzaba» de ella, pero solo bromeaba. Qué curioso, respondió él. Niall piensa que alardeo demasiado de ti. A ella eso le encantó. No es que Connell se jacte, así con todas las letras, pero resulta que Marianne es muy popular y hay un montón de hombres que querrían acostarse con ella. Puede que alardee un poco de vez en cuando, pero solo de manera elegante.

La verdad es que hacéis muy buena pareja, dice Peggy.

Gracias, responde Connell.

Yo no he dicho pareja, replica Marianne.

Ah. ¿Quieres decir como... que no es algo exclusivo? Eso mola. Yo quería probar algo en plan relación abierta con Lorcan, pero él se negó en redondo.

Marianne aparta una silla de la mesa y se sienta.

Los hombres pueden ser muy posesivos, dice.

¡Ya! Es una locura, coincide Peggy. Yo habría jurado que se lanzarían de cabeza ante la idea de tener múltiples parejas.

Por lo general, creo que los hombres están mucho más preocupados por limitar las libertades de las mujeres que por ejercer ellos mismos su libertad personal, dice Marianne.

¿Es verdad eso?, le pregunta Peggy a Connell.

Él mira a Marianne con un leve movimiento de cabeza, prefiere que sea ella quien continúe. Para él, Peggy es la amiga gritona que no deja de interrumpir. Marianne tiene otros amigos, amigos preferibles, pero nunca se quedan hasta tan tarde ni hablan tanto.

O sea, responde Marianne, cuando miras las vidas que tienen en realidad los hombres, es triste. ¿De verdad controlan todo el sistema social y esto es lo mejor que se les ha ocurrido? Ni siquiera se lo pasan bien.

Peggy ríe.

¿Tú te lo pasas bien, Connell?, le pregunta.

Hummm. Razonablemente bien, diría. Pero estoy de acuerdo con el argumento.

¿Preferirías vivir en un matriarcado?

Es difícil saberlo. Pero haría la prueba de todos modos, para ver qué tal.

Peggy no deja de reír, como si Connell estuviese siendo ingenioso a extremos increíbles.

¿No disfrutas de tus privilegios masculinos?

Es lo que decía Marianne, responde él. No es que se disfrute mucho teniéndolos. A ver, es lo que hay, pero no me reporta demasiada diversión.

Peggy sonríe enseñando todos los dientes.

Si yo fuese un hombre, tendría por lo menos tres novias. Si no más.

La última esquina de la etiqueta se despega de la botella de cerveza de Connell. Sale más fácilmente cuando la botella está muy fría, porque la condensación disuelve el pegamento. Deja la cerveza sobre la mesa y empieza a doblar la etiqueta en forma de cuadradito. Peggy sigue hablando, pero no parece importante prestarle atención.

Las cosas van bastante bien entre Marianne y él ahora mismo. Cuando cierran la biblioteca por la noche, Connell vuelve andando al apartamento de ella, y por el camino a lo mejor pilla algo de comida, o una botella de vino de cuatro euros. Cuando hace buen tiempo, da la sensación de que el cielo esté a kilómetros de distancia, y los pájaros revolotean por el aire y la luz sin límites que se extienden en lo alto. Cuando llueve, la ciudad se cierne sobre ti, te envuelve cargada de bruma; los coches se mueven más despacio, con un resplandor apagado en los faros, y las caras que pasan por su lado están sonrosadas de frío. Marianne prepara la cena, espaguetis o risotto, y luego él lava los platos y ordena la cocina. Recoge las migas de debajo de la tostadora y ella le lee chistes de Twitter. Después se van a la cama. A Connell le gusta entrar muy dentro de ella, despacio, hasta que a Marianne le cuesta respirar y jadea y se aferra a la almohada con una mano. En ese momento su cuerpo parece tan pequeño, y tan abierto... ¿Así?, le pregunta. Y ella asiente y a veces golpea la almohada con la mano, soltando grititos ahogados cada vez que él se mueve.

Las conversaciones de después son muy gratificantes para Connell, a menudo dan giros imprevistos y lo empujan a expresar ideas que nunca antes había formulado de un modo consciente. Hablan de las novelas que está leyendo él, de la investigación que está estudiando ella, del momento histórico concreto en el que están viviendo, de la dificultad de observar dicho momento mientras ocurre. A veces tiene la sensación de que Marianne y él son como patinadores artísticos, improvisan sus conversaciones de una forma tan hábil y con una sincronización tan perfecta que a ambos les sorprende. Ella se lanza grácilmente al aire y, cada una de las veces, sin adivinar cómo lo hará, él la coge. Hablar resulta más agradable sabiendo que es probable que vuelvan a hacerlo antes de dormir, y Connell sospecha que la intimidad de sus conversaciones, que a menudo oscilan entre lo conceptual y lo personal, hace también que el sexo sea mejor. El viernes anterior, echados en la cama al terminar, Marianne dijo:

Ha sido muy intenso, ¿no?

Él le respondió que siempre le parecía bastante intenso.

Pero me refiero a que ha sido prácticamente romántico, explicó Marianne. Ha llegado un momento en el que diría que estaba empezando a tener sentimientos hacia ti.

Él sonrió al techo.

Tienes que reprimir todas esas cosas, Marianne. Es lo que hago yo.

Marianne sabe lo que él siente en realidad por ella. Que le entre la timidez delante de sus amigos no significa que lo que hay entre ellos no sea serio: lo es. De vez en cuando, a Connell le preocupa no haber sido lo bastante claro con respecto a ese punto, y tras dejar que la preocupación se acumule durante un día o así, y de buscar formas de abordar el asunto, acaba diciendo alguna bobería del tipo: Sabes que me gustas de verdad, ¿no? Y su tono suena casi enfadado por algún motivo, y Marianne simplemente se echa a reír. Ella dispone de muchas otras opciones románticas, como todo el mundo sabe. Estudiantes de políticas que se presentan en sus fiestas con botellas de Moët y anécdotas de sus veranos en la India. Miembros de los comités de los clubes universitarios, que a menudo visten de esmoquin y que, inexplicablemente, creen que el funcionamiento interno de las sociedades estudiantiles resulta de interés para la gente normal. Tipos que tienen la costumbre de tocar a Marianne como quien no quiere la cosa mientras conversan con ella, que le arreglan el pelo o le ponen la mano en la espalda. Una vez, ridículamente borracho, Connell le preguntó por qué tenía que ser tan tocona con ella la gente, y Marianne le respondió: ¿Como tú no me tocas tampoco tiene permitido tocarme nadie? Eso lo dejó de un humor de perros.

Connell ya no vuelve a casa los fines de semana, porque su amiga común Sophie le ha conseguido un trabajo nuevo en el restaurante de su padre. Connell solo tiene que sentarse en un despacho del piso de arriba durante el fin de semana a responder e-mails y anotar reservas en un gran libro encuadernado en piel. A veces llama algún famosillo, gente de la televisión y esa clase de cosas, pero la mayoría de noches entre semana el sitio está muerto. A Connell le parece obvio que el negocio pierde dinero a espuertas y que tendrá que cerrar, pero el trabajo le llegó tan fácilmente que no es capaz de experimentar un ápice de ansiedad real ante esa perspectiva. En el caso de que se quede sin trabajo, algún otro de los amigos ricos de Marianne aparecerá con un empleo para él. Los ricos cuidan los unos de los otros, y ser el mejor amigo de Marianne y su presunta pareja sexual lo ha ascendido al estatus de rico consorte: alguien a quien se le montan fiestas de cumpleaños sorpresa y se le procuran trabajos facilones salidos de la nada.

Antes de que terminase el trimestre, Connell tuvo que hacer una presentación en clase sobre la *Morte Darthur*, y mientras hablaba le temblaban las manos y fue incapaz de levantar la vista de sus hojas impresas para ver si había alguien escuchándole. La voz le falló varias veces y tuvo la sensación de que, si no fuera porque estaba sentado, se habría caído al suelo. Solo después descubrió que a los demás les había parecido una presentación impresionante. De hecho, una de sus compañeras de clase le dijo a la cara que era «un genio», con tono desdeñoso, como si los genios fuesen personas un tanto despreciables. En general, en su curso todo el mundo sabe que Connell sacó la puntuación más alta en todos los módulos menos uno, y ha descubierto que le gusta esa imagen de persona inteligente, aunque solo sea porque hace que sus interacciones con los demás sean más entendibles. Le gusta cuando alguien se está esforzando por recordar el título de un libro o el nombre de un autor y él se los proporciona al instante, sin alardes, recordándoselo sin más. Le gusta cuando Marianne les dice a sus amigos —gente que son hijos de jueces o de ministros, gente que fue a escuelas desmesuradamente caras— que Connell es la persona más inteligente que van a «conocer en la vida».

¿Y tú qué dices, Connell?, pregunta Peggy.

Él no la estaba escuchando, así que lo único que puede decir en respuesta es:

¿Qué?

¿Tentado por la idea de tener múltiples parejas?

Connell la mira. Peggy tiene una expresión pícara en la cara.

Eh… No sé. ¿A qué te refieres?

¿No fantaseas con tener tu propio harén? Creía que era algo universal entre los hombres.

Ah, vale. No, la verdad es que no.

A lo mejor solo dos, entonces.

¿Dos qué, dos mujeres?

Peggy lanza una mirada a Marianne y suelta una especie de risita maliciosa. Marianne da un sorbo de agua tranquilamente.

Podemos, si quieres, dice Peggy.

Espera, perdona. ¿Podemos qué?, pregunta Connell.

Bueno, como quieras llamarlo. Un trío o lo que sea.

Oh, dice, y se ríe de su propia estupidez. Vale. Claro, perdona.

Vuelve a plegar la etiqueta, sin saber qué más decir.

No lo había pillado.

Él es incapaz. No es que tenga dudas respecto a si le gustaría o no hacerlo, es que es imposible. Por algún motivo, y no sabe explicárselo a sí mismo, cree que tal vez podría follarse a Peggy delante de Marianne, aunque sería incómodo, y no necesariamente placentero. Pero sería incapaz, y lo sabe con una certeza inmediata, de hacer nada con Marianne teniendo a Peggy mirando, ni Peggy ni ninguna de sus amigas, ni nadie en absoluto. Se siente avergonzado y confuso solo de pensarlo. Es algo que no comprende. Porque si Peggy, o cualquier otra persona, invadiera la intimidad que hay entre ambos, destruiría algo dentro de él, una parte de su individualidad que no parece tener nombre y que nunca antes había tratado de identificar. Pliega una vez más la etiqueta húmeda de la cerveza, que ahora es pequeñísima y está fuertemente apretada.

Hummm, dice.

Ah, no, dice Marianne. Soy demasiado vergonzosa. Me moriría.

¿En serio?, dice Peggy.

Y lo dice en un tono de voz agradable e interesado, como si fuese tan feliz analizando el carácter cohibido de Marianne como lo estaría practicando sexo en grupo.

Connell intenta no dar ninguna muestra exterior de alivio.

Tengo toda clase de traumas, dice Marianne. Soy muy neurótica.

Peggy elogia el aspecto físico de Marianne de un modo mecánico y afeminado y le pregunta cuáles son sus traumas.

Marianne se pellizca el labio inferior y dice:

Bueno, no me considero digna de ser amada. Creo que hay en mí algo como desagradable que... Desprendo frialdad, no es fácil que le guste a alguien.

Mueve una de sus manos largas y delgadas en el aire, como si solo se estuviese aproximando a lo que quiere decir en lugar de estar dando justamente en el clavo.

No me lo creo, dice Peggy. ¿Es fría contigo?

Connell carraspea y responde:

No.

Marianne y ella siguen hablando, mientras él enrolla la etiqueta plegada entre los dedos, tenso.

Esa semana Marianne volvió a casa un par de días, y cuando regresó a Dublín la noche anterior estaba muy callada. Vieron *Los paraguas de Cherburgo* juntos en su apartamento. Marianne lloró al final, pero escondió la cara para que no se notara. Eso inquietó a Connell. La película tenía un final bastante triste, pero no veía en él nada como para llorar.

¿Estás bien?, le preguntó.

Ella asintió, con la cara girada, y Connell vio cómo un tendón blanco presionaba en su cuello hacia fuera.

Eh... ¿Hay algo que te tenga disgustada?

Ella negó con la cabeza, pero no se volvió. Connell fue a prepararle una taza de té, y para cuando se la llevó ya había dejado de llorar. Le acarició el pelo y ella sonrió, débilmente. La protagonista de la película se quedaba embarazada de manera inesperada; Connell trató de recordar cuándo había tenido Marianne el último período. Cuanto más pensaba en ello, más tiempo parecía haber pasado. Al final, presa del pánico, le preguntó:

Oye, no estarás embarazada ni nada, ¿no?

Marianne se echó a reír. Eso apaciguó sus nervios.

No, me ha venido la regla esta mañana.

Vale. Bueno, eso está bien.

¿Qué harías si estuviese embarazada?

Connell sonrió, tomó aire por la boca.

Depende de lo que tú quisieras hacer, respondió.

Reconozco que sentiría la pequeña tentación de tenerlo. Pero no te haría eso, no te preocupes.

¿En serio? ¿Y cuál sería esa tentación? Perdona si es una falta de sensibilidad preguntarlo.

No lo sé. En cierto sentido, me gusta la idea de que algo tan dramático me pudiera suceder a mí. Me gustaría trastocar las expectativas de la gente. ¿Crees que sería mala madre?

No, lo harías genial, evidentemente. Eres genial en todo lo que haces.

Marianne sonrió.

Tú no tendrías por qué implicarte.

Bueno, yo te apoyaría, decidieras lo que decidieses.

No sabía por qué le estaba diciendo que la apoyaría, si no tenía prácticamente ningún ingreso sobrante ni perspectiva de tenerlo. Sintió que era lo que debía decir, nada más. En realidad, nunca se lo había planteado. Marianne parecía esa clase de persona resolutiva que se encargaría de organizar todo el proceso ella misma, y él, como mucho, tal vez la acompañara en el avión.

Imagínate lo que dirían en Carricklea, dijo ella.

Uf, sí. Lorraine nunca me lo perdonaría.

Marianne levantó la vista al instante y le preguntó:

¿Por qué? ¿No le gusto?

No, te adora. Lo que quiero decir es que no me perdonaría haberte hecho eso. Te adora, no te preocupes. Ya lo sabes. Piensa que eres demasiado buena para mí.

Marianne volvió a sonreír y le rozó la cara con la mano. A Connell le gustó, así que se acercó un poco a ella y acarició el pálido dorso de su muñeca.

¿Y qué hay de tu familia? Supongo que ellos tampoco me lo perdonarían nunca.

Ella se encogió de hombros, dejó caer la mano en nuevo en el regazo.

¿Saben que nos vemos?

Marianne negó con la cabeza. Apartó la mirada, se llevó la mano a la mejilla.

No es que tengas que decírselo, continuó él. Además, puede que no me vean con buenos ojos. Seguramente quieren que salgas con un médico o un abogado o algo así, ¿no?

No creo que les importe mucho lo que yo haga.

Se tapó la cara un momento con la palma de las manos, y luego se sorbió y se restregó la nariz con gesto brusco. Connell sabía que ella tenía una relación tensa con su familia. La primera vez que se dio cuenta fue cuando todavía estaban en el instituto, y no le pareció raro, porque por aquel entonces Marianne tenía una relación tensa con todo el mundo. Su hermano Alan era unos años mayor que ella, y tenía lo que Lorraine llamaba una «personalidad débil». Sinceramente, costaba imaginarlo parándole los pies a Marianne en una discusión. Pero ahora los dos son mayores y ella casi nunca va de visita a casa, o va y luego vuelve así, alterada y taciturna, contando que ha vuelto a discutir con su familia y negándose a hablar al respecto.

Has tenido otra pelea con ellos, ¿verdad?

Marianne asintió.

No les gusto demasiado.

Sé que seguramente da la impresión de que no, pero al fin y al cabo son tu familia, te quieren.

Marianne no dijo nada. No asintió ni negó, se quedó ahí quieta sin más. Poco después se fueron a la cama. Ella tenía dolor de regla y dijo que a lo mejor le dolía hacerlo, así que Connell la estuvo tocando hasta que se corrió. Luego ella se mostró de buen humor, soltando gemidos espléndidos y diciendo: Dios, qué bien. Connell se levantó de la cama y fue a lavarse las manos al baño en suite, un cuartito de baldosas rosas con una maceta en un rincón y frascos de crema facial y perfume por todas partes. Mientras se aclaraba las manos bajo el grifo, le preguntó a Marianne si se encontraba mejor. Y desde la cama, ella respondió:

Me encuentro estupenda, gracias.

En el espejo, Connell reparó en que tenía una pizca de sangre en el labio inferior. Debía de haberse rozado con la mano sin querer. Se limpió con la parte húmeda de los nudillos, y desde la habitación Marianne dijo:

Imagínate lo mal que me lo voy a tomar cuando conozcas a otra y te enamores.

A menudo hace bromitas de estas. Connell se secó las manos y apagó la luz del cuarto de baño.

No sé, dijo Connell. Este plan está bastante bien, desde mi punto de vista.

Bueno, hago lo posible.

Se volvió a meter en la cama y la besó en la cara. Antes se había puesto triste, al terminar la película, pero ahora estaba feliz. Estaba en poder de Connell hacerla feliz. Era algo que podía darle, como si fuese dinero o sexo. Con la demás gente Marianne parecía alguien independiente y distante, pero con Connell era distinta, una persona distinta. Él era el único que la conocía así.

Por fin Peggy se termina el vino y se marcha. Connell se sienta a la mesa mientras Marianne la despide. La puerta del apartamento se cierra y ella regresa a la cocina. Enjuaga su vaso de agua y lo deja boca abajo en el escurreplatos. Connell está esperando a que lo mire.

Me has salvado la vida, le dice.

Ella se da la vuelta, sonriendo, mientras se baja las mangas.

Yo tampoco lo habría disfrutado. Lo habría hecho si tú quisieras, pero estaba claro que no querías.

Connell la mira. Sigue mirándola hasta que ella le pregunta:

¿Qué?

No deberías hacer cosas que no quieres hacer.

Ah, no quería decir eso.

Marianne levanta las manos al cielo, como si el asunto fuera irrelevante. En un sentido literal, Connell comprende que lo es. Intenta suavizar su actitud, dado que de todos modos no está molesto con ella.

Bueno, ha sido una buena intervención por tu parte. Muy atenta a mis preferencias.

Intento ser atenta.

Sí, lo eres. Ven aquí.

Va a sentarse a su lado y él le acaricia la mejilla. Y de repente lo invade la terrible sensación de que podría abofetearla, con mucha fuerza incluso, y ella se quedaría ahí sentada y le dejaría hacer. La idea lo aterra a tal extremo que echa la silla atrás y se levanta. Le tiemblan las manos. No sabe por qué se le ha ocurrido ese pensamiento. Tal vez es que quiere hacerlo. Pero le revuelve el estómago.

¿Qué te pasa?, le pregunta ella.

Connell siente una especie de cosquilleo en los dedos y le cuesta respirar.

Ah, no sé. No sé, lo siento.

¿He hecho algo?

No, no. Lo siento. He tenido un… Me noto raro. No sé.

Marianne no se levanta. Pero lo haría, ¿no es cierto?, si él se lo pidiera. El corazón le late con fuerza, le da vueltas la cabeza.

¿Te encuentras mal? Te has puesto como pálido.

Oye, Marianne. Tú no eres fría, ¿sabes? Tú no eres así, para nada.

Ella lo mira de un modo extraño, torciendo el gesto.

Bueno, a lo mejor «fría» no es la palabra adecuada, dice. Da igual, en realidad.

Pero es que tú no eres nada desagradable, ¿sabes? Le caes bien a todo el mundo.

No me he explicado bien. Olvídalo.

Connell asiente. Todavía no es capaz de respirar con normalidad.

Bueno, ¿y a qué te referías?

Ella sigue mirándolo, y finalmente se levanta.

Estás pálido como un muerto. ¿Te estás mareando?

Él le responde que no. Ella le coge la mano y le dice que la tiene sudada. Connell asiente, respira con dificultad.

En voz baja, Marianne le dice:

Si he hecho algo que te ha disgustado, lo siento de verdad.

Él fuerza una risa y suelta la mano.

No, me ha venido una sensación extraña. No sé qué ha sido. Ya estoy bien.

Tres meses más tarde

(JULIO DE 2012)

Marianne está leyendo la etiqueta de un bote de yogur en el supermercado. En la otra mano sostiene el teléfono, por el que Joanna le está contando una anécdota del trabajo. Cuando Joanna se enfrasca en una anécdota puede estar un buen rato monologando, así que a Marianne no le preocupa desviar su atención unos segundos para leer la etiqueta del yogur. Fuera hace calor, lleva una blusa y una falda finas, y el frío del pasillo de los refrigerados le pone los brazos de piel de gallina. No tiene ningún motivo para estar ahí en el supermercado, salvo que no quiere estar en casa con su familia, y que no hay muchos lugares en los que una persona solitaria pueda pasar desapercibida en Carricklea. No puede ir a tomar algo sola, ni siquiera una taza de café en la calle mayor. Hasta el supermercado perderá su utilidad cuando la gente se dé cuenta de que en realidad no está comprando nada, o cuando vea a alguien conocido y tenga que cumplir con los formalismos de una conversación.

La oficina está medio vacía, así que en realidad no hacemos nada, está diciendo Joanna. Pero me pagan igualmente, así que da igual.

Como Joanna ahora trabaja, la mayor parte de sus conversaciones tienen lugar por teléfono, pese a que las dos viven en Dublín. Marianne solo ha vuelto a casa para pasar el fin de semana, pero esos son los únicos días de fiesta que tiene Joanna. Por teléfono, a menudo le describe la oficina, los diversos personajes que trabajan allí, los dramas que se desatan entre ellos, y es como si fuese ciudadana de un país que Marianne no ha visitado nunca, el país del empleo remunerado. Deja el tarro de yogur en el frigorífico y le pregunta a Joanna si no le resulta raro, que le paguen por las horas que pasa en el trabajo: intercambiar, en otras palabras, bloques del tiempo extremadamente limitado del que dispone en la tierra por esa invención humana conocida como dinero.

Es un tiempo que ya nunca recuperarás, añade Marianne. Es decir, el tiempo es real.

El dinero también es real.

Bueno, pero el tiempo lo es más. El tiempo consiste en física, el dinero es solo un constructo social.

Sí, pero en el trabajo sigo estando viva. Sigo siendo yo, sigo teniendo experiencias. Tú no trabajas, vale, pero el tiempo también pasa para ti. Tú tampoco lo recuperarás nunca.

Pero yo puedo decidir lo que hago con él.

Frente a eso, yo me atrevería a decir que tu toma de decisiones también es un constructo social.

Marianne se echa a reír. Se aleja deambulando del pasillo de los refrigerados y se dirige al de los aperitivos.

No me convence lo de la moralidad del trabajo, dice. En algunos trabajos quizá, pero tú lo único que haces es mover papeles de aquí para allá en una oficina, no estás contribuyendo a la empresa humana.

Yo no he dicho nada de moralidad.

Marianne coge un paquete de frutos secos y lo examina, pero contiene pasas, así que lo deja otra vez en su sitio y busca otro.

¿Crees que te estoy juzgando por ser tan perezosa?, pregunta Joanna.

En el fondo creo que sí. Con Peggy lo haces.

Peggy tiene una mente perezosa, que es distinto.

Marianne chasquea la lengua como para reprender a Joanna por su crueldad, pero sin ponerle mucha energía. Está leyendo el reverso de un paquete de manzana deshidratada.

No me gustaría que te volvieses como Peggy, dice Joanna. Me gusta cómo eres.

Ah, Peggy no está tan mal. Voy a pasar por caja, tengo que colgar.

Vale. Me puedes llamar mañana después de, si te apetece hablar.

Gracias, dice Marianne. Eres una buena amiga.

Se dirige a la caja de autoservicio con la bolsa de manzana deshidratada y una botella de té helado que coge por el camino. Cuando llega a la cola, ve a Lorraine vaciando una cesta de productos variados. Lorraine se queda parada cuando la ve y dice:

¡Hola!

Marianne estrecha el paquete de fruta contra las costillas y la saluda.

¿Cómo estás?, pregunta Lorraine.

Bien, gracias. ¿Y tú?

Connell me ha dicho que eres la primera de la clase. Que ganas premios y esas cosas. No me sorprende, por supuesto.

Marianne sonríe. Su sonrisa se le antoja toda encías, infantiloide. Estruja la bolsa de fruta deshidratada, nota cómo cruje entre los dedos sudados y la pasa por el lector de la caja. Las luces del supermercado son de un blanco amarillento, y Marianne no lleva nada de maquillaje.

Ah. Nada del otro mundo.

Connell aparece por la esquina, como no podía ser de otra manera. Trae un pack de seis bolsas de patatas fritas, sabor a sal y vinagre. Lleva una camiseta blanca y esos pantalones de chándal con las franjas a los lados. Sus hombros parecen más anchos. La mira. Ha estado todo este rato en el supermercado; puede incluso que la haya visto en el pasillo de refrigerados y que haya pasado a toda prisa para evitar cruzar una mirada con ella. A lo mejor la ha oído hablar por teléfono.

Hola, lo saluda Marianne.

Ah, hola. No sabía que estabas en el pueblo.

Mira a su madre, y luego pasa las patatas por el lector y las deja en la zona de embolsado. Su sorpresa por ver a Marianne parece auténtica, o al menos lo parece su reticencia a mirarla o a hablar con ella.

He oído que eres muy popular allí en Dublín, dice Lorraine. ¿Ves?, ahora me llegan todos los chismorreos del Trinity.

Connell no levanta la vista. Está pasando por el lector el resto de artículos de la cesta: una caja de bolsitas de té, un pan cortado en rebanadas.

Tu hijo solo está siendo amable, estoy segura.

Marianne saca el monedero y paga la compra, que cuesta tres euros con ochenta y nueve. Lorraine y Connell están metiendo la suya en bolsas de plástico reutilizables.

¿Te podemos llevar a casa?, ofrece Lorraine.

Ah, no. Iré caminando. Pero gracias.

¡Caminando! ¿Hasta Blackfort Road? Ni hablar. Nosotros te llevamos.

Connell coge las dos bolsas de plástico y señala con la cabeza hacia la puerta.

Vamos, dice.

Marianne no lo ha visto desde mayo. Volvió a casa después de los exámenes, y ella se quedó en Dublín. Connell dijo que quería salir con otra gente y ella le dijo: Vale. Ahora, como nunca llegó a ser realmente su novia, ni siquiera es su exnovia. No es nada. Suben todos al coche. Marianne va sentada detrás, mientras Connell y Lorraine hablan de un conocido que ha muerto, aunque era una persona mayor, así que no es tan triste. Marianne deja la mirada perdida por la ventanilla.

Bueno, me ha encantado encontrarme contigo, le dice Lorraine. Es fantástico verte tan bien.

Ah, gracias.

¿Cuánto tiempo piensas quedarte?

Solo el fin de semana.

Al fin, Connell pone el intermitente para tomar la entrada de la urbanización de Foxfield y se detiene delante de su casa. Lorraine baja del coche. Connell mira a Marianne por el retrovisor y le dice:

Oye, siéntate delante, ¿quieres? No soy un taxista.

Marianne obedece sin decir palabra. Lorraine abre el maletero y Connell se gira en el asiento.

Deja las bolsas, le dice a su madre. Yo las entraré cuando vuelva.

Lorraine levanta las palmas en gesto de rendición, cierra el maletero y los despide agitando la mano.

Se llega en un momento de casa de Connell a la de Marianne. Gira a la izquierda para salir de la urbanización, camino de la rotonda. Hace apenas unos meses, Marianne y él se pasaban la noche entera despiertos, hablando y haciéndolo. Él solía destaparla por las mañanas y subirse encima de ella con una sonrisita como diciendo: Oh, vaya, hola. Eran los mejores amigos. Connell se lo dijo, una vez que Marianne le preguntó quién era su mejor amigo. Tú, le respondió. Y entonces, a finales de mayo, él le dijo que volvía a casa para pasar el verano.

Bueno, ¿y cómo van las cosas?

Bien, gracias, responde Marianne. ¿Cómo estás tú?

Estoy bien, sí.

Cambia de marcha con un dominante gesto de la mano.

¿Sigues trabajando en la gasolinera?

No, no. ¿Te refieres a donde trabajaba antes? Ya la han cerrado.

¿Ah, sí?

Sí, responde Connell. No, he estado trabajando en el Bistro. De hecho, tu madre estuvo el otro día con... eh... su novio o lo que sea.

Marianne asiente. Están pasando junto al campo de fútbol. Una fina cortina de lluvia comienza a caer sobre el parabrisas y Connell acciona los limpiaparabrisas, que arañan el cristal con un ritmo mecánico en su travesía de lado a lado.

Cuando Connell volvió a casa en primavera durante la semana previa a los exámenes, le pidió a Marianne si podía enviarle fotos desnuda.

Las borraré en cuanto tú me digas, evidentemente. Puedes supervisarlo.

Esto le insinuó a Marianne la existencia de todo un ritual erótico del que no tenía noticia.

¿Por qué iba a querer que las borraras?

Estaban hablando por teléfono, Connell en su casa en Foxfield y Marianne tumbada en su cama de Merrion Square. Él le explicó resumidamente las reglas de las fotos de desnudos: no enseñárselas a nadie, borrarlas cuando el otro lo pidiera, etcétera.

¿Te envían fotos de estas muchas chicas?, preguntó Marianne.

Bueno, ahora mismo no tengo ninguna. De hecho nunca se las he pedido a nadie, aunque a veces te llega alguna.

Ella le preguntó si le enviaría alguna foto suya a cambio y Connell respondió con un «Hummm».

No sé. ¿De verdad quieres una foto de mi polla?

Tuvo gracia, porque Marianne notó cómo se le hacía la boca agua.

Sí. Pero si me la mandas, sinceramente, no la borraré nunca, así que tal vez es mejor que no lo hagas.

Él se rio.

No, me da igual si la borras o no.

Ella descruzó los tobillos.

Quiero decir que me la llevaré a la tumba. En plan, es posible que la mire todos los días hasta que me muera.

Ahora Connell reía con ganas.

Marianne, le dijo, no soy una persona religiosa, pero a veces pienso que Dios te hizo para mí.

El polideportivo cruza fugazmente por la ventanilla del pasajero a través de la neblina de la lluvia. Connell mira a Marianne, luego vuelve la vista a la carretera.

Ahora estás con ese tal Jamie, ¿no? Eso he oído.

Sí.

No es feo.

Ah. Bueno, vale. Gracias.

Jamie y ella llevan saliendo varias semanas. Jamie tiene ciertas inclinaciones. Ambos comparten ciertas inclinaciones. A veces, en mitad del día, Marianne recuerda algo que Jamie le ha dicho o hecho y siente cómo toda su energía la abandona por completo, de modo que su cuerpo parece una carcasa, algo enormemente pesado y horrible que tiene que llevar por ahí a cuestas.

Sí, dice Connell. Una vez le gané una partida de billar. Seguramente no lo recuerdas.

Sí lo recuerdo.

Él asiente y añade:

Siempre le has gustado.

Marianne mira al frente por el cristal del parabrisas. Es cierto, siempre le ha gustado a Jamie. Una vez este le mandó un mensaje dando a entender que Connell no iba en serio con ella. Marianne se lo enseñó a Connell y se estuvieron riendo. Estaban juntos en la cama en ese momento, la cara de él iluminada por la ventanita de la pantalla del móvil. Deberías estar con alguien que te tome en serio, decía el mensaje.

¿Y qué hay de ti?, le pregunta ella. ¿Estás saliendo con alguien?

No. Nada serio.

Estás disfrutando de la vida de soltero.

Ya me conoces.

Antes sí.

Él frunce el ceño.

Eso es un pelín filosófico. No he cambiado demasiado en los últimos meses.

Yo tampoco. De hecho, no. No he cambiado nada.

Una noche de mayo, Sophie, la amiga de Marianne, montó una fiesta en casa para celebrar el final de los exámenes. Sus padres estaban en Sicilia o en algún sitio así. A Connell todavía le quedaba un examen, pero no le preocupaba, así que fue también. Todos sus amigos estaban allí, en parte porque Sophie tenía una piscina climatizada en el sótano. Se pasaron la mayor parte de la noche en bañador, entrando y saliendo del agua, charlando y bebiendo. Marianne se sentó en el borde con una copa de vino de plástico mientras los demás jugaban a algo en la piscina. Parecía consistir en sentarse a horcajadas sobre los hombros de alguien y tratar de hacer caer a los otros al agua. Sophie se subió a hombros de Connell en la segunda partida y le dijo con admiración:

Qué torso tan fuerte y bonito.

Marianne los miró, algo borracha, fascinada por la estampa que formaban juntos Sophie y Connell, las manos de él sobre las espinillas morenas y tersas de ella, y experimentó una extraña sensación de nostalgia por un momento que estaba ya en proceso de suceder. Sophie la miró.

No te preocupes, Marianne, gritó. No te lo voy a robar.

Marianne pensó que Connell bajaría la vista al agua, haciendo como que no la oía, pero en lugar de eso se volvió hacia ella y sonrió.

No está preocupada —dijo él.

Marianne no entendió qué quería decir eso en realidad, pero sonrió también, y la partida empezó. Se sentía feliz de estar rodeada de gente que le caía bien, a la que ella caía bien. Sabía que, si quisiera hablar, seguramente todo el mundo se volvería hacia ella y la escucharía con sincero interés, y eso la hizo feliz también, pese a que no tenía nada que decir.

Cuando terminó la partida Connell se acercó, de pie en el agua, justo donde colgaban las piernas de Marianne. Ella lo miró desde arriba con expresión benévola.

Te estaba admirando, le dijo.

Él se apartó el pelo mojado de la frente.

Tú siempre estás admirándome —respondió.

Marianne le dio una patadita suave, y Connell la cogió del tobillo y se lo acarició con los dedos.

Sophie y tú formáis un equipo muy atlético.

Él siguió acariciándole la pierna por debajo del agua. Era muy agradable. Los otros lo estaban llamando para que volviera a la parte honda, querían jugar otra partida.

Jugad vosotros. Yo me voy a tomar un descanso.

Y entonces se sentó de un salto en el borde de la piscina, junto a ella. Su cuerpo mojado relucía. Apoyó la mano plana en las baldosas de atrás para mantener el equilibrio.

Ven aquí, le dijo.

Le pasó el brazo por la cintura. Connell nunca, jamás, la había tocado delante de alguien. Sus amigos no los habían visto nunca juntos de esa manera, nadie los había visto. En la piscina, los demás seguían jugando y gritando.

Esto está muy bien, dijo Marianne.

Él la miró y le dio un beso en el hombro desnudo. Ella rio de nuevo, perpleja y complacida. Connell echó un vistazo al agua y luego de nuevo a ella.

Ahora mismo eres feliz. Estás sonriendo.

Tienes razón, soy feliz.

Él señaló con la barbilla hacia la piscina, donde Peggy se acababa de caer al agua y la gente reía.

¿La vida es esto?, preguntó Connell.

Marianne lo miró a la cara, pero no supo decir por su expresión si se sentía contento o desdichado.

¿Qué quieres decir?

Pero él solo se encogió de hombros. Unos días después le dijo que se marchaba de Dublín todo el verano.

No me habías dicho que estabas en el pueblo, le dice él ahora.

Ella asiente despacio, como si lo estuviese pensando, como si no se le hubiese ocurrido hasta ahora que, en efecto, no le había dicho a Connell que estaba en el pueblo y fuera un pensamiento interesante.

Entonces ¿qué? ¿Ya no somos amigos?

Claro que sí.

No me respondes mucho a los mensajes.

Hay que reconocer que ella lo ha estado ignorando. Tuvo que contarle a la gente lo que había pasado, que él había cortado con ella y se había marchado, y aquello la hizo morirse de vergüenza. Era ella la que había presentado a Connell a todo el mundo, la que les había dicho a todos la gran compañía que era, lo sensible e inteligente, y él se lo había pagado durmiendo en su apartamento prácticamente todas las noches durante tres meses, bebiéndose la cerveza que ella le compraba y luego deshaciéndose de ella de golpe. Había quedado como una idiota. Peggy se lo tomó a risa, claro, y dijo que todos los hombres eran iguales. Pero a Joanna la situación no pareció que le resultara en absoluto divertida, sino desconcertante, y triste. No paraba de preguntarle qué habían dicho exactamente uno y otro durante la ruptura, y luego se quedaba callada, como si estuviese recreando la escena en su cabeza y tratando de encontrarle el sentido.

Joanna le preguntó si Connell sabía algo sobre la familia de Marianne.

En Carricklea se conoce todo el mundo, respondió ella.

Joanna negó con la cabeza.

Pero, quiero decir… ¿Él sabe cómo son?

Marianne no supo responder a eso. Tiene la sensación de que ni siquiera ella sabe cómo es su familia, que nunca atina en sus intentos por describirlos, que oscila entre exagerar su comportamiento, lo cual la hace sentir culpable, y quitarle importancia, lo cual también la hace sentir culpable, pero una culpabilidad vuelta hacia sí misma. Joanna cree saber cómo es la familia de Marianne, pero ¿cómo va a saberlo, cómo va a saberlo nadie, si la propia Marianne lo desconoce? Desde luego, es imposible que Connell lo sepa. Él es una persona equilibrada criada en un hogar afectuoso. Siempre da por hecho lo mejor de cada cual y no tiene ni idea.

Creía que al menos me mandarías un mensaje si venías por casa, le dice él. Es un poco raro encontrarme contigo cuando ni siquiera sabía que estabas por aquí.

En ese momento, Marianne recuerda que se dejó una petaca en el coche de Connell el día que fueron a Howth en abril, y que no volvió a cogerla. Puede que siga en la guantera. Lanza una mirada al pequeño compartimento, pero no cree que pueda abrirlo, porque entonces él le preguntaría qué está haciendo y ella tendría que sacar el tema de la excursión a Howth. Aquel día fueron a bañarse en el mar, y luego aparcaron en algún sitio retirado y lo hicieron en el asiento de atrás. Sería muy descarado recordarle aquel día ahora que están otra vez juntos en el coche, aunque lo cierto es que le gustaría recuperar la petaca, o quizá no se trate de la petaca, a lo mejor es solo que le apetece recordarle que una vez se la folló en el asiento trasero del coche en el que van sentados ahora mismo, sabe que eso lo haría ruborizarse, y puede que quiera obligarlo a ruborizarse como una sádica muestra de poder, pero eso no sería propio de ella, de modo que no dice nada.

Y a todo esto, ¿qué te trae por aquí? ¿De visita familiar?

Es la misa en recuerdo de mi padre.

Oh. La mira de reojo y luego se vuelve de nuevo hacia el parabrisas. Lo siento. No había caído. ¿Cuándo es, mañana por la mañana?

Marianne asiente.

A las diez y media.

Lo siento, Marianne. Ha sido una estupidez por mi parte.

No pasa nada. Yo no quería venir para eso, pero mi madre ha insistido. No soy muy de misas.

No. Ya.

Connell carraspea. Ella mira por el cristal del parabrisas. Han llegado a lo alto de su calle. Nunca han hablado demasiado del padre de Marianne, ni tampoco del de él.

¿Quieres que vaya? Evidentemente, si no quieres que vaya no iré. Pero no me importaría ir, si tú quieres.

Marianne lo mira, y siente una cierta debilidad en el cuerpo.

Gracias por el ofrecimiento. Es muy amable por tu parte.

No me importa.

No tienes por qué hacerlo.

No es molestia, insiste él. Sinceramente, me gustaría ir.

Pone el intermitente y enfila el camino de gravilla de la casa de Marianne. El coche de su madre no está, ha salido. La inmensa fachada blanca de la casa los fulmina con la mirada. Algo en la disposición de las ventanas le otorga una expresión censuradora. Connell apaga el motor del coche.

Siento haber ignorado tus mensajes, dice Marianne. Ha sido una niñería.

No pasa nada. Mira, si no quieres que sigamos siendo amigos, no tenemos por qué.

Claro que quiero que seamos amigos.

Él asiente, tamborilea sobre el volante. Su cuerpo es tan grande y manso, como el de un perro labrador. Marianne querría contarle cosas. Pero ahora es demasiado tarde, y de todos modos nunca le ha hecho ningún bien contárselo a nadie.

Muy bien, dice Connell. Nos vemos mañana entonces, ¿verdad?

Ella traga saliva.

¿Quieres entrar un rato? Podríamos tomar un té o algo.

Oh, estaría bien, pero llevo helado en el maletero.

Marianne mira hacia atrás, se acuerda de las bolsas de la compra y se siente de pronto desorientada.

Lorraine me mataría.

Claro. Desde luego.

Sale del coche. Él le dice adiós con la mano por la ventanilla. Y vendrá, mañana por la mañana, y llevará una sudadera azul marino con una camisa Oxford blanca debajo, con el aire inocente de un corderito, y al terminar se quedará a su lado en el vestíbulo, sin decir gran cosa pero cruzando con ella miradas de apoyo. Se intercambiarán sonrisas, sonrisas de alivio. Y volverán a ser amigos.

Seis semanas más tarde

(SEPTIEMBRE DE 2012)

Llega tarde a la cita con ella. El autobús ha pillado un atasco por una manifestación en la ciudad y ahora él va con ocho minutos de retraso y no sabe dónde está la cafetería. Es la primera vez que queda con Marianne para «tomar un café». Hace demasiado calor, un calor irritante e intempestivo. Encuentra la cafetería en Capel Street y pasa por delante de la caja en dirección a la puerta del fondo, mirando el teléfono. Pasan nueve minutos de las tres. Fuera, en el jardín para fumadores, Marianne está ya sentada tomando su café. No hay nadie más, el lugar está tranquilo. No se levanta cuando lo ve llegar.

Siento el retraso. Había una manifestación y el bus ha llegado tarde.

Se sienta enfrente de ella. Aún no ha pedido nada.

No te preocupes, responde ella. ¿De qué era la manifestación? No era por el aborto ni nada de eso, ¿no?

A él le da vergüenza no haberse fijado.

No, no creo. Era por el impuesto a la propiedad o algo.

Bueno, pues suerte para ellos. Que la revolución sea rápida y brutal.

No la ha visto en persona desde julio, cuando volvió a casa para la misa por su padre. Hoy ella tiene los labios pálidos y algo cortados, y unas ojeras oscuras. Aunque le gusta verla con buen aspecto, Connell siente una compasión especial por ella cuando parece enferma o tiene la piel mal, como cuando alguien que acostumbra a jugar bien hace un mal partido. Le da un aspecto de algún modo más agradable. Lleva una blusa negra muy elegante, las muñecas blancas y esbeltas, el pelo recogido en un moño suelto en la nuca.

Sí. A decir verdad, yo tendría algo más de energía para protestas si la cosa se pusiera en plan brutal.

Tú quieres que la policía te pegue una paliza.

Hay cosas peores que que te peguen una paliza.

Marianne está dando un sorbo de café, y parece detenerse un momento con la taza en los labios. Connell no sabe qué le lleva a identificar esa pausa como algo que no forma parte del movimiento natural de beber, pero lo detecta. Después Marianne vuelve a dejar la taza en el platillo.

Estoy de acuerdo —dice ella.

¿Qué quiere decir eso?

Que estoy de acuerdo contigo.

¿Te han agredido últimamente los guardias o es que me he perdido algo? —pregunta él.

Marianne echa en la taza un poco más de azúcar del sobrecito y luego lo remueve. Finalmente levanta la vista hacia él, como si acabara de recordar que está sentado ahí.

¿No vas a tomar un café?

Connell asiente. No ha terminado de recuperar el aliento después del trayecto desde el autobús y está un poco acalorado debajo de la ropa. Se levanta de la mesa y regresa al salón principal. Ahí se está más fresco y la luz es más tenue. Una mujer con los labios pintados de rojo le toma nota y le dice que enseguida le sirve.

Hasta abril, Connell tenía pensado trabajar en Dublín todo el verano y pagar el alquiler con su sueldo, pero una semana antes de los exámenes su jefe le dijo que iban a recortarle las horas. Le llegaría casi justo para pagar el alquiler, pero no le quedaría nada para vivir. Sabía desde el principio que el local acabaría quebrando y estaba furioso consigo mismo por no haber buscado ninguna otra cosa. Estuvo semanas dándole vueltas constantemente. Al final, decidió que tendría que dejar el piso durante el verano. Niall fue muy amable al respecto, le dijo que el cuarto seguiría ahí para él en septiembre y todo eso. ¿Y qué pasa contigo y Marianne?, le preguntó. Y Connell le respondió: Ya, ya. No sé. No le he dicho nada todavía.

Lo cierto era que, de todos modos, pasaba la mayoría de las noches en el apartamento de Marianne. Podría haberle explicado la situación y haberle pedido si podía quedarse con ella hasta septiembre. Sabía que Marianne le diría que sí. Creía que le diría que sí, costaba imaginarla no respondiendo que sí. Pero se descubrió aplazando la conversación, eludiendo las preguntas de Niall al respecto, planeando el momento de sacar el tema y luego, en el último momento, dejándolo pasar. Aquello se parecía demasiado a pedirle dinero. Marianne y él nunca hablaban de dinero. No habían hablado nunca, por ejemplo, del hecho de que la madre de Marianne le pagase dinero a la suya para que les fregara el suelo y les tendiese la colada, o del hecho de que ese dinero circulara indirectamente hasta Connell, que lo gastaba, la mitad de las veces, en Marianne. Detestaba tener que pensar en esa clase de cosas. Sabía que Marianne no pensaba nunca en esos términos. Ella estaba siempre invitándole: cenas, entradas para el teatro, cosas que pagaba y de las que instantánea, permanentemente, se olvidaba.

Una noche, hacia el final de los exámenes, fueron a una fiesta en casa de Sophie Whelan. Sabía que acabaría teniendo que decirle a Marianne que dejaba el piso de Niall, y que tendría que preguntarle, sin rodeos, si podía quedarse con ella. Pasaron la mayor parte de la noche junto a la piscina, inmersos en la gravedad cautivadora del agua templada. Contempló a Marianne chapoteando con su bañador rojo sin tirantes. Un mechón de pelo mojado se había soltado del moño que llevaba en la nuca y se le había quedado pegado, aplastado y brillante, contra la piel. Todo el mundo reía y bebía. Aquello no se parecía en nada a su vida real. No conocía en absoluto a toda esa gente, apenas creía siquiera en ellos, o en sí mismo. En el borde de la piscina, besó el hombro de Marianne en un impulso y ella le sonrió, encantada. Nadie los miraba. Pensó en contarle su situación con el alquiler esa noche en la cama. Tenía mucho miedo de perderla. Cuando se acostaron ella quiso hacerlo, y al terminar se quedó dormida. Se planteó despertarla, pero fue incapaz. Connell decidió esperar al último examen.

Dos días después, nada más salir del examen de novela medieval y renacentista, fue al apartamento de Marianne y se sentaron a la mesa a tomar un café. Él la escuchó a medias mientras ella le hablaba de cierta complicada relación entre Teresa y Lorcan, esperando a que terminara, y al final le dijo:

Eh, oye. Por cierto. Parece que no voy a poder pagar el alquiler este verano.

Marianne levantó la vista del café.

¿Qué?, preguntó con tono inexpresivo.

Sí. Voy a tener que marcharme del piso de Niall.

¿Cuándo?

Muy pronto. La semana que viene, quizá.

Los rasgos de Marianne se endurecieron sin mostrar ninguna emoción en particular.

Ah. Entonces te vuelves a casa.

Él se frotó el esternón, sentía que le faltaba el aire.

Eso parece, sí.

Marianne asintió, levantó las cejas fugazmente y clavó la mirada en su taza de café.

Bueno. Volverás en septiembre, supongo.

A Connell le dolían los ojos y los cerró. No conseguía entender cómo había ocurrido, cómo había dejado que la conversación se le escapase de las manos de esa manera. Era demasiado tarde para decirle que quería quedarse con ella, eso estaba claro, pero ¿en qué momento había pasado a serlo? Daba la impresión de haber ocurrido al instante. Contempló la posibilidad de apoyar la cabeza en la mesa y echarse a llorar como un niño. Pero lo que hizo fue abrir de nuevo los ojos.

Sí, dijo. No voy a dejar la carrera, no te preocupes.

Entonces solo estarás fuera tres meses.

Sí.

Hubo una larga pausa.

No sé, continuó Connell. Supongo que en ese caso querrás verte con otra gente, ¿no?

Al fin, con una voz que le pareció absolutamente fría, Marianne respondió:

Claro.

Él se levantó entonces y vació su taza de café en el fregadero, pese a que no se lo había terminado. Cuando salió del edificio sí lloró, tanto por su patética fantasía de vivir en el apartamento de Marianne como por la truncada relación, cualquiera que fuese.

En cuestión de un par de semanas, Marianne estaba saliendo con otro, un amigo suyo que se llamaba Jamie. El padre de Jamie era una de las personas que habían provocado la crisis financiera: no en un sentido figurado, sino que era una de las personas en efecto implicadas. Fue Niall quien le dijo a Connell que estaban juntos. Lo leyó en un mensaje de texto estando en el trabajo, y tuvo que irse a la trastienda y apoyar la frente contra un estante frío durante cerca de un minuto entero. Todo ese tiempo Marianne había querido salir con otro, pensó. Seguramente se alegraba de que hubiese tenido que marcharse de Dublín porque no tenía un céntimo. Quería un novio cuya familia la llevara a esquiar en vacaciones. Y ahora que tenía un novio así, a él ya ni siquiera le respondería los e-mails.

Para julio, hasta Lorraine estaba enterada de que Marianne salía con otro. Connell sabía que la gente del pueblo lo comentaba, porque Jamie tenía un padre con mala reputación a escala nacional, y porque allí no pasaban muchas cosas más.

Entonces ¿cuándo lo dejasteis vosotros dos?, le preguntó Lorraine.

No estuvimos juntos en ningún momento.

Os veíais, creía yo.

De vez en cuando.

Los jóvenes de hoy en día… No hay quien entienda vuestras relaciones.

Tú no eres ningún vejestorio.

Cuando yo iba al instituto, o estabas saliendo con alguien o no estabas saliendo.

Connell movió la mandíbula a un lado y a otro mientras miraba la televisión sin inmutarse.

¿Y entonces yo de dónde he salido?

Lorraine le dio un codazo de reproche y él continuó viendo la tele. Era un programa de viajes, con largas playas plateadas y aguas azules.

Marianne Sheridan no saldría con alguien como yo, dijo.

¿Qué quiere decir, alguien como tú?

Creo que su nuevo novio tiene una posición un poco más acorde con su clase social.

Lorraine se quedó callada unos segundos. Connell notaba cómo sus propias muelas rechinaban silenciosamente.

No creo que Marianne actuara así, dijo Lorraine. No creo que sea esa clase de persona.

Connell se levantó del sofá.

Yo solo sé lo que ha pasado.

Bueno, a lo mejor estás malinterpretando lo que ha pasado.

Pero él ya había salido de la habitación.

En el jardín trasero de la cafetería, la luz es tan intensa que rompe los colores en añicos y los vuelve punzantes. Marianne se está encendiendo un cigarrillo, con la cajetilla abierta sobre la mesa. Cuando Connell vuelve a sentarse, ella le sonríe por entre la nubecilla de humo gris. La nota esquiva, pero no sabe respecto a qué.

Creo que no habíamos quedado nunca para tomar un café, ¿verdad?, dice Connell.

¿No? Seguro que alguna vez.

Connell sabe que está siendo desagradable, pero no puede parar.

No.

Sí. Tomamos café antes de entrar a ver *La ventana indiscreta*. Aunque supongo que eso fue más bien una cita.

Este comentario le sorprende, y como única respuesta suelta un murmullo evasivo:

Hummm.

La puerta que hay a sus espaldas se abre y aparece la mujer con su café. Connell le da las gracias, y ella sonríe y vuelve adentro. La puerta se cierra. Marianne está diciendo que espera que Connell y Jamie lleguen a conocerse mejor.

Espero que te lleves bien con él, dice Marianne.

Levanta la cabeza y mira a Connell con nerviosismo, una expresión sincera que le conmueve.

Sí, claro que sí. ¿Por qué no me iba a llevar bien?

Ya sé que serás amable. Pero yo hablo de llevarse bien.

Lo intentaré.

Y no lo intimides.

Connell vierte un chorrito de leche en el café, deja que el color emerja a la superficie, y luego pone la jarra de nuevo sobre la mesa.

Ah, responde. Bueno, espero que le pidas también a él que no me intimide.

Como si él pudiera intimidarte, Connell. Es más bajito que yo.

No es estrictamente una cuestión de altura, ¿no?

Desde su punto de vista, tú eres mucho más alto que él, y también la persona que se follaba antes a su novia.

Qué forma tan bonita de decirlo. ¿Eso es lo que le has contado de nosotros: Connell, el tío ese alto con el que follaba antes?

Marianne se echa a reír.

No, dice. Pero todo el mundo lo sabe.

¿Tiene alguna inseguridad sobre su altura? No me aprovecharé, solo me gustaría saberlo.

Marianne coge su taza. Connell no acaba de entender qué clase de relación se supone que deben tener ahora. ¿Han acordado dejar de verse atractivos el uno al otro? ¿Cuándo se supone que han dejado de hacerlo? El comportamiento de Marianne no le aporta ninguna pista. De hecho, Connell sospecha que todavía se siente atraída por él, y que ahora le resulta gracioso, como un chiste privado, permitirse esa atracción hacia alguien que jamás encajará en su mundo.

En julio fue a la misa en recuerdo del padre de Marianne. La iglesia del pueblo era pequeña, olía a lluvia e incienso, y tenía vitrales en las ventanas. Lorraine y él no iban nunca a misa, Connell solo había asistido a algún funeral. Al llegar, vio a Marianne en el vestíbulo. Parecía una obra de arte religioso. Mirarla resultaba mucho más doloroso de lo que nadie le había advertido, y deseó hacer algo terrible, como prenderse fuego o estrellar su coche contra un árbol. Por acto reflejo, cuando estaba angustiado siempre imaginaba formas de infligirse daños extremos. Parecía aliviarlo por un momento, el acto de imaginar un dolor mucho más grave y totalizador que el que sentía en realidad, o puede que fuese simplemente la energía cognitiva que esto requería, la pausa momentánea en el curso de sus pensamientos, aunque después solo se sentía peor.

Esa noche, después de que Marianne se volviese a Dublín, salió a tomar algo con gente del instituto, primero al Kelleher's, y luego al McGowan, y más tarde a esa horrible discoteca, el Phantom, que estaba detrás del hotel. No había nadie allí con quien hubiese tenido nunca una relación verdaderamente estrecha, y al cabo de unas cuantas copas se dio cuenta de que no había ido a socializar de ningún modo, sino a beber hasta sumirse en una especie de inconsciencia sedada. Poco a poco se fue retirando de la conversación y se centró en ingerir tanto alcohol como fuera posible sin desmayarse, sin reírse siquiera con las bromas, sin escuchar siquiera.

Fue en el Phantom donde se encontraron con Paula Neary, su antigua profesora de economía. A esas alturas Connell iba tan borracho que lo veía todo torcido, y al lado de cada objeto consistente veía otra versión de este, como un fantasma. Paula los invitó a todos a chupitos de tequila. Llevaba un vestido negro y un colgante de plata. Connell se lamió la sal del dorso de la mano y vio el doble fantasmal del colgante de Paula, un leve rastro blanco en su hombro. Cuando ella lo miró, no tenía dos ojos, sino varios, y flotaban exóticamente en el aire, como joyas. A Connell esto le hizo reír, y ella se le acercó hasta sentir su aliento en la cara y le preguntó qué era tan gracioso.

No recuerda cómo llegaron hasta su casa, si fueron andando o cogieron un taxi, aún hoy no lo sabe. El lugar tenía esa pulcritud extraña y desamueblada que tienen a veces las casas solitarias. Parecía una persona sin aficiones: ninguna librería, ningún instrumento musical.

¿Qué haces los fines de semana?, recuerda haber farfullado.

Salgo por ahí a divertirme, dijo ella.

Ya en aquel momento le pareció una respuesta profundamente deprimente. Paula sirvió dos copas de vino. Connell se sentó en el sofá de piel y se lo bebió por hacer algo con las manos.

¿Qué tal pinta el equipo de fútbol este año?, le preguntó.

No es lo mismo sin ti.

Fue a sentarse a su lado en el sofá. El vestido se le había resbalado un poco y ahora dejaba ver un lunar sobre el pecho derecho. Se la podría haber follado cuando todavía estaba en el instituto. La gente hacía bromas sobre el tema, pero se habrían quedado de piedra si en verdad hubiese ocurrido, se habrían asustado. Habrían pensado que su timidez enmascaraba algo frío y espantoso.

Los mejores años de tu vida, dijo Paula.

¿Cómo?

Los mejores años de tu vida, los del instituto.

Connell trató de reír, pero la risa sonó boba y nerviosa.

No sé. Si es cierto, es un pensamiento bastante triste.

Entonces ella empezó a besarlo. Que le estuviese pasando

eso le pareció a Connell una cosa extraña, desagradable en la superficie pero también interesante en cierto modo, como si su vida estuviese tomando un rumbo nuevo. La boca de Paula sabía agria como el tequila. Por un instante se preguntó si sería legal que ella lo besara y llegó a la conclusión de que debía serlo, no se le ocurría ninguna razón por la que no, y sin embargo, en el fondo, no parecía correcto. Cada vez que se apartaba ella parecía seguirlo, de manera que terminó por no entender la física de lo que estaba pasando, y ya no sabía si estaba sentado o recostado en el brazo del sofá. A modo de experimento trató de incorporarse, lo que le confirmó que de hecho ya estaba bien sentado, y que esa lucecita roja que había creído que tal vez fuese del techo era solo la luz de standby del estéreo que había al otro lado de la sala.

En el instituto la señorita Neary lo había hecho sentir muy incómodo. Pero ¿estaba domeñando esa incomodidad dejando que lo besara en el sofá de su sala de estar, o estaba solo sucumbiendo a ella? Apenas había tenido tiempo de formularse esta pregunta cuando Paula empezó a desabrocharle los pantalones. Aterrado, intentó apartarle la mano, pero con un gesto tan fallido que ella pareció pensar que la estaba ayudando. Desabrochó el botón de arriba y él le dijo que estaba muy borracho y que tal vez deberían parar. Ella metió la mano por la cinturilla de sus calzoncillos y le dijo que no pasaba nada, que no le importaba. Connell creyó que estaba a punto de perder el conocimiento, pero descubrió que era incapaz. Deseó poder desmayarse.

Qué dura, oyó decir a Paula.

Era bastante delirante que dijese eso, porque lo cierto es que no lo estaba.

Voy a vomitar.

Paula dio un respingo hacia atrás, recogiéndose el vestido tras ella, y él aprovechó la oportunidad para levantarse del sofá y abrocharse de nuevo los vaqueros. Ella le preguntó con cautela si estaba bien. Cuando Connell la miró pudo ver dos Paulas distintas sentadas en el sofá, con unos contornos tan claros que costaba decidir cuál era la Paula real y cuál el fantasma.

Lo siento, dijo.

Al día siguiente se despertó vestido de pies a cabeza en el suelo del salón de su casa. Sigue sin saber cómo consiguió llegar.

Debe de sentirse inseguro por algo, dice Marianne ahora. No sé por qué. A lo mejor le gustaría ser más cerebral.

Quizá es que tiene poca autoestima.

No, decididamente, eso no es. Jamie…

Los ojos de Marianne se mueven rápidamente de un lado a otro. Cuando hace eso, parece una experta en matemáticas realizando operaciones de cabeza. Deja la taza en el platillo.

¿Es qué?

Es un sádico.

Connell la mira fijamente desde el otro lado de la mesa, dejando que sea sencillamente su cara la que exprese la alarma que siente ante tal comentario, y ella le responde con una sonrisita encantadora mientras hace girar la taza en el platillo.

¿Hablas en serio?, pregunta Connell.

Bueno, le gusta pegarme. Solo mientras lo hacemos, claro. No cuando discutimos.

Se ríe, una risa estúpida que no va con ella. El campo visual de Connell se sacude con violencia por un instante, como al comienzo de una migraña descomunal, y se lleva la mano a la frente. Descubre que está asustado. Con Marianne se siente a menudo un tanto ingenuo, pese a que en realidad tiene mucha más experiencia sexual que ella.

Y a ti eso te va, ¿no?

Ella se encoge de hombros. Su cigarrillo se está consumiendo en el cenicero. Lo coge con gesto rápido y le da una calada antes de apagarlo.

No sé, responde. No sé si me gusta realmente.

¿Y entonces por qué dejas que lo haga?

Fue idea mía.

Connell coge su taza y da un largo trago de café ardiendo, deseoso de hacer algo útil con las manos. Cuando vuelve a dejarla en su sitio, salpica y se derrama algo de café en el platillo.

¿Qué quieres decir?

Que fue idea mía, quería someterme a él. Es difícil de explicar.

Bueno, inténtalo si quieres. Me interesa.

Marianne ríe de nuevo.

Va a hacerte sentir muy incómodo.

Vale.

Ella lo mira, quizá para ver si está bromeando, y luego levanta la barbilla con la cabeza ladeada, y Connell sabe que ya no se echará atrás en su decisión de contárselo, porque eso supondría ceder en algo que ella no cree acerca de sí misma.

No es que me ponga que me humillen, dice. Es solo que me gusta saber que soy capaz de humillarme por alguien si el otro quiere. ¿Tiene sentido eso? No sé si lo tiene o no, le he estado dando vueltas. Tiene más que ver con la dinámica en sí que con lo que pasa en concreto. La cosa es que se lo propuse, que podía probar a ser más sumisa. Y resulta que a él le gusta pegarme.

Connell tiene un acceso de tos. Marianne coge un removedor de café de madera de una jarrita que hay sobre la mesa y lo retuerce entre los dedos. Él espera a que la tos remita y luego le dice:

¿Qué te hace?

Ah, no sé. A veces me azota con un cinturón. Le gusta asfixiarme, cosas así.

Vale.

O sea, no es que a mí me guste eso. Pero por otro lado, si solo te sometes con cosas que te gustan no te estás sometiendo realmente.

¿Has tenido siempre estas ideas?, pregunta él.

Marianne le lanza una mirada. Connell tiene la sensación

de que el miedo lo ha consumido y lo ha convertido en algo distinto; la sensación de que ha atravesado el miedo, y contemplar a Marianne es como cruzar nadando hacia ella una extensión de agua. Coge la cajetilla de tabaco y mira dentro. Los dientes empiezan a castañetearle, apoya el cigarrillo en el labio inferior y se lo enciende. Marianne es la única persona que desata estos sentimientos en él, esta extraña disociación, como si se estuviese ahogando y el tiempo ya no existiese como tal.

No quiero que pienses que Jamie es un tipo horrible.

Esa es la impresión que da.

No lo es.

Connell da una calada al cigarrillo y deja que los ojos se le entrecierren un instante. El sol calienta, y siente el cuerpo de Marianne cerca, y la bocanada de humo, y el regusto amargo del café.

A lo mejor es que quiero que me traten mal, no lo sé. A veces creo que merezco que me ocurran cosas malas porque soy mala persona.

Connell suelta el humo. En primavera, a veces se despertaba de noche al lado de Marianne, y si ella también estaba despierta se hundían uno en brazos del otro hasta que se sentía dentro de ella. No hacía falta decir nada, solo tenía que preguntarle si le parecía bien, y ella siempre respondía que sí. No había en su vida nada comparable a lo que sentía en esos momentos. A menudo deseaba poder quedarse dormido dentro de su cuerpo. Era algo que no podría tener nunca con otra persona, y que tampoco querría tener. Después se volvían a dormir abrazados, sin hablar.

Nunca me dijiste nada de esto, dice él, cuando estábamos...

Contigo era distinto. Nosotros éramos distintos, ya sabes. Las cosas eran distintas.

Marianne retuerce el palito de madera con ambas manos, y luego lo suelta de un lado para que salga disparado de sus dedos.

¿Debería sentirme ofendido?, pregunta él.

No. Si quieres la explicación más sencilla, te la puedo dar.

Bueno, ¿es una mentira?

No, dice ella.

Se queda un momento en silencio. Deja el removedor con cuidado sobre la mesa. Ahora no tiene ninguna muleta, así que se lleva la mano al pelo.

Contigo no necesitaba jugar a ningún juego, dice. Era real. Con Jamie es como si estuviese interpretando un papel, me limito a fingir que siento eso, que estoy en su poder. Pero contigo la dinámica ya era así realmente; yo tenía de verdad todos esos sentimientos, habría hecho cualquier cosa que me hubieses pedido. Y ahora, ya ves, crees que soy una mala novia. Que no estoy siendo honesta. ¿Quién no iba a querer pegarme?

Se tapa los ojos con una mano. Está sonriendo, una sonrisa cansada de autodesprecio. Connell se seca las palmas en el pantalón.

Yo no. A lo mejor soy un poco anticuado en ese aspecto.

Ella aparta la mano de los ojos y lo mira, la misma sonrisa, los labios todavía resecos.

Espero que siempre podamos apoyarnos el uno en el otro. Es muy reconfortante para mí.

Bueno, eso está bien.

Marianne lo mira entonces, como si lo viera por primera vez desde que están sentados juntos a la mesa.

En fin. ¿Y tú cómo estás?

Connell sabe que lo pregunta sinceramente. Él no es alguien que se sienta cómodo haciendo confidencias, o pidiendo cosas a la gente. Necesita a Marianne para eso. El hecho lo sorprende de nuevo. Marianne es alguien a quien puede pedirle cosas. Pese a que hay ciertos obstáculos y resentimientos entre ellos, la relación sigue adelante. Esto ahora le parece increíble, y casi conmovedor.

Me pasó algo un tanto raro este verano, dice. ¿Te lo puedo contar?

Cuatro meses más tarde

(ENERO DE 2013)

Marianne está en su apartamento con amigos. Los exámenes para conseguir las becas del Trinity han terminado esta semana, y las clases comienzan de nuevo el lunes. Se siente vacía, como un recipiente boca abajo. Se está fumando el cuarto cigarrillo de la noche, que le deja una curiosa sensación de acidez en el pecho, y además no ha cenado nada. A la hora del almuerzo ha comido una mandarina y una rebanada de pan sin mantequilla. Peggy está en el sofá contando una historia de interraíl por Europa, y por algún motivo insiste en explicar la diferencia entre Berlín Este y Berlín Oeste. Marianne echa el humo y dice con aire distraído:

Ya, he estado.

Peggy se vuelve hacia ella, los ojos como platos.

¿Has estado en Berlín? No pensaba que dejasen a la gente de Connacht viajar tan lejos.

Algunos de sus amigos ríen cortésmente. Marianne echa la ceniza en el cenicero de cerámica que hay en el brazo del sofá.

Hilarante, dice.

Supongo que te dieron vacaciones en la granja, añade Peggy.

Exacto.

Peggy continúa con su historia. Últimamente ha cogido la costumbre de quedarse a dormir en el apartamento de Marianne cuando Jamie no está, de desayunar en su cama, y hasta de seguirla al cuarto de baño mientras se ducha, cortándose las uñas de los pies despreocupadamente y quejándose de los hombres. A Marianne le gusta ser la elegida como amiga especial, incluso cuando esto se traduce en una tendencia a disponer de enormes cantidades de su tiempo libre. Pero recientemente, en ciertas fiestas, Peggy ha comenzado también a reírse de ella delante de la gente. Para quedar bien ante sus amigos, Marianne intenta reírle la broma, pero el esfuerzo la obliga a torcer la expresión, lo que solo sirve para darle a Peggy una nueva oportunidad de burlarse de ella. Cuando todo el mundo se ha ido ya a casa, se acurruca en el hombro de Marianne y le dice:

No te enfades conmigo.

Y Marianne le responde, con voz débil, a la defensiva:

No estoy enfadada contigo.

Ahora mismo van camino de tener exactamente la misma conversación, una vez más, dentro de apenas unas horas.

Cuando se termina la historia de Berlín, Marianne va a la cocina a por otra botella de vino y rellena las copas.

Por cierto, ¿cómo han ido los exámenes?, le pregunta Sophie.

Marianne se encoge de hombros con gesto cómico y la recompensan con una risita. Sus amigos a veces no tienen muy clara su dinámica con Peggy, y le ofrecen risas extra cuando Marianne trata de ser graciosa, pero de un modo que puede llegar a parecer cordial, o incluso una muestra de compasión, y no de diversión.

Di la verdad, insiste Peggy. La cagaste, ¿no?

Marianne sonríe, pone una mueca, tapa de nuevo la botella de vino. Los exámenes para las becas terminaron dos días atrás; Peggy y Marianne los hicieron juntas.

Bueno, podría haber ido mejor, responde Marianne diplomáticamente.

Esto es cien por cien típico de ti, dice Peggy. Eres la persona más inteligente del mundo, pero cuando llega el momento de la verdad, la pifias.

Puedes volver a presentarte el año que viene, dice Sophie.

Dudo que le fuera tan mal, comenta Joanna.

Marianne evita la mirada de Joanna y va a guardar el vino en la nevera. Las becas proporcionan cinco años de matrícula pagada, alojamiento gratuito en el campus y cena todas las noches en el refectorio del Trinity con el resto de los becados. Para Marianne, que no paga de su bolsillo ni el alquiler ni la matrícula ni tiene una idea real de lo que cuestan estas cosas, es puramente una cuestión de reputación. Le gustaría que su intelecto superior quedara afirmado en público mediante la transferencia de grandes sumas de dinero. Así podría fingir modestia sin que nadie la creyera en realidad. Lo cierto es que los exámenes no fueron mal. Fueron bien.

Mi profesor de estadística me estuvo persiguiendo para que me presentara, dice Jamie, pero no me iba a joder las navidades estudiando.

Marianne esboza otra sonrisa ausente. Jamie no se presentó a los exámenes porque sabía que no los aprobaría. Todos los que están ahí lo saben. Trata de pavonearse, pero carece de la suficiente conciencia de sí mismo como para comprender que lo que dice se interpreta como fanfarronada y que además nadie se la cree. Tiene algo de tranquilizador lo transparente que es para ella.

Al comienzo de su relación, sin ninguna reflexión previa aparente, Marianne le dijo que era «sumisa». Le sorprendió oírse a sí misma, incluso: puede que lo hiciese para descolocarlo.

¿Qué quieres decir?, preguntó él.

Como si tuviese mucho mundo, Marianne le respondió: Ya sabes, me gusta que los tíos me hagan daño.

Después de eso, Jamie comenzó a atarla y a golpearla con diversos objetos. Cuando Marianne piensa en lo poco que lo respeta, se siente una persona repugnante y empieza a odiarse a sí misma, y estos sentimientos desencadenan en ella un deseo incontenible de que la subyuguen y en cierto modo la machaquen. Cuando eso ocurre, su cerebro simplemente se vacía, como un cuarto con la luz apagada, y llega al orgasmo entre temblores sin ningún placer perceptible. Y vuelta a empezar. Cuando se plantea cortar con él, cosa que hace con frecuencia, se descubre pensando no tanto en su propia reacción como en la de Peggy.

Jamie le cae bien a Peggy, lo que quiere decir que lo considera una especie de fascista, pero un fascista sin ningún poder esencial sobre Marianne. Marianne se queja de él a veces y Peggy se limita a decir cosas como: Bueno, es un cerdo chovinista, ¿qué esperas? Peggy cree que los hombres son animales repugnantes sin ningún control de sus impulsos, y que las mujeres no deberían esperar de ellos apoyo emocional. Le llevó mucho tiempo caer en la cuenta de que Peggy estaba recurriendo a la pantalla de su crítica general contra los hombres para defender a Jamie siempre que Marianne se quejaba de él. ¿Qué esperabas?, decía Peggy. O: ¿Y eso te parece mal? Para los estándares masculinos es un príncipe. Marianne no tiene ni idea de por qué hace esto. Cada vez que insinúa, siquiera tímidamente, que las cosas podrían estar a punto de terminar con Jamie, Peggy estalla. Han llegado incluso a pelearse por eso, peleas que terminan con Peggy afirmando, curiosamente, que a ella le da igual si cortan o no, y con Marianne, para entonces exhausta y confusa, diciendo que lo más probable es que no lo haga.

Cuando Marianne se vuelve a sentar ahora, empieza a sonarle el teléfono, un número que no reconoce. Se pone de pie para responder y, con un gesto hacia los demás para que sigan hablando, se dirige hacia la cocina.

¿Diga?

Eh, soy Connell. Esto es un poco incómodo, pero me acaban de robar algunas cosas. En plan, la cartera, el móvil y esas cosas.

Dios, qué horror. ¿Qué ha pasado?

Eso me pregunto yo... Mira, estoy ahora mismo en Dun Laoghaire y no tengo dinero para coger un taxi ni nada. No sé si habría alguna manera de encontrarme contigo y de que me prestases algo de dinero.

Todos sus amigos la observan, y ella les hace un gesto para que sigan con la conversación. Desde el sillón, Jamie la sigue con la mirada mientras habla por teléfono.

Por supuesto, no te preocupes. Yo estoy en casa, ¿quieres coger un taxi hasta aquí? Puedo salir a pagarle al taxista, ¿te parece? Llama al timbre cuando llegues.

Sí, perfecto, gracias. Gracias, Marianne. Me han dejado un momento este teléfono para llamar, así que tengo que devolverlo ya. Nos vemos ahora.

Y cuelga. Los amigos de Marianne la miran expectantes cuando se vuelve hacia ellos con el móvil en la mano. Les explica lo que ha ocurrido y todos lo lamentan por Connell. Sigue pasándose por sus fiestas de vez en cuando, solo para tomar una copa rápida de camino a algún otro sitio. En septiembre le contó a Marianne lo que había pasado con Paula Neary, y aquello la transportó a otro mundo, poseída de una violencia desconocida hasta entonces.

Sé que estoy siendo dramático, dijo Connell. No es que ella hiciese nada malo. Pero me ha dejado jodido.

Marianne se oyó decir a sí misma, con una voz dura como el hielo:

Me gustaría cortarle el cuello.

Connell levantó la vista y se echó a reír, de pura sorpresa.

Dios, Marianne, dijo, pero siguió riendo.

Lo haría, insistió ella.

Él negó con la cabeza.

Tienes que moderar esos impulsos violentos. No puedes ir por ahí cortándole el cuello a la gente, te meterían en la cárcel.

Marianne lo dejó reírse, pero en voz queda dijo:

Si te vuelve a poner la mano encima, lo haré, me da igual.

No lleva más que algo de suelto en el monedero, pero en un cajón de la mesilla de noche tiene trescientos euros en efectivo. Entra en el cuarto, sin encender la luz, y le llegan las voces de sus amigos murmurando a través de la pared. El dinero está ahí, seis de cincuenta. Coge tres y los mete plegados en el monedero, sin prisa. Luego se sienta en el borde de la cama, no quiere volver al salón tan pronto.

En Navidad, las cosas en casa estuvieron tensas. Alan se pone ansioso y excitable siempre que hay invitados en casa. Una noche, después de que se marchasen sus tíos, Alan siguió a

Marianne hasta la cocina, adonde ella había ido a llevar las tazas de té vacías.

Mírate, le dijo. Ahí fardando de notas.

Marianne abrió el grifo del agua caliente y probó la temperatura con los dedos. Alan se quedó junto a la puerta, con los brazos cruzados.

No he sacado yo el tema, repuso Marianne. Han sido ellos.

Si eso es lo único de lo que puedes fardar en la vida, lo siento por ti.

El agua del grifo se calentó, y Marianne puso el tapón en el fregadero y echó un poco de lavavajillas en la esponja.

¿Me estás escuchando?

Sí, que lo sientes por mí, te estoy escuchando.

Eres patética de cojones, eso es lo que eres.

Mensaje recibido.

Puso una de las tazas a secar en el escurreplatos y sumergió otra en el agua caliente.

¿Te crees más lista que yo?

Marianne pasó la esponja empapada por el interior de la taza.

Esa es una pregunta muy extraña. No lo sé. Nunca me he parado a pensarlo.

Bueno, pues no lo eres.

Vale, de acuerdo.

Vale, de acuerdo, repitió él, con una voz servil y aniñada. No me extraña que no tengas amigos, si ni siquiera sabes tener una conversación normal.

Muy bien.

Tendrías que oír lo que va diciendo de ti la gente del pueblo.

Sin pretenderlo, porque la idea le resultó absolutamente ridícula, Marianne se echó a reír. Rabioso, Alan la agarró del brazo y la apartó del fregadero de un tirón y, de un modo aparentemente espontáneo, le escupió. Luego le soltó el brazo. Un visible goterón de saliva había aterrizado en la tela de su falda.

Guau, qué asco.

Alan dio media vuelta y se marchó de la cocina, y Marianne continuó lavando los platos. Al colocar la cuarta taza en el escurreplatos, reparó en un leve pero perceptible temblor en la mano derecha.

El día de Navidad, su madre le dio un sobre con quinientos euros. No había ninguna tarjeta; era uno de los sobrecitos de papel marrón que usaba para pagar a Lorraine. Marianne le dio las gracias, y Denise, como quien no quiere la cosa, le dijo:

Estoy un poco preocupada contigo.

Marianne se puso a toquetear el sobre y trató de componer una expresión apropiada en su cara.

¿Qué pasa conmigo?

Bueno, ¿qué piensas hacer con tu vida?

No lo sé. Creo que tengo todavía muchas opciones. Ahora mismo estoy centrada solo en la universidad.

¿Y luego qué?

Marianne presionó el pulgar contra el sobre y lo frotó hasta que un tenue borrón oscuro apareció en el papel.

Como he dicho, no lo sé.

Me preocupa que salir al mundo real te suponga un shock, en cierto modo.

¿En qué sentido?

No sé si te das cuenta de que la universidad es un entorno muy protector. No es como el mundo laboral.

Bueno, dudo de que en el mundo laboral alguien me escupa por una desavenencia. No estaría muy bien visto, entiendo yo.

Denise la miró con una sonrisa de labios apretados.

Si no sabes manejar un poco de rivalidad entre hermanos, no sé cómo vas a gestionar la vida adulta, cariño.

Ya veremos cómo va.

Al oír esto, Denise golpeó la mesa de la cocina con la mano abierta. Marianne se estremeció, pero no levantó la vista, no soltó el sobre.

Te crees que eres especial, ¿no?, dijo Denise.

Marianne dejó que se le cerrasen los ojos.

No, respondió. No lo creo.

Es casi la una de la mañana cuando Connell llama al interfono. Marianne baja con el monedero y ve que el taxi está parado con el motor en marcha delante del edificio. En la plaza de enfrente, la neblina envuelve los árboles. Las noches de invierno son tan deliciosas, piensa en decirle a Connell. Él está de pie, hablando con el taxista por la ventanilla, de espaldas. Cuando oye la puerta, se da media vuelta y Marianne ve que tiene la boca rota y ensangrentada, una sangre oscura como tinta seca. Da un paso atrás, llevándose la mano al pecho.

Lo sé, dice Connell. Me he visto en el espejo. Pero de verdad que estoy bien, solo necesito lavarme.

Sumida en un estado de confusión, Marianne paga al taxista y casi se le cae el cambio por la alcantarilla. En las escaleras de dentro, ve que el labio superior de Connell está hinchado y forma una masa brillante y dura en el lado derecho. Tiene los dientes del color de la sangre.

Oh, Dios mío. ¿Qué ha pasado?

Él la coge de la mano con cariño y le acaricia los nudillos con el pulgar.

Pues se me acercó un tío y me pidió la cartera, explica. Y yo le dije que no, no sé muy bien por qué, y entonces él me pegó un puñetazo en la cara. A ver, fue mala idea. Tendría que haberle dado el dinero y punto. Perdona que te haya llamado, es el único número que me sé de memoria.

Oh, Connell, qué horror. Tengo amigos en casa, pero ¿qué prefieres hacer? ¿Quieres darte una ducha o algo y quedarte aquí? ¿O quieres que te dé algo de dinero y volverte a casa?

Han llegado frente a la puerta del apartamento y se detienen ahí.

Lo que te vaya bien a ti, responde. Voy bastante borracho, por cierto. Lo siento.

Oh. ¿Cómo de borracho?

Bueno, no he pisado mi casa desde los exámenes. No sé, ¿sigo teniendo pupilas?

Ella lo mira a los ojos, donde ve las pupilas dilatadas rodeando dos puntos negros como balas.

Sí. Están enormes.

Connell le acaricia de nuevo la mano y dice en voz más baja:

Ah, bueno. Pero siempre se ponen así cuando te veo.

Marianne se echa a reír, niega con la cabeza.

Decididamente, tienes que ir muy borracho para estar flirteando conmigo. Jamie está aquí, ¿sabes?

Connell respira hondo por la nariz y luego lanza una mirada por encima de su hombro.

A lo mejor me vuelvo fuera a que me den otro puñetazo en la cara. No ha sido para tanto.

Ella sonríe, pero Connell le suelta la mano. Abre la puerta.

En el salón, todos los amigos de Marianne sueltan un grito ahogado y lo obligan a contar de nuevo la historia, cosa que hace, pero sin el drama deseado. Marianne le lleva un vaso de agua, y Connell se enjuaga la boca con ella y luego la escupe en el fregadero de la cocina, rosa como coral.

Puta chusma barriobajera, dice Jamie.

¿Quién, yo?, replica Connell. Eso no es muy amable. No todos podemos ir a un colegio de pago, ¿sabes?

Joanna ríe. Connell no acostumbra a ser hostil, y Marianne se pregunta si que le peguen un puñetazo en la cara lo ha puesto de ese humor, o si está más borracho de lo que pensaba.

Me refería al tío que te ha atracado, dice Jamie. Y, por cierto, seguro que estaba robando para comprar droga, es lo que hace la mayoría.

Connell se palpa los dientes con los dedos como para asegurarse de que siguen en su sitio. Luego se limpia la mano en un trapo de cocina.

Ah, bueno. La vida no es fácil ahí fuera para un drogadicto.

No, desde luego, coincide Joanna.

Siempre podrían intentar, no sé... ¿dejar las drogas?, dice Jamie.

Connell se ríe y dice:

Sí, estoy seguro de que no se les ha pasado nunca por la cabeza.

Todo el mundo se queda callado, y Connell los mira con una sonrisa avergonzada. Los dientes no parecen tan de loco ahora que se los ha enjuagado.

Perdón a todos, dice. Ya me quito de en medio.

Todos insisten en que no molesta, menos Jamie, que no pronuncia palabra. A Marianne la invade como una ráfaga el deseo maternal de darle un baño a Connell. Joanna le pregunta si le duele, y él responde frotándose de nuevo los incisivos con la yema del dedo y diciendo luego:

No es para tanto.

Lleva una chaqueta negra por encima de una camiseta manchada, bajo la cual Marianne reconoce el destello de una sencilla cadenita de plata que lleva desde el instituto. Peggy la catalogó en una ocasión como «chic teletienda», definición que a Marianne le causó vergüenza ajena, aunque no sabía decir si por Connell o por Peggy.

¿Cuánto dinero crees que vas a necesitar?, le pregunta a Connell.

La pregunta es lo bastante delicada como para que los amigos de Marianne se pongan a hablar entre ellos, y ella siente que están casi a solas. Él se encoge de hombros.

A lo mejor no puedes sacar dinero sin la tarjeta, dice Marianne.

Él cierra con fuerza los párpados y se toca la frente.

Joder, voy muy borracho. Lo siento. Parece que esté alucinando. ¿Qué me preguntabas?

Dinero. ¿Cuánto te doy?

Ah, no sé, ¿diez euros?

Deja que te dé cien.

¿Qué? No.

Discuten así un momento, hasta que Jamie se acerca y toca el brazo de Marianne. Ella es de pronto consciente de la fealdad de él y siente deseos de apartarse. Le están saliendo entradas, y tiene una cara floja, sin mandíbula. A su lado, y aun cubierto de sangre, Connell irradia carisma y buena salud.

Creo que voy a tener que irme ya, dice Jamie.

Bueno, nos vemos mañana, responde Marianne.

Jamie la mira perplejo y ella se traga el impulso de decir: ¿Qué? En lugar de eso, sonríe. No es que ella sea la persona más guapa del mundo, ni mucho menos. En algunas fotos parece no solo del montón sino escandalosamente fea, escondiendo los dientes torcidos frente a la cámara como una alimaña. Con gesto culpable, Marianne le estrecha la muñeca, como si pudiese llevar a cabo el siguiente acto imposible de comunicación: de cara a Jamie, que Connell está herido y lamentablemente requiere su atención; de cara a Connell, que preferiría no estar tocando para nada a Jamie.

De acuerdo, dice este. Bueno, pues buenas noches.

La besa en la mejilla y va a buscar su chaqueta. Todos le dan las gracias a Marianne por haberlos invitado. Dejan sus vasos en el escurreplatos o en el fregadero. Luego la puerta del apartamento se cierra y Connell y ella se quedan solos. Marianne nota cómo se le relajan los músculos de los hombros, como si su soledad fuese un narcótico. Llena el hervidor de agua y baja unas tazas del armario, luego deja más vasos sucios en el fregadero y vacía el cenicero.

Entonces ¿sigue siendo tu novio?, pregunta Connell.

Marianne sonríe, y eso hace él también. Saca dos bolsitas de té de la caja y las aplasta en el fondo de las tazas con unos golpecitos mientras el agua hierve. Le encanta estar a solas con él así. Hace que su vida parezca de pronto muy manejable.

Lo es, sí, responde.

¿Y cómo es eso?

¿Cómo es que es mi novio?

Sí. ¿De qué va la cosa? En términos de… o sea, ¿por qué sigues saliendo con él?

Marianne resopla.

Supongo que tomarás té, dice.

Él asiente, y se mete la mano derecha en el bolsillo. Ella saca un cartón de leche de la nevera, nota la humedad en los dedos. Connell ahora está apoyado contra la encimera de la cocina, con la boca todavía hinchada pero casi por completo limpia de sangre, y su cara resulta brutalmente atractiva.

Podrías tener otra clase de novio, ¿sabes? O sea, cada dos por tres algún tío se enamora de ti, por lo que he oído.

Déjalo.

Eres ese tipo de persona, la gente o te ama o te odia.

Salta el botón del hervidor y Marianne retira la jarra del soporte. Llena una de las tazas y luego la otra.

Bueno, tú no me odias.

Él no dice nada en un primer momento. Luego responde:

No, yo soy inmune a ti, en cierto modo. Porque te conocí en el instituto.

En mis tiempos de fea y pringada.

No, nunca fuiste fea.

Marianne deja de nuevo la jarra. Siente un cierto poder sobre él, un poder peligroso.

¿Sigues pensando que soy guapa?

Él la mira, probablemente sabiendo lo que está haciendo Marianne, y luego se mira las manos, como para recordarse a sí mismo su altura física en la habitación.

Estás de buen humor, le dice. La fiesta debe de haber estado bien.

Ella lo ignora. Que te jodan, piensa, pero no en serio. Usa una cucharilla para echar las bolsitas de té en el fregadero, y luego sirve la leche y la guarda de nuevo en la nevera, todo ello con los movimientos rápidos de alguien lidiando impaciente con un amigo borracho.

Preferiría literalmente a cualquier otro, dice Connell. Preferiría que el tío que me ha atracado fuese tu novio.

¿A ti qué más te da?

Connell no dice nada. Marianne piensa en el modo en que ha tratado a Jamie antes de irse, y se frota la cara con las manos. Ese «paleto mamaleches», había dicho de él una vez Jamie. Es verdad, Marianne ha visto a Connell bebiendo leche directamente del cartón. Juega a videojuegos en los que salen alienígenas, tiene opinión sobre entrenadores de fútbol. Es tan sanote como un enorme diente de leche. Seguramente, jamás en la vida ha pensado en infligirle daño a alguien con fines sexuales. Es una buena persona, es un buen amigo. Entonces ¿por qué ella va siempre así detrás de él, presionándolo para sacarle algo? ¿Tiene que volver siempre a su antiguo yo desesperado cuando él está cerca?

¿Le quieres?, pregunta Connell.

La mano de Marianne se detiene en la puerta de la nevera.

No es nada propio de ti que te intereses por mis sentimientos. Debo decir que pensaba que esas cosas eran terreno vetado para nosotros.

Vale. De acuerdo.

Connell se frota de nuevo la boca, algo distraído. Luego deja caer la mano y mira por la ventana de la cocina.

Oye, supongo que tendría que habértelo dicho antes, pero estoy saliendo con alguien. Llevo un tiempo con ella, debería habértelo mencionado.

Marianne está tan conmocionada por la noticia que esta tiene un efecto físico. Lo mira, directamente, incapaz de disimular su asombro. En todo el tiempo que llevan siendo amigos nunca ha tenido novia. Marianne ni siquiera se había parado a pensar en la posibilidad de que quisiera tenerla.

¿Qué? ¿Cuánto tiempo lleváis juntos?

Unas seis semanas. Helen Brophy, no sé si la conoces. Estudia medicina.

Marianne le da la espalda y coge una taza de la encimera. Intenta mantener los hombros muy quietos, le aterra echarse a llorar y que él la vea.

Entonces ¿por qué estás intentando que corte con Jamie?, le dice.

No, no, no es eso. Es solo que quiero que seas feliz, nada más.

Porque eres muy buen amigo, ¿verdad?

Bueno, sí. Es decir, no sé.

La taza que tiene en las manos quema demasiado, pero en lugar de colocarla de nuevo sobre la encimera, Marianne deja que el dolor cale en sus dedos y penetre hasta la carne.

¿Estás enamorado de ella?

Sí, la quiero, sí.

Ahora Marianne empieza a llorar, la cosa más vergonzosa que le ha pasado en toda su vida adulta. Está de espaldas, pero nota como los hombros se le disparan hacia arriba en un espasmo horrible e involuntario.

Dios, dice Connell. Marianne.

Vete a la mierda.

Connell le toca la espalda y ella se aparta de un respingo, como si él pretendiese hacerle daño. Deja la taza en la encimera para secarse bruscamente la cara con la manga.

Vete. Déjame sola.

Marianne, no. Me siento fatal, ¿vale? Tendría que habértelo dicho antes, lo siento.

No quiero hablar contigo. Márchate.

Durante un momento no ocurre nada. Marianne se muerde el interior de la mejilla hasta que el dolor comienza a apaciguar sus nervios y consigue dejar de llorar. Se vuelve a secar la cara, esta vez con las manos, y se da la vuelta.

Por favor, insiste. Por favor, vete.

Él suspira, con la cabeza gacha. Se frota los ojos.

Sí... Oye, siento mucho tener que pedírtelo, pero la verdad es que necesito ese dinero para volver a casa. Lo siento.

Marianne cae entonces en la cuenta y se siente mal. De hecho le sonríe, así de mal se siente.

Ay, Dios, dice. Con tantas emociones me había olvidado de que te han atracado. Puedo darte dos de cincuenta, ¿te parece bien?

Él asiente, pero sin mirarla. Marianne sabe que Connell se siente mal, y ella quiere llevar la situación como una adulta. Va a buscar su monedero y le da el dinero, que él se guarda en el bolsillo. Connell mira al suelo, parpadeando y aclarándose la garganta, como si también él fuera a echarse a llorar.

Lo siento, dice.

No es nada, responde ella. No te preocupes.

Connell se frota la nariz y pasea la mirada por la cocina, como si no fuese a volver a verla.

¿Sabes? La verdad es que no entendí qué ocurrió entre nosotros el verano pasado, dice. Cuando tuve que volverme a casa y todo eso. Pensé que quizá me dejarías quedarme aquí o algo. No sé realmente qué pasó al final entre nosotros.

Marianne siente un dolor punzante en el pecho y su mano se alza hasta su garganta, aferrándose a nada.

Me dijiste que querías salir con otra gente. No tenía ni idea de que quisieras quedarte aquí. Pensé que estabas cortando conmigo.

Él se frota la boca con la palma de la mano durante un segundo y luego exhala.

No dijiste en ningún momento que quisieras quedarte aquí, añade ella. Habrías sido bienvenido, evidentemente. Siempre eras bienvenido.

Vale, en fin, dice Connell. Oye, voy a ir tirando. Que pases buena noche, ¿sí?

Se marcha. La puerta se cierra tras él con un chasquido, no muy fuerte.

A la mañana siguiente, en el edificio de arte, Jamie la besa delante de todo el mundo y le dice que está preciosa.

¿Qué tal Connell anoche?

Ella lo agarra de la mano y pone los ojos en blanco con gesto cómplice.

Uf, iba pasadísimo. Al final me lo quité de encima.

Seis meses más tarde

(JULIO DE 2013)

Connell se despierta justo después de las ocho. Entra luz por la ventanilla, y el vagón se está calentando, una pesada calidez de aliento y sudor. Estaciones de tren secundarias con nombres ilegibles pasan como un destello y se desvanecen. Elaine ya está despierta, pero Niall sigue durmiendo. Connell se frota el ojo izquierdo con los nudillos y se incorpora. Elaine está leyendo la única novela que ha traído al viaje: una con cubierta de papel brillante y las palabras «Ahora también en cines» cruzando por la parte superior. La actriz de la foto ha sido su compañía constante durante semanas. Connell siente una afinidad casi amistosa con su tez pálida de drama de época.

¿Por dónde vamos? ¿Lo sabes?, pregunta Connell.

Elaine levanta la vista del libro.

Hemos pasado Liubliana hace como un par de horas.

Ah, vale. No estamos lejos, entonces.

Connell le echa un vistazo a Niall, cuya cabeza durmiente se balancea ligeramente sobre el cuello. Elaine sigue la dirección de su mirada.

Fuera de combate, como de costumbre, dice.

Había más gente al principio. Algunos amigos de Elaine fueron con ellos de Berlín a Praga, y en Bratislava se encontraron con algunos compañeros de ingeniería de Niall antes de cruzar a Viena en tren. Los hostales eran baratos, y las ciudades que visitaban tenían un aire agradablemente pasajero. Nada de lo que Connell había hecho en ellas parecía haber dejado huella en él. Todo aquel viaje transcurría como una serie de cortometrajes, proyectados una única vez, y al terminar tenía la sensación de saber de lo que iban, pero ningún recuerdo preciso del argumento. Recuerda ver cosas por las ventanillas de los taxis.

En cada ciudad busca un cibercafé y lleva a cabo los mismos tres rituales de comunicación: llama a Helen por Skype, le envía a su madre un mensaje de texto gratuito a través de la web de la empresa de telefonía de su móvil, y le escribe un e-mail a Marianne.

Helen está de intercambio en Chicago todo el verano. Durante sus llamadas, Connell oye de fondo a sus amigas hablando y haciéndose cosas en el pelo unas a otras, y a veces Helen se da la vuelta y les dice algo del tipo: ¡Chicas, por favor! ¡Estoy al teléfono! Le encanta ver su cara en la pantalla, sobre todo cuando la conexión es buena y sus movimientos son fluidos y naturales. Tiene una sonrisa formidable, unos dientes formidables. Al terminar la llamada de ayer, pagó en el mostrador, salió de nuevo a la luz del sol y se compró un vaso de Coca-Cola con hielo a un precio desorbitado. A veces, cuando Helen está con un montón de amigas alrededor o el cibercafé está especialmente concurrido, las conversaciones se vuelven un poco incómodas, pero aun así siempre se siente mejor después de hablar con ella. Se descubre apresurando el final de la conversación para poder colgar, y entonces saborear en retrospectiva lo mucho que le gusta verla, sin la presión segundo a segundo de tener que poner la expresión apropiada y decir las cosas apropiadas. Tan solo ver a Helen, su hermosa cara, su sonrisa, y saber que continúa queriéndolo, eso le llena de alegría el día, y durante horas no siente nada más que una aturdida felicidad.

Helen le ha traído a Connell una nueva forma de vivir. Es como si hubiesen levantado una tapa increíblemente pesada de su vida emocional y de pronto pudiese respirar aire fresco. Es físicamente posible escribir y mandar un mensaje que diga: ¡te quiero! Antes nunca le había parecido que lo fuera, ni remotamente, pero en realidad es fácil. Por supuesto, si alguien viera esos mensajes pasaría vergüenza, pero ahora sabe que esa clase de vergüenza es normal, un impulso casi protector hacia una parte especialmente buena de la vida. Puede sentarse a cenar con los padres de Helen, la puede acompañar a las fiestas de sus amigos, es capaz de tolerar las sonrisas y el intercambio de conversaciones repetitivas. Puede estrechar su mano mientras la gente le hace preguntas sobre su futuro. Y cuando ella lo toca espontáneamente, aplicando una ligera presión en su brazo, o hasta cuando alarga la mano para quitarle una hilacha del cuello de la camisa, siente una oleada de orgullo y espera que la gente los esté mirando. Que lo conozcan como su novio lo asienta con firmeza en el mundo social, lo afirma como una persona aceptable, alguien con cierto estatus, alguien cuyos silencios en la conversación son pensativos y no una muestra de ineptitud social.

Los mensajes que le manda a Lorraine son bastante convencionales. La pone al día siempre que visita un lugar histórico importante o algún tesoro cultural. Ayer:

> hola desde viena. la catedral de san esteban está bastante sobrevalorada para ser sinceros pero el museo de historia del arte estuvo bien. espero que vaya todo bien por casa.

A ella le gusta preguntarle qué tal está Helen. El día que se conocieron, Helen y su madre hicieron buenas migas de inmediato. Siempre que ella va de visita, Lorraine se pasa todo el rato negando la cabeza ante las pequeñas rarezas de Connell y preguntándole: ¿Cómo lo aguantas, cariño? Pero, en cualquier caso, es agradable que se lleven bien. Helen es la primera novia que le ha presentado a su madre, y ha notado que está extrañamente ansioso por impresionar a Lorraine con lo normal que es su relación y lo buena persona que lo considera Helen. No tiene muy claro de dónde sale eso exactamente.

En las semanas que llevan sin verse, los e-mails que le manda a Marianne se han ido haciendo cada vez más largos. Ha comenzado a escribir los borradores en el móvil en los ratos muertos, mientras espera a que la ropa esté lista en la lavandería, o tumbado de noche en la cama de un hostal sin poder dormir por culpa del calor. Revisa estos borradores una y otra vez, repasando todos los elementos de la prosa, cambiando de orden las cláusulas para que las frases encajen de la manera correcta. El tiempo se difumina mientras escribe, se ralentiza y dilata, y al mismo tiempo pasa muy rápido, y más de una vez al levantar la cabeza descubre que han transcurrido horas. No sabría explicar por qué le resultan tan apasionantes esos e-mails para Marianne, pero no tiene la sensación de que sea algo banal. La experiencia de escribirlos le parece la manifestación de un principio más amplio y fundamental, algo vinculado a su identidad, o puede que incluso más abstracto, vinculado con la vida misma. En su pequeño diario gris escribió hace poco: ¿idea para una historia contada a través de e-mails? Pero luego lo tachó, le pareció efectista. Tacha cosas en su diario como si una imaginaria persona del futuro fuera a detenerse en cada detalle, como si quisiera que esa persona del futuro supiera qué ideas se replanteó.

Su correspondencia con Marianne incluye un montón de enlaces a artículos de prensa. En estos momentos están los dos absortos en el tema de Edward Snowden, Marianne por su interés en la arquitectura de la vigilancia global, y Connell por el fascinante drama personal. Lee todas las especulaciones que se publican online, sigue las imágenes borrosas que llegan del aeropuerto de Sheremétievo. Marianne y él solo pueden hablar de ello por e-mail, empleando las mismas tecnologías de la comunicación que, como saben ahora, están bajo vigilancia, y a veces tienen la impresión de que su relación ha quedado atrapada en una compleja red de poder gubernamental, que la red es una forma de inteligencia en sí misma que los contiene a ambos y también sus sentimientos por el otro. Tengo la sensación de que el agente de la Agencia Nacional de Seguridad que lea estos e-mails se va a llevar una impresión equivocada de nosotros, le escribió Marianne una vez. Seguramente no tienen ni idea de que en su día no me invitaste al baile de graduación.

Marianne le cuenta muchas cosas de la casa en la que se aloja con Jamie y Peggy, a las afueras de Trieste. Le explica los sucesos cotidianos, cómo se siente, cómo imagina que se sienten los demás, lo que está leyendo, lo que piensa. Él le escribe sobre las ciudades que visitan, incluyendo a veces un párrafo sobre una estampa o una escena particular. Le escribió sobre el día que salieron de la estación del U-Bahn en Schönleinstraße y descubrieron que de pronto se había hecho de noche, y le habló de las frondas de los árboles ondeando sobre ellos como dedos horripilantes, y del ruido de los bares, del olor a pizza y a gases de tubos de escape. Le parece algo poderoso poner una experiencia en palabras, es como si quedara encerrada en un frasco y ya nunca pudiera abandonarlo del todo. Una vez le contó a Marianne que había escrito algunos relatos, y ahora ella insiste en pedirle que se los deje leer. Si son tan buenos como tus e-mails deben de ser soberbios, le escribió. Fue agradable leer eso, pero Connell respondió con sinceridad: No son tan buenos como mis e-mails.

Niall, Elaine y él han acordado coger el tren de Viena a Trieste para pasar las últimas noches en la casa de vacaciones de Marianne, antes de coger todos juntos el avión de vuelta a Dublín. Han hablado de hacer una excursión de un día a Venecia. La noche anterior subieron al tren con sus mochilas y Connell le envió un mensaje a Marianne: deberíamos estar ahí mañana por la tarde, no tendré tiempo de responder tu e-mail en condiciones antes de llegar. Ya casi no le queda ropa limpia. Lleva una camiseta gris, vaqueros negros y unas deportivas blancas sucias. En la mochila: diversas prendas ligeramente manchadas, una camiseta blanca limpia, una botella de plástico vacía para el agua, calzoncillos limpios, un cargador de móvil con el cable enrollado, el pasaporte, dos cajas de paracetamol genérico, un ejemplar hecho polvo de una novela de James Salter, y para Marianne, una antología de poemas de Frank O'Hara que encontró en una librería inglesa de Berlín. Un cuaderno gris de tapa blanda.

Elaine le pega codacitos a Niall hasta que su cabeza se sacude hacia delante y se le abren los ojos. Pregunta qué hora es y dónde están, y Elaine lo sitúa. Entonces Niall entrelaza los dedos y estira los brazos al frente. Sus articulaciones sueltan un suave crujido. Connell mira el paisaje que desfila por la ventanilla: verdes y amarillos resecos, la pendiente naranja de las tejas de un tejado, una ventana cortada en planos rectos por el sol y los destellos.

Las becas de la universidad se anunciaron en abril. El rector subió a los escalones de la Sala de Exámenes y leyó en voz alta la lista de becados. El cielo estaba extremadamente azul ese día, delirante, como un helado de sabor. Connell se había puesto su chaqueta, y Helen tenía el brazo enlazado al suyo. Cuando llegó el turno de filología dijeron cuatro nombres, en orden alfabético, y el último fue: Connell Waldron. Helen se lanzó a abrazarlo. Ya estaba, dijeron su nombre y continuaron. Esperó en la plaza hasta que anunciaron los becados de historia y política, y cuando oyó el nombre de Marianne se volvió a mirarla. Oyó a un corro de sus amigos vitoreándola, y algunos aplausos. Él se metió las manos en los bolsillos. Al oír el nombre de Marianne comprendió lo real que era aquello: había conseguido la beca, los dos la habían conseguido. No recuerda bien lo que pasó después. Recuerda que llamó a Lorraine tras los anuncios y que ella se quedó callada al otro lado del teléfono, en shock, y que luego murmuró: Oh, Dios mío, Dios bendito.

Niall y Elaine se acercaron a él, jaleándolo, dándole palmadas en la espalda y diciéndole que era «un nerd absoluto». Connell se reía sin motivo, solo porque tanta emoción exigía alguna clase de manifestación exterior y no quería echarse a llorar. Esa noche todos los recién becados tenían que asistir a una cena de etiqueta en el refectorio. Connell pidió prestado un esmoquin a alguien de clase. No le iba muy bien, y en la cena se sintió incómodo intentando entablar conversación con el catedrático de inglés que tenía sentado al lado. Quería estar con Helen, y con sus amigos, no con esa gente a la que no había visto en la vida y que no sabía nada de él.

Ahora todo es posible gracias a la beca. Tiene el alquiler pagado, la matrícula cubierta, una comida gratis todos los días en el campus. Por eso ha podido pasar medio verano viajando por Europa, repartiendo divisa con la despreocupación de un rico. Se lo ha explicado, o intentado explicar, en sus e-mails a Marianne. Para ella la beca fue una inyección de autoestima, una feliz confirmación de lo que siempre había creído sobre sí misma: que es especial. Connell no ha sabido nunca si creer que él lo es también, y sigue sin saberlo. Para él la beca es un hecho material colosal, como un inmenso crucero que ha aparecido navegando de la nada, y que le ofrece la posibilidad de estudiar un programa de posgrado gratis si quiere, y de vivir en Dublín gratis, y de no volver a pensar en el alquiler hasta que termine la universidad. De pronto puede pasar una tarde en Viena contemplando *El arte de la pintura* de Vermeer, y fuera hace calor, y si le apetece puede comprarse un vaso barato de cerveza fría. Es como si algo que toda su vida había dado por hecho que no era más que un fondo pintado se hubiese revelado real: las ciudades extranjeras son reales, y también las obras de arte famosas, y las redes de metro, y los restos del Muro de Berlín. Eso es el dinero, la sustancia que vuelve real el mundo. Y hay algo tremendamente corrupto y excitante en ello.

Llegan a la casa de Marianne a las tres, en mitad del calor asfixiante de la tarde. La maleza que crece por fuera de la verja zumba plagada de insectos, y un gato de pelo anaranjado está tumbado sobre el capó de un coche al otro lado de la calle. A través de la verja, Connell alcanza a ver la casa, igual que aparece en las fotografías que ella le ha enviado, la fachada de piedra y las ventanas con contraventanas blancas. Ve la mesa del jardín, con dos tazas olvidadas sobre el tablero. Elaine llama al timbre, y al cabo de unos segundos alguien aparece por un lado de la casa. Es Peggy. Últimamente Connell se ha ido convenciendo de que no le cae bien a Peggy, y se descubre vigilando su comportamiento en busca de pruebas. A él tampoco le cae bien Peggy, nunca le ha caído bien, pero no le parece que eso sea relevante. Se acerca corriendo hasta la verja, con las sandalias chascando contra la gravilla. El calor golpea la nuca de Connell como la sensación de unos ojos observándole. Peggy abre la verja y los hace pasar, sonriendo y diciendo *ciao, ciao*. Lleva un vestido corto vaquero y unas enormes gafas de sol. Suben todos por la gravilla en dirección a la casa, Niall con la mochila de Elaine a cuestas además de la suya. Peggy saca un juego de llaves del bolsillo del vestido y abre la puerta principal.

En el vestíbulo, un arco de piedra da paso a un corto tramo de escalera. La cocina es una sala alargada inundada de luz, con baldosas de terracota, armarios blancos y una mesa junto a las puertas del jardín. Marianne está fuera, entre los cerezos del patio trasero, con una cesta de la colada en los brazos. Lleva un vestido blanco anudado a la nuca y su piel se ve bronceada. Viene de tender la ropa. Fuera apenas hace aire, y las prendas cuelgan ahí con sus colores húmedos, inmóviles. Marianne pone la mano en el pomo de la puerta y es entonces cuando los ve. Todo esto parece suceder muy despacio, aunque tan solo pasan unos segundos. Marianne abre la puerta y deja la cesta sobre la mesa, y Connell siente una especie de sensación agradable y dolorosa en la garganta. El vestido de ella está inmaculado, y él toma conciencia del aspecto tan desaseado que debe de presentar, ya que lleva sin ducharse desde que dejaron el hostal en la mañana del día anterior y su ropa no está del todo limpia.

Hola, saluda Elaine.

Marianne sonríe y dice *ciao*, como burlándose de sí misma, y luego besa en las mejillas a Elaine y a Niall y les pregunta cómo ha ido el viaje, y Connell se queda ahí plantado, abrumado por la sensación, que podría ser simplemente de agotamiento total, un agotamiento que se ha ido acumulando durante semanas. Le llega el olor de la colada. De cerca ve que Marianne tiene los brazos algo pecosos, los hombros de un vivo color sonrosado. En ese momento se vuelve hacia él y se besan en las mejillas. Mirándolo a los ojos le dice: Bueno, hola. Connell percibe cierta receptividad en su expresión, como si estuviese extrayendo información sobre sus sentimientos, algo que han aprendido a hacer mutuamente a lo largo de los años, como si hablasen un idioma privado. Nota cómo le sube el calor a la cara mientras Marianne lo mira, pero no quiere apartar la vista. También él obtiene información de su rostro. Se da cuenta de que hay cosas que ella quiere contarle.

Hola, responde.

Marianne ha aceptado una invitación para cursar el tercer año de carrera en una universidad de Suecia. Se marchará en septiembre y, dependiendo de los planes que hagan para Navidad, puede que no vuelva a verla hasta junio. La gente no deja de decirle que la va a echar de menos, pero hasta ahora Connell solo había pensado con ansia en lo larga e intensa que será su correspondencia mientras ella esté fuera. Ahora mira sus ojos fríos y analíticos y piensa: Vale, la voy a echar de menos. Siente ambivalencia al respecto, como si estuviera siendo desleal por su parte, porque tal vez esté disfrutando de su apariencia o de algún aspecto físico de su cercanía. No está seguro de qué tienen permitido disfrutar los amigos unos de otros.

En una serie de e-mails que intercambiaron hace poco en torno a su amistad, Marianne expresó sus sentimientos hacia Connell principalmente en términos del interés sostenido que sentía por sus opiniones y creencias, la curiosidad que le despierta su vida, y el impulso de consultar sus impresiones siempre que entra en conflicto con algo. Él se expresó más bien en términos de identificación, la sensación de apoyarla y de sufrir con ella cuando sufre, y la capacidad de percibir y empatizar con sus motivaciones. Marianne pensó que eso tenía algo que ver con los roles de género. Creo que es simplemente que me encantas como persona, respondió Connell a la defensiva. Eso es muy bonito, dijo ella.

Ahora Jamie baja los escalones que hay detrás de ellos y todos se giran para saludarlo. Connell hace un gesto como medio asintiendo, apenas un movimiento de la barbilla hacia arriba. Jamie le devuelve una sonrisa burlona y le dice:

Tío, qué mala pinta tienes.

Jamie ha sido objeto constante de odio y escarnio para Connell desde que se convirtió en el novio de Marianne. Durante varios meses después de verlos juntos por primera vez, Connell tuvo fantasías compulsivas en las que le pateaba la cabeza hasta que su cráneo tenía la textura de papel de periódico mojado. Una vez, tras hablar brevemente con él en una fiesta, Connell salió del edificio y le pegó un puñetazo tan fuerte a una pared que la mano le empezó a sangrar. Jamie es de algún modo aburrido y hostil al mismo tiempo, siempre bostezando y poniendo los ojos en blanco cuando los demás hablan. Y, sin embargo, es la persona más naturalmente segura de sí misma que ha conocido nunca. Nada lo perturba. No parece susceptible de conflicto interno. Connell se lo puede imaginar asfixiando a Marianne con sus propias manos sin inmutarse, como en efecto hace, según le ha contado ella.

Marianne prepara una cafetera mientras Peggy corta rebanadas de pan y sirve olivas y prosciutto en platos. Elaine les está contando payasadas de Niall y Marianne se ríe pródigamente, no porque las historias sean muy divertidas, sino para que Elaine se sienta bienvenida. Peggy reparte platos a todos, y Marianne le toca el hombro a Connell y le tiende una taza de café. Con ese vestido blanco y esa tacita de porcelana blanca, a él le vienen ganas de decirle: Pareces un ángel. Ni siquiera es algo que a Helen pudiese molestarla, pero él es incapaz de hablar de ese modo delante de la gente, de decir cosas afectuosas porque sí. Se bebe el café, come algo de pan. El café quema y sabe amargo, y el pan está tierno y recién hecho. Empieza a entrarle cansancio.

Después de comer sube a ducharse. Hay cuatro dormitorios, de modo que tiene uno para él solo, con una enorme ventana de guillotina con vistas al jardín. Cuando termina de ducharse se pone la única ropa presentable que le queda: una camiseta blanca lisa y los vaqueros que tiene desde que iba al instituto. Lleva el pelo mojado. Se siente despejado, efecto del café, de la presión del agua de la ducha y del algodón fresco sobre la piel. Se cuelga la toalla mojada al hombro y abre la ventana. Las cerezas cuelgan de los árboles verde oscuro como pendientes. Piensa en esta frase una o dos veces. La pondrá en un e-mail para Marianne, pero no puede escribirle estando ella en el piso de abajo. Helen lleva pendientes, normalmente unos aritos de oro. Oye a los demás abajo, así que se permite fantasear un momento con ella. La imagina tumbada de espaldas. Tendría que haber pensado en ella en la ducha, pero estaba cansado. Necesita la contraseña de la wifi de la casa.

Al igual que Connell, Helen era popular en el instituto. Pone mucho empeño en mantener el contacto con antiguos amigos y con parientes lejanos, se acuerda de los cumpleaños, cuelga fotos nostálgicas en Facebook. Siempre avisa de su asistencia a las fiestas y llega puntual, y repite las fotos de grupo una y otra vez hasta que todo el mundo queda contento. En otras palabras, es una buena persona, y Connell está empezando a comprender que de hecho le gustan las buenas personas, que quiere incluso serlo él. Helen tuvo un novio serio antes, un tipo llamado Rory, con el que cortó en el primer año de carrera. Va al University College Dublin, así que Connell no se ha cruzado nunca con él, pero sí que ha mirado sus fotos en Facebook. No es muy distinto a Connell en aspecto y complexión, pero tiene una pinta algo torpe y pasada de moda. Connell le confesó una vez a Helen que lo había buscado en internet, y ella le preguntó qué le había parecido.

No sé, respondió Connell. No se le ve muy guay, ¿no?

A ella eso le pareció graciosísimo. Estaban tumbados en la cama y Connell la rodeaba con el brazo.

¿Es ese tu tipo, te gustan los tíos poco guays?, le preguntó a Helen.

Dímelo tú.

¿Por qué, yo no soy guay?

Me parece a mí que no, respondió ella. Lo digo en el buen sentido, no me gusta la gente guay.

Él se incorporó un poco para mirarla.

¿En serio? No me ofendo, aunque, sinceramente, yo creía que molaba.

Pues eres todo un provinciano.

¿De verdad? ¿En qué sentido?

Tienes el acento de Sligo más cerrado del mundo.

No es cierto. No me lo creo. Nadie me lo ha dicho nunca. ¿En serio?

Helen seguía riendo. Él le acarició el vientre, sonriendo para sí porque la estaba haciendo reír.

Casi no entiendo la mitad de las cosas que dices. Menos mal que eres uno de esos fuertes y callados.

A él no le quedó más remedio que reírse también.

Helen, ahí te has pasado.

Ella se puso una mano detrás de la cabeza.

¿De verdad crees que eres un tío guay?

Bueno, ya no.

Helen se sonrió.

Bien, dijo. Está bien que no lo seas.

Helen y Marianne se conocieron en febrero, en Dawson Street. Helen y él iban paseando cogidos de la mano cuando vio a Marianne saliendo de Hodges Figgis con una boina negra.

Ah, hola, dijo él con voz angustiada.

Pensó en soltarle la mano a Helen, pero no fue capaz.

Hola, saludó Marianne. Tú debes de ser Helen.

Las dos mujeres mantuvieron entonces una conversación perfectamente aceptable y cordial mientras él se quedaba allí plantado, aterrado y clavando los ojos en una secuencia de objetos del espacio circundante.

Más tarde, Helen le preguntó:

Entonces Marianne y tú… ¿siempre habéis sido amigos, o…?

Ese día estaban en el cuarto de Connell, al lado de Pearse Street. Los buses pasaban por delante y arrojaban una columna de luz amarilla sobre la puerta del dormitorio.

Sí, más o menos, respondió él. O sea, nunca estuvimos lo que se puede decir juntos.

Pero os habéis acostado.

Bueno, algo así. No, la verdad es que sí nos acostamos. ¿Es un problema eso?

No, solo tengo curiosidad, dijo Helen. ¿Fue algo en plan amigos-con-derecho-a-roce?

Básicamente. En el último año de instituto, y también durante un tiempo el curso pasado. No llegó a ser serio ni nada.

Helen le sonrió. Connell se estaba rascando el labio inferior con los dientes, pero para cuando cayó en dejar de hacerlo ella ya se había percatado.

Parece una estudiante de la escuela de arte, dijo Helen. Supongo que la debes de encontrar muy chic.

Él soltó una risita, bajó la vista al suelo.

La cosa no va por ahí… Nos conocemos desde que éramos niños.

No tiene por qué ser incómodo que sea tu ex.

No es mi ex. Solo somos amigos.

Pero antes de ser amigos fuisteis…

Bueno, mi novia no era.

Pero te acostabas con ella.

Connell se tapó la cara entera con las manos. Helen se echó a reír.

Después de eso, Helen decidió que iba a hacerse amiga de Marianne, como para demostrar algo. Cuando la veían en alguna fiesta, Helen ponía todo su empeño en elogiar su pelo y su ropa, y Marianne asentía vagamente y luego seguía expresando en profundidad alguna opinión sobre el informe del Asilo de las Magdalenas o sobre el caso Denis O'Brien. Desde un punto de vista objetivo, a Connell las opiniones de Marianne le parecían interesantes, pero también podía ver que su afición por expresarlas tan exhaustivamente, hasta excluir por completo conversaciones más ligeras, no resultaba simpática a todo el mundo. Una noche, tras una larguísima discusión a propósito de Israel, Helen se puso irritable, y de camino a casa le dijo a Connell que Marianne le parecía una «egocéntrica».

¿Por qué habla demasiado de política?, preguntó Connell. Yo no diría que eso es ser egocéntrica.

Helen se encogió de hombros, pero inspiró por la nariz de un modo que daba a entender que no le gustaba la interpretación que había hecho de su comentario.

Ya era así en el instituto, añadió él. Pero no es una pose, tiene un interés genuino por esas cosas.

¿Le preocupan de verdad las negociaciones de paz de Israel?

Sorprendido, Connell respondió simplemente:

Sí.

Y al cabo de unos segundos caminando uno al lado del otro en silencio, añadió:

Y a mí también, la verdad. Me parece bastante importante.

Helen soltó un sonoro suspiro con los brazos cruzados sobre el pecho. A él le sorprendió que suspirara con esa irritación, y se preguntó cuánto habría bebido.

No se trata de dar sermones, prosiguió Connell. Está claro que no vamos a salvar Oriente Medio hablando del tema en una fiesta. Pero creo que Marianne realmente le da muchas vueltas a esos temas.

¿No crees que a lo mejor solo lo hace para llamar la atención?

Connell frunció el ceño en un esfuerzo consciente por parecer pensativo. A Marianne le daba tan absolutamente igual lo que la gente pensara de ella, estaba tan extremadamente segura de su propia autopercepción, que costaba imaginarla preocupada por obtener atención de un modo u otro. No es que se gustara del todo a sí misma, por lo que Connell sabía, pero los elogios de los demás le parecían tan irrelevantes como lo había sido en el instituto su desaprobación.

¿Sinceramente? La verdad es que no.

Pues tu atención parece gustarle bastante.

Connell tragó saliva. Solo entonces comprendió por qué Helen estaba tan enfadada, y por qué no hacía ningún intento de ocultar su enfado. Él no creía que Marianne le hubiese hecho especial caso, aunque sí que le escuchaba siempre que hablaba, una cortesía que de vez en cuando no dispensaba a otros. Se volvió a mirar un coche que pasaba.

No me he fijado, dijo al fin.

Para su alivio, Helen aparcó ese tema concreto y se instaló de nuevo en una crítica más general del comportamiento de Marianne.

Siempre que la vemos en una fiesta está flirteando como con diez tipos distintos, dijo Helen. Hay que ver qué ansia de aprobación masculina.

Contento de no seguir implicado en la censura, Connell sonrió y dijo:

Sí, en el instituto no era para nada así.

¿Quieres decir que no era tan putón?

Sintiéndose de pronto acorralado, y arrepentido de haber bajado la guardia, Connell volvió a quedarse callado. Sabía que Helen era buena persona, pero a veces olvidaba lo anticuados que eran sus valores. Al cabo de un momento, dijo incómodo:

Oye, es mi amiga, ¿vale? No hables así de ella.

Helen no respondió, pero subió los brazos cruzados aún más arriba del pecho. En cualquier caso, no fue la respuesta más apropiada. Más adelante se preguntaría si realmente estaba defendiendo a Marianne o defendiéndose a sí mismo de una acusación implícita contra su propia sexualidad, como si estuviese contaminado de algún modo, o tuviese deseos inaceptables.

A día de hoy, el consenso tácito es que Helen y Marianne no se caen demasiado bien la una a la otra. No tienen nada que ver. Connell cree que los aspectos de sí mismo más compatibles con Helen son los mejores: su lealtad, su actitud eminentemente práctica, su deseo de que lo vean como un buen tipo. Con Helen no siente nada vergonzoso, no se descubre diciendo cosas raras mientras lo hacen, no tiene la sensación persistente de que no encaja en ninguna parte, de que no encajará nunca en ninguna parte. Marianne posee una fiereza que se le metió dentro durante un tiempo y lo llevó a pensar que era igual que ella, que compartían la misma herida espiritual innombrable, que ninguno de los dos encajaría nunca en el mundo. Pero él no ha llevado nunca el daño que lleva Marianne. Ella hizo que se sintiera así, nada más.

Una noche estaba esperando a Helen en la universidad, justo en la entrada del Edificio Conmemorativo. Helen venía del gimnasio, en la otra punta del campus, e iban a coger el autobús para volver a casa juntos. Estaba en los escalones mirando el móvil cuando se abrió la puerta a su espalda y salió un grupo de gente con trajes y vestidos formales, todos riendo y charlando. La luz del pasillo que quedaba tras ellos recortaba sus siluetas, así que tardó un segundo en reconocer a Marianne. Llevaba un vestido largo y oscuro, y el pelo en un recogido alto que hacía que su cuello se viera esbelto y expuesto. Ella lo miró con una expresión familiar.

Hola, dijo.

Connell no conocía a la gente con la que iba; supuso que serían del grupo de debate o algo así.

Hola, dijo él.

¿Cómo podría parecerse nunca lo que sentía por ella a lo que sentía por otra gente? Aunque parte de ese sentimiento consistía en saber el terrible influjo que había tenido sobre ella, y que seguía teniendo, y que no preveía perder jamás.

Helen llegó en ese momento. Connell no reparó en su presencia hasta que lo llamó por su nombre. Llevaba los leggings y las deportivas, la bolsa de deporte colgada al hombro, un brillo húmedo en la frente, visible a la luz de la farola. Sintió una enorme oleada de amor por ella, amor y compasión, casi conmiseración. Sabía que su lugar estaba a su lado. Lo que tenían era normal, una buena relación. La vida que llevaban era la correcta. Le cogió la bolsa del hombro y levantó la mano para despedirse de Marianne. Ella no le devolvió el gesto, tan solo asintió.

¡Que lo pases bien!, le dijo Helen.

Y luego cogieron el bus. Él se quedó triste por Marianne, triste de que nada en su vida hubiese parecido nunca verdaderamente sano, y triste por haber tenido que alejarse de ella. Sabía que le había hecho daño. En cierto modo, estaba incluso triste por sí mismo. Sentado en el bus, siguió viéndola de pie allí en la entrada, con la luz iluminándola desde atrás: su aire tan exquisito, la persona tan glamurosa y formidable que era, y esa sutil expresión que invadía su rostro cuando lo miraba. Pero él no podía ser lo que ella quería. Al cabo de un momento se dio cuenta de que Helen estaba hablando; apartó esos pensamientos y se puso a escucharla.

Para cenar, Peggy prepara pasta y comen en la mesa redonda del jardín. El cielo es de un azul cloro sensacional, terso y uniforme como la seda. Marianne trae de la casa una botella fría de espumoso, con la condensación resbalando como sudor por el cristal, y le pide a Niall que la descorche. A Connell le parece una decisión con criterio. Marianne es muy cortés y sociable en este tipo de ocasiones, parece la esposa de un diplomático. Connell está sentado entre ella y Peggy. El tapón sale volando por encima de la tapia del jardín y aterriza donde nadie puede verlo. Una cresta de blanco se derrama por el borde de la botella y Niall vierte el vino en la copa de Elaine. Las copas son anchas y planas como platillos. Jamie pone la suya boca abajo y dice:

¿No tenemos copas de champán como es debido?

Esto son copas de champán, dice Peggy.

No, me refiero a las altas.

Tú estás pensando en copas de flauta. Estas son Pompadour.

A Helen la haría reír esta conversación, y, pensando en cuánto se reiría, Connell sonríe.

No es una cuestión de vida o muerte, ¿no?, dice Marianne.

Peggy se llena la copa y le pasa la botella a Connell.

Solo digo que estas no son para champán, insiste Jamie.

Eres un filisteo, le dice Peggy.

¿Soy un filisteo? Estamos bebiendo champán en salseras.

Niall y Elaine se echan a reír, y Jamie sonríe llevado por la impresión equivocada de que es por su ocurrencia. Marianne se pasa la yema del dedo por el párpado suavemente, como para quitarse un fragmento de polvo o arenilla. Connell le tiende la botella y ella la coge.

Es un estilo antiguo de copa de champán, dice Marianne. Eran de mi padre. Ve adentro y cógete una de flauta si prefieres, están en el armario de encima del fregadero.

Jamie abre los ojos con gesto irónico y dice:

No me había dado cuenta de que tuvieran tanto valor sentimental para ti.

Marianne deja la botella en el centro de la mesa y no dice nada más. Es la primera vez que Connell la oye mencionar a su padre de ese modo en una conversación casual. Nadie más en la mesa parece reparar en ello; puede que Elaine ni siquiera sepa que el padre de Marianne está muerto. Connell intenta cruzar una mirada con Marianne, pero no lo consigue.

La pasta está deliciosa, dice Elaine.

Oh. Está muy al dente, ¿verdad?, dice Peggy. Tal vez demasiado al dente.

A mí me parece que está bien, responde Marianne.

Connell da un sorbo de champán, que espumea frío en su boca y luego desaparece como aire. Jamie se pone a contar una anécdota sobre uno de sus amigos, que está haciendo unas prácticas de verano en Goldman Sachs. Connell se termina su copa y Marianne le rellena discretamente.

Gracias, dice él en voz baja.

La mano de ella se demora un momento en el aire como si fuese a tocarlo, pero luego no lo hace. Marianne no dice nada.

La mañana siguiente de que se anunciasen las becas, Marianne y él fueron juntos a la ceremonia de juramento. Ella había salido la noche antes y parecía resacosa, cosa que a Connell le gustó, porque la ceremonia era extremadamente formal y tenían que ponerse toga y recitar cosas en latín. Al terminar, fueron a desayunar a una cafetería cerca del campus. Se sentaron fuera, en una mesa de la terraza, y la gente pasaba por su lado cargada con bolsas de la compra de papel y hablando a voces por el móvil. Marianne se bebió una taza de café solo y pidió un cruasán que no se terminó. Connell tomó una tortilla grande de jamón y queso con dos rebanadas de pan con mantequilla y un té con leche.

Marianne dijo que estaba preocupada por Peggy, que era la única de los tres que no había conseguido la beca. Dijo que sería duro para ella. Connell inspiró hondo y no dijo nada. Peggy no necesitaba que le pagasen la matrícula ni que le diesen alojamiento gratuito en el campus, porque vivía en su casa de Blackrock y sus padres eran médicos los dos, pero Marianne estaba resuelta a considerar las becas una cuestión de sentimiento personal en lugar de un hecho económico.

En cualquier caso, me alegro por ti, dijo Marianne.

Yo también me alegro por ti.

Pero tú te la mereces más.

Connell levantó la vista. Se limpió la boca con la servilleta.

¿Te refieres a en términos económicos?

Ah. Bueno, me refiero a que tú eres mejor estudiante.

Marianne lanzó una mirada desaprobadora al cruasán. Connell la observó.

Aunque, prosiguió ella, en lo que respecta a las circunstancias económicas también, evidentemente. Es decir, es un poco ridículo que no miren los ingresos para estas cosas.

Supongo que venimos de orígenes muy distintos, en cuanto a clase social.

Yo no pienso demasiado en esas cosas, respondió Marianne. Y al momento añadió: Perdón, ese es un comentario muy ignorante. A lo mejor tendría que pensar más en ello.

¿No me consideras tu amigo de clase obrera?

Ella lo miró con una sonrisa que era más una mueca.

Soy consciente de que nos conocimos porque tu madre trabaja para mi familia. Además, no creo que mi madre sea una buena jefa, no creo que le pague demasiado bien a Lorraine.

No, le paga una mierda.

Cortó un pedazo fino de tortilla con el cuchillo. El huevo estaba más gomoso de lo que le habría gustado.

Me sorprende que este tema no haya salido antes. Creo que sería totalmente justo que estuvieses resentido conmigo.

No, no estoy resentido contigo. ¿Por qué iba a estarlo?

Connell dejó el cuchillo y el tenedor y la miró. Ella tenía una cierta expresión ansiosa en la cara.

Es solo que todo esto me hace sentir raro, prosiguió él. Me hace sentir raro ponerme esmoquin y decir cosas en latín. Anoche en la cena, ¿sabes?, la gente que nos servía eran alumnos. Ellos trabajando para pagarse la carrera y nosotros ahí sentados, comiéndonos la comida gratis que nos ponen delante. ¿No es horrible?

Pues claro que lo es. Todo el concepto de «meritocracia» o lo que sea es detestable, ya sabes que lo creo. Pero ¿qué se supone que tenemos que hacer, devolver el dinero de la beca? No sé qué ganamos con eso.

Bueno, siempre es fácil encontrar motivos para no hacer algo.

Tú tampoco lo vas a hacer, así que no me hagas sentir culpable.

Luego siguieron comiendo, como si estuviesen escenificando una discusión en la que ambas posturas eran igualmente convincentes y cada cual hubiese escogido su posicionamiento más o menos al azar, solo para poder llevar a cabo el debate. Una gaviota enorme aterrizó al pie de una farola cercana, el plumaje magníficamente limpio y suave.

Tienes que aclararte y pensar cómo crees que debería ser una buena sociedad, dijo Marianne. Y si decides que la gente debe poder ir a la universidad y sacarse una carrera de filología, entonces deja de sentirte culpable por hacerlo tú mismo, porque estás en todo tu derecho.

Eso sirve para ti, tú no te sientes culpable por nada.

Ella empezó a revolver en su bolso buscando algo.

¿Es así como me ves?, dijo en tono despreocupado.

No, respondió Connell. Y luego, dado que no estaba seguro de cuán culpable creía que se sentía Marianne por nada, añadió: No lo sé. Tendría que haber sabido que las cosas serían así, aquí en el Trinity. Veo todo este rollo de la beca y pienso: Dios, ¿qué dirá la gente del instituto?

Durante un segundo Marianne no dijo nada. Connell tuvo la sensación de que, en cierto extraño sentido, no se había expresado correctamente, pero no sabía en cuál.

Lo cierto es que siempre te preocupó mucho lo que dijese la gente del instituto.

Connell recordó entonces cómo la habían tratado todos en aquella época, y cómo la había tratado él mismo, y se sintió mal. Aquella no era la conclusión que había anticipado para la conversación, pero sonrió y dijo:

Au.

Ella le devolvió la sonrisa y luego alzó la taza de café. Y en ese momento Connell pensó que, así como en el instituto había sido él quien había marcado las condiciones de su relación, ahora las condiciones las marcaba Marianne. Pero ella es más generosa, se dijo. Ella es mejor persona.

Cuando Jamie termina su historia, Marianne entra dentro y vuelve con otra botella de vino espumoso y una de tinto. Niall empieza a retirar el morrión de la primera botella y

Marianne le pasa a Connell el sacacorchos. Mientras, Peggy va recogiendo los platos de todos. Connell quita el envoltorio del tapón mientras Jamie se inclina adelante y le dice algo a Marianne. Clava la hélice en el corcho y la hace girar. Peggy se lleva el plato de Connell y lo apila junto al resto. Él baja los brazos del sacacorchos y saca el tapón del cuello de la botella con un sonido como de chasquido de labios.

El cielo se ha ido apagando hasta un azul más frío, con nubes plateadas sobre la línea del horizonte. Connell se nota la cara encendida y se pregunta si se habrá quemado con el sol. A veces le gusta imaginarse a Marianne de mayor, con hijos. Se imagina que están todos aquí juntos en Italia y que ella está preparando una ensalada o algo mientras se queja a Connell de su marido, que es mayor que ella, seguramente un intelectual, y al que Marianne encuentra aburrido. ¿Por qué no me casaría contigo?, diría. Ve a Marianne con toda claridad en esta ensoñación, ve su rostro, y tiene la sensación de que lleva años trabajando de periodista, puede que en el Líbano. No se ve a sí mismo de un modo tan nítido, ni tampoco sabe a qué se dedica. Pero sí sabe lo que le diría a Marianne. El dinero, le diría. Y ella se echaría a reír sin levantar la vista de la ensalada.

En la mesa están hablando de la visita a Venecia: qué trenes habría que coger, a qué galerías merece la pena ir. Marianne le dice a Connell que cree que le gustaría el Guggenheim, y este se alegra de que se haya dirigido a él, se alegra de que lo distingan como alguien capaz de apreciar el arte moderno.

No sé por qué nos molestamos en ir a Venecia, dice Jamie. Está llena de asiáticos sacando fotos de todo.

Dios no permita que tengas que cruzarte con un asiático, le replica Niall.

Se hace un silencio en la mesa.

¿Qué?, dice Jamie, y por su voz y por la dilación en su respuesta queda claro que está borracho.

Es un poco racista, lo que acabas de decir de los asiáticos, responde Niall. Pero no le demos más importancia.

Claro, porque todos los asiáticos que hay sentados a la mesa se van a sentir ofendidos, ¿verdad?, suelta Jamie.

Marianne se levanta bruscamente.

Voy a por el postre.

A Connell le decepciona esa reacción tan apática, pero él tampoco dice nada. Peggy sigue a Marianne al interior de la casa y todos en la mesa se quedan callados. Una polilla enorme revolotea por el aire oscuro y Jamie le da con la servilleta. Al cabo de un minuto o dos, Peggy y Marianne traen el postre de la cocina: una gigantesca fuente de cristal con fresas cortadas por la mitad, una pila de platos de porcelana blanca y cucharillas de plata. Otras dos botellas de vino. Se reparten los platos y todos se sirven la fruta.

Se ha pasado toda la tarde cortando por la mitad a estas cabronzuelas, explica Peggy.

Cómo nos mimáis, dice Elaine.

¿Dónde está la nata?, pregunta Jamie.

Está dentro, responde Marianne.

¿Y por qué no la habéis traído?

Marianne echa hacia atrás su silla con frialdad y se levanta para volver adentro. Ya es casi de noche. Jamie pasea la mirada alrededor de la mesa, en busca de alguien que se la devuelva y crea también que tiene razón en pedir la nata, o que Marianne ha tenido una reacción exagerada a una petición inocente. Pero por el contrario la gente parece evitarlo, así que empuja su silla hacia atrás con un sonoro suspiro y va tras ella. La silla se vuelca silenciosamente sobre la hierba. Jamie entra por la puerta lateral que lleva a la cocina y cierra de un portazo. Hay también una puerta trasera que conduce a la otra parte del jardín, donde están los árboles. Esa parte está tapiada, así que desde donde están solo son visibles las copas.

Cuando Connell vuelve la atención a la mesa, ve que Niall tiene la vista clavada en él. No comprende bien qué significa esa mirada. Intenta entornar los ojos para darle a entender que se siente confuso. Niall lanza una mirada cargada de intención a la casa y luego de nuevo a él. Connell echa un vistazo por encima del hombro derecho. La luz de la cocina está encendida, un resplandor amarillento se filtra por entre las puertas del jardín. Solo las ve de refilón, así que no tiene manera de ver qué está ocurriendo dentro. Elaine y Peggy están elogiando las fresas. Cuando terminan de hablar, Connell oye una voz exaltada procedente de la cocina, casi un chillido. Se quedan todos inmóviles. Él se levanta de la mesa y va hacia la casa, y al hacerlo nota como su presión sanguínea se desploma. Se ha bebido ya una botella de vino, si no más.

Cuando llega a las puertas del jardín, ve a Jamie y a Marianne de pie junto a la encimera, metidos en algún tipo de discusión. Ellos no lo ven de inmediato al otro lado del cristal. Se detiene con la mano en el pomo. Marianne tiene la cara encendida, puede que de tomar demasiado el sol, o puede que esté enfadada. Jamie se está echando vino tinto en la copa de champán con pulso vacilante. Connell gira el pomo y entra.

¿Todo bien?, dice.

Ambos lo miran, ambos dejan de hablar. Nota que Marianne está temblando como si tuviese frío. Jamie alza sarcásticamente la copa en dirección a Connell y el vino se derrama por el borde y salpica el suelo.

Deja eso, dice Marianne en voz baja.

Perdona, ¿qué?, pregunta Jamie.

Deja la copa, por favor.

Jamie sonríe y asiente para sí mismo.

¿Quieres que la deje?, dice. Vale, vale, mira, ya la dejo.

Suelta la copa y esta se hace añicos contra el suelo. Marianne grita, un grito auténtico que brota de su garganta, y se abalanza contra Jamie con el brazo derecho echado hacia atrás como para golpearlo. Connell se interpone, el cristal cruje bajo el zapato, y sujeta a Marianne por los brazos. A su espalda, Jamie ríe. Marianne intenta apartar a Connell, le tiembla todo el cuerpo, tiene la cara lívida y llena de manchas como si hubiese estado llorando.

Ven aquí, dice Connell. Marianne.

Ella lo mira. La recuerda en el instituto, tan terca y resentida con todo el mundo. En aquel entonces sabía cosas de ella. Se miran el uno al otro y la rigidez la abandona, se queda tan floja como si acabase de recibir un disparo.

Estás para que te encierren, en serio, dice Jamie. Necesitas ayuda.

Connell hace girar el cuerpo de Marianne y la conduce hacia la puerta de atrás. Ella no opone ninguna resistencia.

¿Adónde vais?, pregunta Jamie.

Connell no responde. Abre la puerta y Marianne sale por ella sin decir palabra. Cierra. Está oscuro en esta parte del jardín, solo la ventana de vidrio escarchado proporciona algo de luz. Las cerezas cuelgan con un tenue resplandor de los árboles. Desde el otro lado de la tapia les llega la voz de Peggy. Marianne y él bajan juntos los escalones en silencio. La luz de la cocina se apaga a su espalda. Luego oyen a Jamie al otro de la tapia, reuniéndose con los demás. Marianne se está secando la nariz con el dorso de la mano. Las cerezas penden a su alrededor, brillando como un sinfín de planetas espectrales. En el aire flota un suave aroma, verde como la clorofila. En Europa venden chicles de clorofila, ha observado Connell. El cielo en lo alto es de un azul aterciopelado. Las estrellas parpadean sin proyectar luz alguna. Avanzan juntos por una hilera de árboles, alejándose de la casa, y luego se detienen.

Marianne se apoya contra el tronco delgado y plateado de un árbol, y Connell la abraza. La nota delgada, piensa. ¿Estaba tan delgada antes? Ella hunde la cara en la única camiseta limpia que le queda a Connell. Lleva el mismo vestido blanco de antes, ahora con un chal bordado en oro sobre los hombros. La estrecha con fuerza, su cuerpo se ajusta al de Marianne como la clase de colchón que supuestamente te va como anillo al dedo. Ella se ablanda entre sus brazos. Empieza a parecer más calmada. Sus respiraciones se ralentizan y se funden en un solo ritmo. La luz de la cocina se enciende un momento y se vuelve a apagar, las voces se elevan y remiten. Connell está seguro de lo que hace, pero es una certeza ausente, como si estuviese ejecutando sin pensar una tarea memorizada. Descubre que sus dedos están entre el pelo de Marianne y que le está acariciando la nuca plácidamente. No sabe cuánto rato lleva haciéndolo. Ella se frota los ojos con la muñeca.

Connell la suelta. Ella se palpa el bolsillo en busca de un paquete de cigarrillos y una caja de cerillas aplastada. Le ofrece uno y él acepta. Marianne enciende un fósforo y el fulgor ilumina sus rasgos en la oscuridad. Se le ve la piel seca e inflamada, los ojos hinchados. Da una calada y el papel del cigarrillo sisea en la llama. Connell se enciende el suyo, luego tira la cerilla a la hierba y la aplasta bajo la suela. Fuman en silencio. Él se aleja del árbol e inspecciona el fondo del jardín, pero está demasiado oscuro para distinguir nada. Vuelve junto a Marianne bajo las ramas y tira distraído de una hoja ancha y cerosa. Ella deja colgando el cigarrillo del labio inferior, se recoge el pelo con las manos y lo retuerce en un moño que asegura con una goma elástica que lleva en la muñeca. Al cabo, se terminan los cigarrillos y apagan las colillas en la hierba.

¿Me puedo quedar en tu cuarto esta noche?, pregunta Marianne. Dormiré en el suelo.

La cama es inmensa, no te preocupes.

La casa está oscura cuando vuelven adentro. Una vez en el cuarto de Connell, se desvisten hasta quedarse en ropa interior. Marianne lleva un sujetador de algodón blanco que hace que sus pechos parezcan pequeños y triangulares. Se tumban uno al lado del otro bajo la colcha. Connell sabe que si quisiera podría hacerlo con ella ahora mismo. Marianne no se lo contaría a nadie. Eso le reconforta de un modo extraño, y se permite pensar cómo sería. Eh, le diría en voz baja. Túmbate boca arriba, ¿vale? Y ella se tumbaría obediente boca arriba. Pero hay tantas cosas que se transmiten de manera inadvertida… ¿Qué clase de persona sería él si ocurriera eso ahora? ¿Alguien muy distinto? ¿O seguiría siendo exactamente el mismo, él, sin la más mínima diferencia?

Al cabo de un rato la oye decir algo que no logra entender.

No te he oído.

No sé qué pasa conmigo, dice Marianne. No sé por qué no puedo ser como la gente normal.

Su voz suena extrañamente fría y distante, como una grabación que reprodujeran cuando ella ya no estuviese o se hubiera marchado a otra parte.

¿En qué sentido?

No sé por qué no consigo que la gente me quiera. Creo que debió de pasarme algo malo al nacer.

Marianne, hay mucha gente que te quiere, ¿vale? Tu familia y tus amigos te quieren.

Ella se queda unos segundos callada, y luego dice:

No conoces a mi familia.

Connell ni siquiera se ha dado cuenta de que ha usado la palabra «familia»; solo buscaba algo tranquilizador y significativo que decirle. Ahora no sabe qué hacer.

En esa misma voz extraña y átona, Marianne continúa diciendo:

Me odian.

Él se sienta en la cama para verla mejor.

Ya sé que tienes discusiones con ellos, pero eso no significa que te odien.

La última vez que estuve en casa mi hermano me dijo que lo que tenía que hacer era suicidarme.

Maquinalmente, Connell se sienta aún más recto y se quita la colcha de encima como si fuera a levantarse. Se pasa la lengua por dentro de la boca.

¿Por qué te dijo eso?

No lo sé. Dijo que si estuviese muerta nadie me echaría de menos porque no tengo amigos.

¿Y no le dijiste a tu madre que te había hablado así?

Estaba delante.

Connell estira los músculos de la mandíbula. El pulso le palpita en el cuello. Intenta visualizar la escena, los Sheridan en casa, Alan diciéndole por algún motivo a Marianne que se suicide, pero le cuesta imaginar a una familia comportándose como ella ha explicado.

¿Y qué dijo?, pregunta Connell. Es decir, ¿cómo reaccionó?

Creo que dijo algo en plan: Ay, no la animes.

Despacio, Connell exhala por la nariz y deja escapar el aire entre los labios.

¿Y qué lo provocó? O sea, ¿cómo empezó la discusión?

Percibe que algo cambia en el rostro de Marianne, o se endurece, pero no sabe decir qué es exactamente.

Crees que hice algo para merecerlo.

No, evidentemente no estoy diciendo eso.

A veces pienso que debo de merecerlo. Si no, no entiendo por qué ocurre. Pero cuando está de mal humor se pone a seguirme por toda la casa. No hay manera de evitarlo. Entra en mi propio cuarto, le da igual que esté dormida o lo que sea.

Connell restriega las palmas de las manos sobre la sábana.

¿Te ha pegado alguna vez?

A veces. Menos desde que me marché. A decir verdad, eso tampoco me importa tanto. El tema psicológico me toca más. No sé cómo explicarlo, en realidad. Sé que debe de dar la impresión de que...

Él se lleva la mano a la frente. Tiene la piel sudada. Marianne no termina la frase para explicar qué impresión debe de dar.

¿Por qué no me lo habías contado?

Marianne no dice nada. Hay poca luz, pero alcanza a ver sus ojos abiertos.

Marianne... En todo el tiempo que estuvimos juntos, ¿por qué no me contaste nada de esto?

No lo sé. Supongo que no quería que pensaras que estaba tarada o algo. Supongo que tenía miedo de que luego me rechazaras.

Connell se tapa la cara con las manos. Nota los dedos fríos y sudados sobre los párpados y tiene lágrimas en los ojos.

Cuanto más fuerte aprieta con los dedos, más rápido se escapan las lágrimas, húmedas, hacia su piel.

Dios, dice. Tiene la voz pastosa y se aclara la garganta. Ven aquí.

Y ella va hacia él. Connell siente una vergüenza y una confusión terribles. Se tumban cara a cara y él abraza su cuerpo.

Lo siento, ¿vale?, le dice al oído.

Marianne se aferra a él, lo rodea con los brazos, y Connell la besa en la frente. Sin embargo, él siempre creyó que estaba tarada, lo pensó de todos modos. Cierra fuertemente los ojos con culpabilidad. Sus caras están calientes y sudadas. Piensa en lo que ella ha dicho: Creí que me rechazarías. Su boca está tan cerca que nota la humedad de su aliento en los labios. Empiezan a besarse, y su boca le sabe oscura como el vino. El cuerpo de Marianne se mueve contra el suyo, él le acaricia el pecho, en unos segundos podría volver a estar dentro de ella, y entonces ella dice:

No, no deberíamos hacer esto.

Y se aparta sin más. Connell se oye respirar en mitad del silencio, la patética agitación de su respiración. Espera hasta que se calma, no quiere que se le quiebre la voz cuando empiece a hablar.

Lo siento mucho, dice.

Ella le estrecha la mano. Es un gesto muy triste. Connell no se puede creer la estupidez de lo que acaba de hacer.

Lo siento, dice de nuevo.

Pero Marianne ya se ha dado la vuelta.

Cinco meses más tarde

(DICIEMBRE DE 2013)

Marianne se sienta en el vestíbulo del edificio de lengua y literatura a revisar su correo. No se quita el abrigo porque va a salir enseguida. A su lado en la mesa está su desayuno, que acaba de comprar en el supermercado de enfrente: café solo con azúcar moreno y un rollito de limón. Desayuna exactamente esto de manera regular. Últimamente ha comenzado a comérselo muy despacio, con generosos bocados azucarados que se solidifican en torno a los dientes. Cuanto más despacio come, y cuanto más se detiene a considerar la composición de su comida, menos hambrienta se siente. No volverá a comer nada hasta las ocho o las nueve de la noche.

Tienes dos e-mails nuevos, uno de Connell y uno de Joanna. Salta con el ratón de uno a otro y al final selecciona el de Joanna.

por aquí poco que contar, como de costumbre. últimamente me ha dado por quedarme en casa por la noche e ir viendo un documental en nueve capítulos sobre la guerra de secesión. tengo un montón de información sobre varios generales que compartiré contigo la próxima vez que hablemos por Skype. tú cómo estás? cómo está Lukas? ha hecho ya esas fotos o es hoy? y la gran pregunta... podré verlas cuando estén??? o es muy lascivo eso? Ya me dirás. bss

Marianne coge el rollito de limón y da un bocado grande, lento, deja que se disuelva por capas en su lengua. Luego mastica, traga, y se lleva la taza de café a los labios. Da un sorbo. Deja la taza en la mesa y abre el mensaje de Connell.

No sé qué quieres decir exactamente con esa última frase. ¿Lo dices solo porque estamos lejos el uno del otro o porque hemos cambiado como personas? Yo siento que soy una persona muy distinta de la que era entonces, pero a lo mejor no parezco tan cambiado, no lo sé. Por cierto, he buscado en Facebook a tu amigo Lukas. Tiene lo que diríamos el «look escandinavo». Por desgracia, Suecia no se ha clasificado para el Mundial esta vez, así que si terminas con un novio sueco tendré que buscar otra manera de congeniar con él. No digo que el tal Lukas vaya a ser novio tuyo, o que quiera hablar de fútbol conmigo si lo acaba siendo, solo lo planteo como una posibilidad. Sé que te gustan los tipos altos y guapos, como tú dices, así que por qué no Lukas, que parece alto y también es guapo (Helen ha visto la foto y está de acuerdo). Pero en fin, no te quiero presionar con el rollo novios, solo espero que te hayas asegurado de que no es un psicópata. No siempre tienes buen radar con eso.

No tiene nada que ver, pero anoche cruzamos en taxi por el parque Phoenix y vimos un montón de ciervos. Los ciervos son unas criaturas algo extrañas. De noche tienen un aire fantasmal, y sus ojos reflejan las luces de los faros con un color verde oliva, o plateado, como de efectos especiales. Se quedaron quietos para mirar nuestro taxi y luego siguieron tirando. Se me hace raro cuando los animales se quedan parados porque parecen muy inteligentes, aunque a lo mejor es que yo asocio pararse con pensar. En cualquier caso, debo decir que los ciervos son elegantes. Si tú fueses un animal, ciervo no sería mala opción. Tienen una cara pensativa y un cuerpo bonito y esbelto. Pero también se asustan y salen huyendo de manera impredecible. En el momento no me recordaron a ti, pero pensándolo ahora veo una similitud ahí. Espero que no te ofenda la comparación. Te contaría algo de la fiesta a la que fuimos antes de cruzar el parque Phoenix en taxi, pero fue francamente aburrida y no llega a la altura de los ciervos. No había nadie a quien conocieras demasiado. Tu último e-mail era muy bueno, gracias. Tengo ganas de que me cuentes más, como siempre.

Marianne echa un vistazo a la hora en la esquina superior derecha de la pantalla: 09.49. Vuelve al mensaje de Joanna y pulsa responder.

Va a hacer las fotos hoy, de hecho ahora voy para allá. Por supuesto que te las enviaré cuando estén, Y ESPERO un largo y halagador comentario a cada una de ellas. Me muero de ganas de que me cuentes lo que has aprendido sobre la guerra de Secesión. Lo único que he aprendido yo aquí es a decir «no, gracias» (nej tack) y «en serio, no» (verkligen, nej). Hablamos pronto bss

Marianne cierra la tapa del portátil, da otro par de bocados al rollito y guarda el resto en su pequeño envoltorio de papel parafinado. Mete el portátil en la cartera, saca su boina de fieltro aterciopelado y se la cala hasta tapar las orejas. Tira el rollito en una papelera cercana.

Fuera sigue nevando. El mundo exterior parece la pantalla de un televisor antiguo mal sintonizado. El ruido visual rompe el paisaje en blandos fragmentos. Marianne hunde las manos en los bolsillos. Los copos de nieve le caen en la cara y se disuelven en la piel. Un frío copo se posa en su labio superior y ella lo busca a tientas con la lengua. Con la cabeza agachada contra el frío, se pone en marcha camino del estudio de Lukas. Los cabellos de Lukas son tan rubios que vistos por separado parecen blancos. Se los encuentra a veces en la ropa, más finos que el hilo. Va vestido de negro de pies a cabeza: camisas negras, sudaderas negras con capucha y cremallera hasta arriba, botas negras con suelas gruesas de goma negra. Es artista. Cuando se conocieron, ella le dijo que era escritora. Era mentira. Ahora evita hablar del tema con él.

Lukas vive cerca de la estación. Marianne saca la mano del bolsillo, se echa el aliento en los dedos y pulsa el timbre del interfono. Él responde, en inglés:

¿Quién es?

Soy Marianne.

Ah, llegas pronto, dice Lukas. Pasa.

¿Por qué le ha dicho «Llegas pronto»?, se pregunta Marianne mientras sube la escalera. No se oía muy bien, pero le ha parecido que lo decía con una sonrisa. ¿Lo habrá señalado para hacerla parecer demasiado ansiosa? Marianne descubre que le da igual lo ansiosa que parezca, porque no hay ninguna ansiedad secreta que descubrir en ella. Puede estar aquí, subiendo la escalera que lleva al estudio de Lukas, igual que podría estar en la biblioteca del campus, o en la residencia, preparándose un café. Lleva ya semanas con esta sensación, la sensación de moverse dentro de una película protectora, flotando como mercurio. El mundo exterior le roza la piel exterior, pero no la otra parte de sí misma, no por dentro. Así que, sea cual sea el motivo de Lukas para haberle dicho «Llegas pronto», a ella le trae sin cuidado.

Arriba, Lukas lo está preparando todo. Marianne se quita la boina y la sacude. Lukas la mira un momento y luego vuelve la vista al trípode.

¿Te vas acostumbrando al tiempo?

Ella cuelga la boina detrás de la puerta y se encoge de hombros. Empieza a quitarse el abrigo.

En Suecia tenemos un dicho: no existe el mal tiempo, solo la ropa mal escogida.

Marianne cuelga el abrigo junto a la boina.

¿Qué tiene de malo mi ropa?, pregunta en tono apacible.

Es solo un decir.

Sinceramente, Marianne no está segura de si Lukas tiene intención de criticar su ropa o no. Se ha puesto un jersey gris de lana de oveja y una falda negra y gruesa con botas por las rodillas. Lukas tiene malos modales, lo que, a ojos de Marianne, lo hace parecer infantil. Nunca le ofrece un café o un té cuando llega, ni un vaso de agua siquiera. Se pone a hablar al momento de lo que sea que haya estado leyendo o haciendo desde su última visita. No parece que le vaya la vida en escuchar las aportaciones de Marianne, y a veces sus respuestas lo dejan confundido o desorientado, algo que asegura que es producto de su mal inglés. En realidad, su nivel de comprensión es bastante bueno. De todos modos, hoy es distinto. Marianne se quita las botas y las deja junto a la puerta.

En un rincón del estudio hay un colchón, en el que duerme Lukas. Las ventanas son muy altas y llegan casi hasta el suelo, con persianas y unas cortinas tan largas que arrastran. Diversos objetos sin relación entre sí están desperdigados por la estancia: grandes macetas con plantas, pilas de atlas, una rueda de bicicleta. La disposición dejó impresionada a Marianne la primera vez, pero luego Lukas le explicó que había reunido todas esas cosas a propósito para una sesión de fotos, lo cual hizo que a ella se le antojasen artificiales. Contigo todo es efecto, le dijo una vez, y él se lo tomó como un cumplido hacia su obra. Tiene un gusto inmaculado. Es capaz de percibir el fallo estético más minúsculo, en un cuadro, en el cine, incluso en novelas o programas de televisión. A veces, cuando Marianne menciona una película que ha visto recientemente, él hace un gesto desdeñoso con la mano y dice: Para mí, fallida. Esta capacidad de discernimiento, ha descubierto, no hace de Lukas una buena persona. Ha logrado educar una refinada sensibilidad artística sin desarrollar ninguna noción real de lo que está bien y lo que está mal. El hecho de que esto sea siquiera posible la perturba, y hace que el arte le parezca de pronto inútil.

Lukas y ella tienen un arreglo desde hace varias semanas. Lukas lo llama «el juego». Como cualquier juego, tiene algunas reglas. Marianne no tiene permitido hablar ni establecer contacto visual mientras el juego está en marcha. Si incumple las reglas, recibe un castigo después. El juego no termina cuando termina el sexo, el juego termina cuando ella entra en la ducha. A veces, después de acabar, Lukas tarda mucho en dejarla ir a la ducha, simplemente hablando. Le dice cosas malas de ella. Es difícil saber si a Marianne le gusta que le diga esas cosas; desea oírlas, pero a estas alturas ya se sabe capaz de desear en cierto sentido cosas que no quiere en realidad. La naturaleza de la gratificación es dura y escasa, llega demasiado rápido y después la deja entre náuseas y escalofríos. Eres una inútil, le gusta decir a Lukas. No eres nada. Y ella se siente nada, una ausencia que hay que llenar por la fuerza. No es que le agrade la sensación, pero la alivia en cierto modo. Luego se ducha y el juego termina. Sufre una depresión tan profunda que resulta tranquilizadora, come cualquier cosa que él le diga, no se siente más dueña de su cuerpo que si este fuese simple basura.

Desde que llegó a Suecia, pero sobre todo desde que comenzó el juego, las personas se le antojan figuritas de papel de colores, en absoluto reales. A veces alguien la mira a los ojos, un conductor de autobús o una persona buscando cambio, y toma conciencia con una breve conmoción de que esa es en efecto su vida, de que es verdaderamente visible para el resto de la gente. Este sentimiento la abre a ciertos anhelos: hambre y sed, el deseo de hablar sueco, el deseo físico de nadar o bailar. Pero se disipan de nuevo rápidamente. En Lund nunca tiene hambre, y aunque cada mañana llena de agua una botella de plástico de Evian, por la noche la vacía casi entera en el fregadero.

Se sienta en una esquina del colchón mientras Lukas enciende y apaga una lámpara y hace pruebas con la cámara.

Todavía no tengo claro con la luz, dice. A lo mejor podemos hacer, como, primero una y luego otra.

Marianne hace un gesto de indiferencia. No comprende la trascendencia de lo que dice. Como todos los amigos de Lukas hablan sueco, le ha resultado imposible averiguar hasta qué punto es popular o está bien considerado. A menudo hay gente en su estudio, y da la impresión de que mueven un montón de equipamiento artístico escaleras arriba y abajo, pero ¿son fans de su trabajo, agradecidos por su atención? ¿O se están aprovechando de él porque tiene un estudio bien ubicado mientras se ríen de él a sus espaldas?

Vale, creo que ya estamos listos, dice Lukas.

¿Quieres que me…?

A lo mejor solo el jersey.

Marianne se quita el jersey por la cabeza. Lo coloca en su regazo, lo pliega y lo deja a un lado. Lleva un sujetador de encaje negro con flores bordadas. Lukas empieza a hacer algo con la cámara.

No sabe gran cosa de los demás: Peggy, Sophie, Teresa, todo ese grupo. Jamie no estaba nada contento con la ruptura; y así se lo dijo a la gente, que no estaba nada contento, y la gente sintió lástima por él. Las cosas comenzaron a ponerse en contra de Marianne, lo notó antes de marcharse. Al principio fue perturbador, el modo en que los ojos la evitaban en una sala, o cómo se interrumpía la conversación en cuanto ella entraba; la sensación de haber perdido su posición en el mundo social, de no ser ya admirada ni envidiada, lo rápido que todo eso se le había escurrido de las manos. Pero luego vio que era fácil acostumbrarse. Ha habido siempre algo en su interior que los hombres han querido dominar, y ese deseo de dominación puede tener un aspecto muy parecido a la atracción, incluso al amor. En el instituto los chicos habían intentado doblegarla con crueldad e indiferencia, y en la universidad los hombres lo habían intentado mediante el sexo y la popularidad, todos con el mismo objetivo de subyugar cierta fuerza que habitaba en su personalidad. La deprimió pensar que la gente fuese tan predecible. Que la respetasen o despreciasen no suponía al final demasiada diferencia. ¿Seguiría cada estadio de su vida resultando ser la misma cosa, una y otra vez, esa misma pugna despiadada por la dominación?

Con Peggy había sido duro. Soy tu mejor amiga, le decía Peggy sin parar en aquella época, con un tono de voz cada vez más extraño. No podía aceptar ese laissez-faire de Marianne frente a la situación.

¿Tú te das cuenta de que la gente va hablando de ti?, le dijo una noche mientras Marianne hacía la maleta.

Ella no supo qué responder. Después de un momento, le dijo con aire pensativo:

Creo que no siempre me importan las mismas cosas que a ti. Pero sí que me importas tú.

Peggy lanzó los brazos al aire fuera de sus casillas y dio dos vueltas a la mesita de centro.

Soy tu mejor amiga, dijo. ¿Qué se supone que tengo que hacer?

No acabo de entender qué significa esa pregunta.

Pues que ¿en qué posición me deja eso? Porque, sinceramente, no quiero tener que elegir entre un bando u otro.

Marianne frunció el ceño, guardó un cepillo en el bolsillo de la maleta y cerró la cremallera.

Quieres decir que no quieres escoger el mío.

Peggy la miró, resollando por el esfuerzo de rodear la mesita. Marianne estaba arrodillada junto a la maleta, inmóvil.

No sé si entiendes realmente cómo se siente todo el mundo, dijo Peggy. La gente está afectada.

¿Por qué yo haya cortado con Jamie?

Por todo el drama. La gente está afectada de verdad.

Peggy la miró, aguardando una respuesta, y al fin Marianne contestó:

Vale.

Peggy se pasó una mano por la cara y dijo:

Te dejo que acabes de hacer la maleta.

Cuando salía por la puerta, añadió:

Tendrías que plantearte ir al psicólogo o algo.

Marianne no comprendía la sugerencia. ¿Tenía que ir al psicólogo porque *no* estaba afectada?, pensó. Aun así, no era fácil desestimar algo que debía reconocer que llevaba escuchando toda la vida desde fuentes diversas: que no estaba bien mentalmente y que necesitaba ayuda.

Joanna es la única con la que ha seguido en contacto. Por las noches hablan por Skype de sus trabajos de clase, de las películas que han visto, de los artículos en los que anda trabajando Joanna para el periódico estudiantil. En pantalla, su cara aparece siempre a media luz ante el mismo fondo: la pared color crema de su dormitorio. Ya nunca se pone maquillaje, a veces ni siquiera se peina. Ahora tiene una novia que se llama Evelyn, una alumna del doctorado de estudios de paz internacional. Marianne le preguntó una vez si veía a Peggy a menudo, y a Joanna se le crispó la cara fugazmente, apenas una fracción de segundo, pero lo bastante como para que Marianne lo percibiera.

No, respondió. No veo a ninguna de esa gente. Ya saben que yo estaba de tu parte.

Lo siento, dijo Marianne. No quería que te enemistaras con nadie por mi culpa.

Joanna volvió a esbozar una mueca, esta vez menos descifrable, ya fuera por la falta de iluminación, por la pantalla pixelada o por la ambivalencia del sentimiento que pretendía expresar.

Bueno, yo tampoco era realmente amiga suya, dijo Joanna. Eran más bien tus amigos.

Yo pensaba que éramos todos amigos.

Tú eras la única con la que me llevaba bien. La verdad, no creo que Jamie o Peggy sean especialmente buenas personas. Pero no es asunto mío si quieres ser amiga suya o no, solo estoy dando mi opinión.

No, estoy de acuerdo contigo, dijo Marianne. Supongo que me quedé atrapada por lo mucho que parecía gustarles.

Sí. Creo que tu sentido común te avisaba de lo odiosos que eran. Para mí era más fácil, porque nunca les caí tan bien.

A Marianne le sorprendió este giro en la conversación, como quien no quiere la cosa, y se sintió un poco censurada, pese a que el tono de voz de Joanna fue amistoso en todo momento. Era cierto, Peggy y Jamie no eran muy buenas personas; malas personas incluso, que disfrutaban menospreciando a los demás. A Marianne le duele haber caído en el engaño, le duele haber pensado que tenía algo en común con ellos, haber participado en ese mercado de materias primas que hacían pasar por amistad. En el instituto había creído que estaba por encima de esos intercambios manifiestos de capital social, pero su vida universitaria indicaba que si alguien en el instituto hubiese estado dispuesto a hablarle, ella se habría comportado tan mal como todos los demás. No había nada de superior en ella.

¿Te puedes dar la vuelta y mirar hacia la ventana?, dice Lukas.
Claro.
Marianne gira sobre el colchón, con las piernas recogidas contra el pecho.
¿Puedes, como… bajar las piernas de alguna manera?
Marianne cruza las piernas por delante. Lukas adelanta el trípode y reajusta el ángulo. Marianne piensa en el e-mail de Connell en el que la compara con un ciervo. Le ha gustado esa frase sobre las caras pensativas y los cuerpos esbeltos. En Suecia ha perdido todavía más peso, está aún más delgada, muy esbelta.
Ha decidido no ir a casa por Navidad este año. Piensa mucho en cómo zafarse de la «situación familiar». En la cama, por la noche, imagina escenarios en los que se ha librado por completo de su madre y su hermano, en los que no se lleva ni bien ni mal con ellos, sino que es simplemente alguien ajeno y neutral en sus vidas. Pasó gran parte de su infancia y adolescencia urdiendo elaborados planes con los que sustraerse de conflictos familiares: guardar completo silencio, mantener cara y cuerpo inmóviles e inexpresivos, salir del cuarto sin decir palabra y marcharse a su habitación, cerrar la puerta con cuidado. Encerrarse en el baño. Dejar la casa durante un número indefinido de horas y quedarse sentada en el aparcamiento del instituto ella sola. Ninguna de estas estrategias había demostrado ser útil. De hecho, sus tácticas solo parecían incrementar las posibilidades de recibir un castigo por parte del instigador primario. Ahora comprende que su intento de evitar unas navidades familiares, siempre un punto álgido en las hostilidades, quedará registrado en el libro de contabilidad doméstico como la enésima muestra de comportamiento ofensivo por su parte.

Cuando piensa en la Navidad piensa en Carricklea, en las ristras de luces colgadas en lo alto de la calle principal, en el Santa Claus de plástico brillando en el escaparate del Kelleher's, con su brazo animado agitándose en un saludo rígido y repetitivo. Los copos de nieve de papel de aluminio colgados en la farmacia del pueblo. La puerta de la carnicería abriéndose y cerrándose, voces llamando desde la esquina. El aliento alzándose como bruma en el aparcamiento de la iglesia de noche. Foxfield a última hora, las casas tranquilas como gatos durmiendo, las ventanas iluminadas. El árbol de Navidad en el salón de Connell, el espumillón encrespado, el mobiliario arrinconado para hacer sitio, y el sonido agudo y encantado de la risa. Connell le dijo que le daría pena no verla. No será lo mismo sin ti, le escribió. Y entonces se sintió tonta y le entraron ganas de llorar. Su vida ahora es estéril, ya no hay ninguna belleza en ella.

Pienso que a lo mejor quitar esto, dice Lukas.

Está señalando el sujetador. Ella se lleva las manos a la espalda y abre el cierre, luego desliza los tirantes por los hombros para soltarlos. Deja el sujetador fuera de plano. Lukas saca unas cuantas fotos, baja la posición de la cámara en el trípode, la acerca un dedo y prosigue. Marianne deja la mirada perdida en la ventana. El sonido del obturador cesa por fin y se da la vuelta. Lukas está abriendo un cajón que hay bajo la mesa. Saca un rollo de gruesa cinta negra, hecha con alguna clase de algodón burdo o fibra de lino.

¿Qué es eso?, pregunta Marianne.

Ya sabes lo que es.

No empieces con eso ahora.

Lukas se queda ahí desenrollando la cinta, indiferente. Marianne comienza a sentir los huesos muy pesados, una sensación familiar. Le pesan tanto que casi no puede moverse. En silencio, extiende los brazos al frente, con los codos juntos.

Bien, dice él.

Se arrodilla y ciñe la cinta con fuerza. Marianne tiene las muñecas delgadas, pero la cinta le aprieta tanto que aun así sobresale un poco de carne por los lados. Eso le parece feo, e instintivamente aparta la vista hacia la ventana de nuevo.

Muy bien, dice Lukas.

Vuelve a acercarse a la cámara. El obturador chasquea. Marianne cierra los ojos, pero él le dice que los abra. Está cansada. El interior de su cuerpo parece gravitar más y más hacia abajo, hacia el suelo, hacia el centro de la tierra. Cuando levanta la vista, Lukas está desenrollando otro tramo de cinta.

No, dice ella.

No te lo pongas difícil.

No quiero hacer esto.

Ya lo sé.

Lukas se vuelve a arrodillar. Ella echa la cabeza atrás para evitar su contacto, y rápidamente él le rodea la garganta con la mano. El gesto no la asusta, solo la agota de un modo tan absoluto que es incapaz de hablar o de moverse. La barbilla cae hacia delante, colgando. Está cansada de hacer esfuerzos por evadirse cuando es más fácil, más cómodo, ceder. Lukas le aprieta ligeramente la garganta y ella tose. Luego, sin decir nada, la suelta. Coge de nuevo la cinta y la envuelve como una venda en torno a sus ojos. Ahora hasta respirar le cuesta trabajo. Le pican los ojos. Lukas le toca la mejilla suavemente con el dorso de la mano y a ella le entran náuseas.

¿Lo ves?, yo te quiero. Y sé que tú me quieres a mí.

Horrorizada, Marianne se aparta de él y se golpea la cabeza contra la pared. Se debate con las manos atadas para quitarse la venda de los ojos, que consigue levantar lo suficiente para ver.

¿Qué pasa?, pregunta él.

Desátame.

Marianne…

Desátame ahora mismo o llamo a la policía.

No parece una amenaza particularmente realista, dado que sus manos siguen atadas, pero tal vez porque nota que la tesitura ha cambiado, Lukas comienza a quitarle la cinta de las muñecas. Ahora Marianne tiembla violentamente. En cuanto las ataduras están lo bastante sueltas como para separar los brazos, lo hace. Se quita la venda de los ojos y agarra el jersey, se lo pasa por la cabeza de un tirón, ensarta los brazos en las mangas. Se levanta, de pie sobre el colchón.

¿Por qué estás actuando así?

Apártate de mí. No se te ocurra volver a hablarme jamás de ese modo.

¿De qué modo? ¿Qué he dicho?

Marianne recoge el sujetador del colchón, se lo guarda arrugado en la mano y cruza el cuarto para meterlo bruscamente dentro del bolso. Empieza a subirse las botas, dando saltitos estúpidos a la pata coja.

Marianne, dice Lukas. ¿Qué he hecho?

¿Lo dices en serio, o es alguna clase de técnica artística?

Todo en la vida es una técnica artística.

Marianne le clava la mirada. De manera impensable, Lukas completa el comentario con:

Creo que tú eres una escritora con mucho talento.

Ella se echa a reír, de puro horror.

Tú no te sientes así por mí, añade.

Quiero dejarlo muy claro, dice Marianne. Yo no siento nada por ti. Nada. ¿De acuerdo?

Él se vuelve hacia la cámara, de espaldas a ella, como para ocultar alguna expresión. ¿Una risa maliciosa ante su angustia?, piensa Marianne. ¿Rabia? ¿No podría ser, resulta demasiado espantoso considerarlo, que hubiese herido realmente sus sentimientos? Lukas empieza a desmontar la cámara del trípode. Ella abre la puerta del apartamento y empieza a bajar la escalera. ¿Es posible que le haga esas cosas horribles que le hace y que crea al mismo tiempo que está actuando por amor? ¿Es el mundo un lugar tan malvado que el amor es indistinguible de las más abyectas y abusivas formas de violencia? Fuera, su aliento se alza en una fina bruma y la nieve sigue cayendo, como una repetición incesante del mismo error infinitesimalmente pequeño.

Tres meses más tarde

(MARZO DE 2014)

En la sala de espera Connell tiene que rellenar un cuestionario. Los asientos son de colores vivos, dispuestos en torno a una mesa de centro con un ábaco infantil encima. La mesa es demasiado baja para poder inclinarse hacia delante y rellenar las páginas apoyado en ella, de modo que se las coloca como puede sobre el regazo. En la primera pregunta atraviesa la hoja con la punta del bolígrafo y deja un roto diminuto en el papel. Echa una ojeada a la recepcionista que le ha dado el formulario, pero ella no le está mirando, de modo que baja la vista de nuevo. La segunda pregunta lleva por título «Pesimismo». Tiene que rodear con un círculo el número que precede a una de las siguientes afirmaciones:

0 No estoy desanimado respecto al futuro
1 Estoy más desanimado respecto al futuro que antes
2 No espero que las cosas me vayan bien
3 Siento que no hay esperanza para mí y que solo puede ir a peor

Le da la impresión de que cualquiera de ellas podría ser plausible, o que más de una podrían ser ciertas al mismo tiempo. Se pone el cabo del bolígrafo entre los dientes. Leer la cuarta afirmación, que por algún motivo lleva el número «3», le provoca una sensación de picor en el tejido blando del interior de la nariz, como si la frase lo llamara. Es cierto, siente que no hay esperanza para él y que solo puede ir a peor.

Cuanto más lo piensa, más identificado se ve. Ni siquiera tiene que pensarlo, porque lo siente: la sintaxis parece haberse originado en su interior. Se pasa con fuerza la lengua por el paladar, intentando asentar su cara en una expresión neutral de ceñuda concentración. Como no quiere alarmar a la mujer que recibirá el cuestionario, marca la afirmación 2.

Fue Niall quien le habló de este servicio. Lo que dijo en concreto fue: Es gratis, así que no pierdes nada. Niall es una persona práctica, y muestra su compasión de maneras prácticas. Connell no lo ha visto mucho últimamente, porque vive en el alojamiento incluido en la beca y ya no ve demasiado a nadie. Anoche se pasó una hora y media tirado en el suelo del cuarto, porque estaba demasiado cansado para completar el trayecto desde el baño en suite a la cama. Ahí estaba el baño, a su espalda, y ahí la cama, delante de él, los dos bien a la vista, pero por algún motivo le resultaba imposible moverse ni hacia delante ni hacia atrás, solo hacia abajo, al suelo, hasta que su cuerpo quedó tendido inmóvil sobre la moqueta. Bueno, aquí estoy en el suelo, pensó. ¿Es mucho peor la vida aquí de lo que sería en la cama, o incluso en un lugar por completo distinto? No, la vida es exactamente igual. La vida es eso que llevas contigo, dentro de la cabeza. Así que lo mismo da que me quede aquí tumbado, inspirando el polvo repugnante de la moqueta al interior de los pulmones, notando cómo se me va quedando dormido el brazo derecho bajo el peso del cuerpo, porque es en esencia igual que cualquier otra experiencia posible.

0 Tengo la misma opinión de mí mismo que siempre
1 He perdido confianza en mí mismo
2 Estoy decepcionado conmigo mismo
3 Me detesto

Levanta la vista hacia la mujer que hay detrás de la ventanilla. Se sorprende ahora de que hayan colocado una pantalla de cristal entre esa mujer y la gente de la sala de espera. ¿Piensan acaso que las personas como Connell suponen un peligro para ella? ¿Piensan que los estudiantes que vienen aquí y se ponen a rellenar cuestionarios pacientemente, que repiten su nombre una y otra vez para que la mujer lo introduzca en su ordenador…, piensan acaso que esta gente va a querer hacerle daño a la mujer del mostrador? ¿Creen que porque a veces Connell se pase horas tirado en el suelo podría darle algún día por comprar una semiautomática por internet y cometer un asesinato en masa en un centro comercial? Nada más lejos de su mente que cometer un asesinato en masa. Se siente culpable solo con tartamudear una palabra por teléfono. Aun así, es capaz de entender el razonamiento: la gente mentalmente inestable está en cierto modo contaminada y puede ser peligrosa. Si no agreden a la mujer del mostrador llevados por impulsos violentos e incontrolables, puede que exhalen alguna clase de microbio en dirección a ella, y que la mujer acabe mortificándose de manera insana por todas las relaciones fallidas de su pasado. Connell marca la 3 y sigue adelante:

0 No tengo ningún pensamiento sobre el suicidio
1 Tengo pensamientos sobre el suicidio, pero no los llevaría a cabo
2 Querría suicidarme
3 Me suicidaría si tuviese la oportunidad

Vuelve a echarle un vistazo a la mujer. No le quiere confesar a ella, una total desconocida, que le gustaría suicidarse. Anoche, en el suelo, fantaseó con quedarse allí tumbado completamente quieto hasta morir deshidratado, tardara lo que tardase. Días, quizá, pero días relajantes en los que no tendría que hacer nada ni concentrarse con ahínco. ¿Quién encontraría su cuerpo? Le daba igual. La fantasía, depurada tras semanas de repetición, termina con el momento de la muerte: la calma, el párpado silencioso que se cierra ocultándolo todo para siempre. Marca la afirmación número 1.

Después de responder el resto de las preguntas, todas ellas profundamente personales y la última sobre su vida sexual, pliega las páginas y se las tiende a la recepcionista. No sabe qué esperar, suministrando esta información tan delicada a una desconocida. Traga saliva y nota la garganta tan tensa que le duele. La mujer coge las hojas como si Connell le estuviese entregando un trabajo de clase atrasado, y lo mira con una sonrisa afable y jovial.

Gracias, dice. Puedes esperar ahí hasta que te llame la psicóloga.

Connell se queda ahí plantado, sin fuerzas. La mujer sostiene en su mano la información más extremadamente íntima que ha compartido jamás con nadie. Al ver su despreocupación, Connell siente el impulso de pedirle que se la devuelva, como si hasta ese momento no hubiese comprendido bien la naturaleza del intercambio y tal vez ahora rellenase el formulario de un modo distinto. Pero solo dice:

Vale.

Y se sienta de nuevo.

Durante un rato no ocurre nada. No ha desayunado y su estómago emite pequeños quejidos. Últimamente está demasiado cansado para cocinar por las noches, así que termina por apuntarse a la cena en la web de becados y comiendo en el refectorio. Antes de empezar, todo el mundo se pone en pie para la bendición de la comida, que se recita en latín. Luego sirven la cena otros alumnos, vestidos de negro de arriba abajo para diferenciarlos de los por lo demás idénticos alumnos que están siendo atendidos. Las comidas son siempre iguales: crema de hortalizas demasiado salada de primero, con un panecillo y una ración de mantequilla envuelta en papel de aluminio. Luego un trozo de carne en salsa, acompañado de patatas que van pasando por las mesas en bandejas plateadas. Y luego el postre: alguna clase de pastel rezumante y azucarado, o esa macedonia hecha básicamente de uva. Todo ello se sirve muy rápido y se retira muy rápido, mientras retratos de hombres de diferentes siglos ataviados con sus mejores galas lanzan miradas furibundas desde las paredes. Comiendo así solo, oyendo por encima las conversaciones de los demás pero incapaz de sumarse a ellas, Connell se siente profunda y casi insoportablemente alienado de su propio cuerpo. Tras la cena, se recita un nuevo agradecimiento por la comida, entre el desagradable chirrido de sillas apartándose de las mesas. A las siete ya está en la oscuridad de la plaza central, y han encendido las farolas.

Una mujer de mediana edad aparece ahora en la sala de espera, con un cárdigan largo y gris.

¿Connell?

Él intenta retorcer su cara en una sonrisa, pero luego se rinde y opta por frotarse la mandíbula, asintiendo.

Me llamo Yvonne. ¿Me acompañas?

Se levanta del sofá y la sigue hasta un pequeño despacho. La mujer cierra la puerta. En un lado de la sala hay una mesa con un antiguo ordenador Microsoft zumbando de manera audible; en el otro, dos butacas bajas de color verde menta, una enfrente de la otra.

Bueno, pues, Connell, dice. Siéntate donde te apetezca.

Se sienta en la butaca que da a la ventana, por la que se ve la fachada trasera de un edificio de hormigón y una tubería oxidada. Ella se sienta enfrente y coge unas gafas que lleva colgadas de una cadenita al cuello. Se las coloca y mira su portapapeles.

Vale. ¿Por qué no me cuentas cómo te sientes?

Sí. No muy bien.

Lamento oír eso. ¿Cuándo empezaste a sentirte así?

Eh... Hace un par de meses. En enero, supongo.

Ella pulsa el botón del bolígrafo y anota algo.

Enero. Vale. ¿Pasó algo, o simplemente salió de la nada?

Unos días después de empezar el año, Connell recibió un mensaje de Rachel Moran. Eran las dos de la mañana, y Helen y él estaban volviendo a casa después de salir esa noche. Inclinó un poco la pantalla del móvil hacia un lado y abrió el mensaje: era grupal, dirigido a todos sus amigos del instituto, y preguntaba si alguien había visto o había estado en contacto con Rob Hegarty. Llevaba varias horas sin ser visto. Helen le preguntó qué ponía en el mensaje y, por algún motivo, Connell respondió:

Ah, nada, es solo un mensaje de grupo. Feliz Año Nuevo.

Al día siguiente encontraron el cuerpo de Rob en el río Corrib.

Connell se enteró luego por amigos de que Rob había estado bebiendo mucho en las semanas anteriores y que se le veía bastante mal. Connell no sabía nada de eso, no había pasado mucho por casa durante el último trimestre y no había quedado prácticamente con nadie. Revisó su Facebook para ver cuándo era la última vez que Rob le había escrito, y el mensaje era de principios de 2012: una foto de una noche de fiesta, Connell cogiendo por la cintura a Teresa, la amiga de Marianne. En el mensaje Rob había escrito: te la estás tirando?? MOLA jaja. Connell no le había respondido. En Navidad no había visto a Rob, y no recordaba con seguridad si lo había visto o no el verano anterior. Cuando intentó invocar con exactitud en su mente el rostro de Rob, Connell descubrió que no podía: al principio aparecía una imagen, completa y reconocible, pero cuando la examinaba más de cerca los rasgos se alejaban flotando unos de otros, se desdibujaban, se volvían confusos.

En los días siguientes, la gente del instituto fue colgando estados de Facebook con mensajes de concienciación sobre el suicidio. Desde entonces, de manera sostenida, semana tras semana, el estado mental de Connell se había ido deteriorando. Su ansiedad, que hasta ese momento había sido crónica y de baja intensidad, y que ejercía como una especie de impulso inhibidor multiusos, se había vuelto severa. Le entraba un hormigueo en las manos ante cualquier interacción sin importancia, como pedir un café o responder a una pregunta en clase. En una o dos ocasiones, había tenido ataques de pánico graves: hiperventilación, dolor en el pecho, pinchazos por todo el cuerpo. Un sentimiento de disociación respecto de sus sentidos, una incapacidad de pensar con claridad o de interpretar lo que veía y oía. Las cosas empiezan a presentar un aspecto y un sonido distintos, más lento, artificial, irreal. La primera vez que le pasó pensó que se estaba volviendo loco, que todo el marco cognitivo por el cual dotaba de lógica al mundo se había desintegrado para siempre, y que en adelante todo tendría un sonido y un color indiferenciados. Luego, al cabo de un par de minutos, aquello pasó, y lo dejó tumbado en el colchón empapado en sudor.

Ahora mira a Yvonne, la persona asignada por la universidad para escuchar sus problemas a cambio de dinero.

Un amigo mío se suicidó en enero, explica Connell. Un amigo del instituto.

Oh, qué triste. Siento muchísimo oír eso, Connell.

No nos habíamos seguido mucho la pista en la universidad. Él iba a Galway y yo estaba aquí y eso. Supongo que ahora me siento culpable por no haber seguido más en contacto con él.

Es comprensible, dice Yvonne. Pero por muy triste que te sientas por tu amigo, lo que le pasó no es culpa tuya. Tú no eres responsable de las decisiones que tomó.

Ni siquiera respondí al último mensaje que me mandó. Es decir, fue hace años, pero ni siquiera respondí.

Sé que debe de ser muy doloroso para ti, por supuesto que es doloroso. Sientes que dejaste pasar una oportunidad de ayudar a alguien que estaba sufriendo.

Connell asiente, en silencio, y se frota un ojo.

Cuando perdemos a alguien que se ha suicidado, es natural que nos preguntemos si pudimos haber hecho algo para ayudar a esa persona, sigue diciendo Yvonne. Estoy segura de que todos los que formaban parte de la vida de tu amigo se están haciendo las mismas preguntas ahora mismo.

Pero al menos otros intentaron ayudar.

Esto suena más agresivo, o más plañidero, de lo que pretendía. Le sorprende ver que, en lugar de responder de inmediato, Yvonne se limita a mirarlo, lo mira a través de los cristales de sus gafas, con los ojos entornados. Asiente. Luego coge un fajo de papeles de la mesa y lo sostiene en alto, con gesto expeditivo.

Bueno, he echado un vistazo a este formulario que has rellenado para nosotros, dice. Y voy a ser sincera contigo, Connell, lo que veo aquí podría ser bastante preocupante.

Vale. ¿Sí?

Va pasando las hojas. Connell ve la primera, donde el bolígrafo ha dejado ese roto diminuto.

Esto es lo que llamamos el Inventario de Depresión de Beck. Estoy segura de que has entendido cómo funciona. Simplemente asignamos una puntuación de cero a tres a cada cuestión. Pues bien, en un test como este alguien como yo puntuaría, pongamos, entre cero y cinco, y alguien que estuviera atravesando un episodio depresivo leve tendría una puntuación de, tal vez, quince o dieciséis.

Vale. Entiendo.

Y lo que tenemos nosotros aquí es una puntuación de cuarenta y tres.

Sí. Ya.

De modo que eso nos llevaría al terreno de una gravísima depresión. ¿Crees que eso encaja con tu experiencia?

Connell se frota el ojo de nuevo. En voz baja logra decir:

Sí.

Veo que tienes sentimientos muy negativos hacia ti mismo, estás teniendo algunos pensamientos suicidas, cosas así. Así que tendríamos que tomarnos todo esto muy en serio.

Claro.

En este punto se pone a hablar de opciones de tratamiento. Dice que va a recomendar que lo visite un médico de cabecera en la universidad para hablar de la opción de medicar.

Entiendes que yo no tengo potestad para hacer ninguna receta.

Él asiente, inquieto.

Sí, lo sé.

Sigue restregándose los ojos, le pican. Yvonne le ofrece un vaso de agua, pero él lo rechaza. Ella empieza a hacerle preguntas sobre su familia, sobre su madre y dónde vive, y sobre si tiene hermanos o hermanas.

¿Alguna novia o novio en el panorama en estos momentos?, pregunta Yvonne.

No. Nada de eso.

Helen fue con él a Carricklea para el funeral. La mañana de la ceremonia se vistieron juntos en el cuarto de él, en silencio, con el ruido del secador de Lorraine zumbando a través de la pared. Connell se puso el único traje que tenía, que había comprado para la comunión de un primo suyo cuando tenía dieciséis años. La chaqueta le quedaba justa por los hombros, lo notaba cuando levantaba los brazos. La sensación de no ir bien arreglado le preocupaba. Helen estaba sentada frente al espejo maquillándose, y Connell se puso detrás para anudarse la corbata. Ella alargó la mano para acariciarle la cara.

Estás guapo, le dijo.

Por algún motivo eso le enfadó, como si fuese la cosa más insensible y vulgar que podría haber dicho, y no le respondió. Ella dejó caer la mano y fue a ponerse los zapatos.

Se detuvieron un momento en el vestíbulo de la iglesia para hablar con alguien que Lorraine conocía. Connell tenía el pelo mojado por la lluvia y no dejaba de alisárselo, sin mirar a Helen, sin decir palabra. Y entonces, entrando por las puertas abiertas de la iglesia, vio a Marianne. Sabía que tenía pensado volver de Suecia para el funeral. Se la veía muy pálida y delgada allí en el umbral, con un abrigo negro y un paraguas mojado en las manos. No la había visto desde Italia. Parecía, pensó, casi frágil. Fue a dejar el paraguas en el paragüero.

Marianne, dijo.

Lo dijo en voz alta sin pensar. Ella levantó la mirada y lo vio. La cara de Marianne era como una florecilla blanca. Le echó los brazos al cuello y Connell la estrechó con fuerza.

Pudo oler el interior de su casa en la ropa. La última vez que la había visto todo era normal. Rob seguía vivo, Connell podría haberle enviado un mensaje, o incluso podría haberle llamado y hablado con él por teléfono, entonces era posible, habría sido posible. Marianne le acarició la cabeza por detrás. Todo el mundo los estaba mirando, lo notaba. Cuando supieron que no podían alargarlo más, se separaron. Helen le dio unas palmaditas en el brazo. La gente entraba y salía del vestíbulo, con los abrigos y los paraguas goteando silenciosos sobre las baldosas.

Será mejor que vayamos a presentar nuestros respetos, dijo Lorraine.

Se pusieron en fila junto con todos los demás para darle la mano a la familia. La madre de Rob, Eileen, no hacía más que llorar y llorar, la oyeron todo el camino mientras cruzaban iglesia. Cuando llegaron a la mitad de la cola, a Connell le temblaban las piernas. Deseó que Lorraine estuviese a su lado, y no Helen. Pensó que iba a vomitar. Cuando llegó finalmente su turno, el padre de Rob, Val, aferró su mano y le dijo:

Connell, un buen hombre. Me han dicho que estás haciendo grandes cosas, ahí en el Trinity.

Connell tenía las manos empapadas en sudor.

Lo siento, dijo con un hilo de voz. Lo siento muchísimo.

Val seguía aferrando su mano y mirándole a los ojos.

Eres un buen chico, dijo. Gracias por venir.

Y eso fue todo. Connell se sentó en el primer banco libre, temblando de pies a cabeza. Helen se sentó a su lado, con gesto cohibido, tirándose del bajo de la falda. Lorraine se acercó y le dio un pañuelo de su bolso, con el que Connell se secó la frente y el labio superior. Luego ella le estrechó el hombro.

No pasa nada, le dijo. Tú ya has hecho tu parte, relájate.

Helen apartó la cara, como avergonzada.

Después de la misa fueron al entierro, y luego volvieron al Tavern a comer sándwiches y beber té en la pista de baile. Tras la barra, una chica que iba un curso por detrás en el instituto estaba sirviendo pintas, vestida con camisa blanca y chaleco. Connell le ofreció una taza de té a Helen y luego se puso otra para él. Se quedaron de pie junto a la pared, cerca de las bandejas de té, bebiendo sin hablar. La taza de Connell tintineaba en el platillo. Cuando Eric llegó, se acercó a ellos y se puso a su lado. Llevaba una corbata azul brillante.

¿Cómo van las cosas?, dijo. Cuánto tiempo sin vernos.

Lo sé, sí, respondió Connell. Ha pasado mucho tiempo.

¿Quién es ella?, preguntó Eric, señalando a Helen con la cabeza.

Helen, la presentó Connell. Helen, este es Eric.

Eric alargó la mano y Helen se la estrechó, sosteniendo la taza en equilibrio en la mano izquierda, la cara tensa por el esfuerzo.

La novia, ¿no?

Mirando de reojo a Connell, ella asintió:

Sí.

Eric le soltó la mano, sonriendo.

Tú eres de Dublín, fijo.

Ella soltó una risa nerviosa y dijo:

Así es.

Debe de ser culpa tuya que este tío ya no venga nunca por casa.

No es culpa suya, dijo Connell. Es mía.

Solo te estoy tomando el pelo.

Se quedaron unos segundos contemplando la sala en silencio. Helen se aclaró la garganta y dijo con delicadeza:

Siento mucho vuestra pérdida, Eric.

Él la miró y le respondió con un cortés gesto de cabeza. Luego volvió de nuevo la vista a la sala.

Sí, cuesta creerlo. Se sirvió una taza de té de la tetera que había detrás de ellos, y comentó: Qué detalle por parte de Marianne haber venido. Pensaba que estaba en Suecia o no sé dónde.

Sí. Ha vuelto para el funeral, explicó Connell.

Se ha quedado muy delgada, ¿no?

Eric dio un largo sorbo de té y tragó chasqueando los labios. Marianne se apartó de un grupo con el que estaba conversando y se acercó en dirección a la bandeja de té.

Aquí la tenemos, dijo Eric. Has sido muy amable viniendo desde Suecia, Marianne.

Ella le dio las gracias y se sirvió una taza mientras le decía que se alegraba de verlo.

¿Conoces a Helen?

Marianne dejó la taza en el platillo.

Claro que la conozco. Vamos a la misma universidad.

Todos amigos, espero, dijo Eric. Sin rivalidades, quiero decir.

Pórtate bien, anda, dijo ella.

Connell observó a Marianne sirviéndose el té, su actitud sonriente, ese «pórtate bien», y se admiró de su naturalidad, de la soltura con que se movía por el mundo. No era así en el instituto, todo lo contrario. En aquel entonces era Connell el que sabía cómo comportarse, mientras que Marianne sacaba a todo el mundo de quicio.

Connell estuvo llorando después del funeral, pero llorar no le hizo sentir nada. Cuando en quinto año de instituto había marcado un gol con el equipo de fútbol, Rob había saltado al campo a abrazarlo. Gritó el nombre de Connell y empezó a besarle la cabeza con unos besos eufóricos y desatados. Iban solo empatados a uno y quedaban todavía veinte minutos de partido. Pero aquel era su mundo entonces. Sus sentimientos quedaban reprimidos de un modo tan concienzudo en la vida cotidiana, constreñidos en espacios cada vez más y más pequeños, que acontecimientos en apariencia triviales terminaban adquiriendo una relevancia demencial y aterradora. Solo era permisible tocarse unos a otros y llorar en los partidos de fútbol. Connell recuerda todavía la fuerza desmesurada con que lo agarraron sus brazos. Y la noche del baile, cuando Rob les enseñó aquellas fotos del cuerpo desnudo de Lisa. Nada le había importado más a Rob que la aprobación de los demás; estar bien considerado, ser una persona de nivel. Habría traicionado cualquier confianza, cualquier gentileza, por la promesa de aceptación social. Connell no era quién para juzgarlo. Él también había sido así, o peor. Solo quería ser normal, esconder las partes de sí mismo que le resultaban vergonzosas o confusas. Había sido Marianne quién le había enseñado que otras cosas eran posibles. La vida cambió después de aquello; quizá nunca llegó a comprender hasta qué punto había cambiado.

La noche del funeral Helen y él se quedaron tumbados en su cuarto a oscuras, despiertos. Helen le preguntó por qué no le había presentado a ninguno de sus amigos. Lo dijo susurrando para no despertar a Lorraine.

Te he presentado a Eric, ¿no?

Solo cuando te lo ha pedido él. Y para ser sinceros, no se te veía con muchas ganas de presentármelo.

Connell cierra los ojos.

Era un funeral, dice. Ya sabes, se acaba de morir alguien. No me parece que sea muy buena ocasión para conocer gente.

Bueno, si no querías que viniese no deberías habérmelo pedido.

Connell cogió aire y lo soltó muy despacio.

Vale. Siento habértelo pedido, entonces.

Helen se incorporó en la cama.

¿Qué significa eso? ¿Lamentas que estuviese allí?

No, digo que si te di una impresión equivocada de cómo iba a ser esto, entonces lo siento.

Tú no me querías ahí para nada, ¿verdad?

No quería estar ni yo, para ser sinceros. Siento que no te lo hayas pasado bien, pero, o sea, era un funeral. No sé qué esperabas.

Helen respiraba muy rápido por la nariz, Connell podía oírlo.

A Marianne no la has ignorado.

No he ignorado a nadie.

Pero parecías especialmente contento de verla, ¿no te parece?

Hostia, Helen, dijo en voz queda.

¿Qué?

¿Por qué todas las discusiones tienen que volver a lo mismo? Nuestro amigo acaba de suicidarse y tú quieres tomarla conmigo por Marianne, ¿en serio? O sea, sí, me he alegrado de verla, ¿eso me convierte en un monstruo?

Cuando Helen habló, lo hizo en un siseo.

He sido muy comprensiva con lo de tu amigo y lo sabes, dijo. Pero ¿qué esperas que haga, que finja que no me doy cuenta de que estás mirando a otra mujer en mi cara?

Yo no estaba mirándola.

Sí, en la iglesia.

Bueno, pues no ha sido intencionado. Créeme, el ambiente de la iglesia no me ha parecido muy sexy que digamos, ¿vale? Puedes confiar en mí.

¿Por qué tienes que actuar tan raro cuando está ella?

Él frunció el ceño, todavía tumbado y con los ojos cerrados, de cara al techo.

La manera en que actúo con ella es mi personalidad normal, respondió. A lo mejor lo único que pasa es que soy un tipo raro.

Helen no dijo nada. Al final volvió a tumbarse a su lado. Dos semanas después se acabó, rompieron. Para entonces Connell estaba tan agotado y hundido que ni siquiera fue capaz de reaccionar. Le pasaban cosas, como accesos de llanto, ataques de pánico, pero parecían abatirse sobre él desde fuera, no emanar de algún punto en su interior. Por dentro no sentía nada. Era como un producto de la nevera que se ha descongelado demasiado rápido por fuera y va derritiéndose por todas partes, mientras que por dentro sigue completamente helado. En cierto modo, estaba expresando más emociones que nunca en su vida, pero al mismo tiempo sentía menos, no sentía nada.

Yvonne asiente despacio, moviendo la boca con gesto comprensivo.

¿Tienes la sensación de haber hecho amigos aquí en Dublín?, le pregunta. ¿Alguien con quien tengas confianza, con quien puedas hablar de cómo te sientes?

Mi amigo Niall, tal vez. Fue él quien me habló de todo este tema.

Del servicio de apoyo psicológico de la universidad.

Sí.

Bien, eso es bueno. Te está cuidando. Niall, vale. ¿Y está aquí en el Trinity, también?

Connell carraspea, para aliviar la sensación de sequedad de la garganta, y dice:

Sí. Y tengo otra amiga a la que estoy muy unido, pero está de Erasmus este año.

¿Una amiga de la universidad?

Bueno, fuimos juntos al instituto, pero también estudia aquí en el Trinity. Marianne. Ella conocía a Rob y eso. Nuestro amigo que murió. Pero está fuera este año, como he dicho.

Ve cómo Yvonne anota el nombre en su cuaderno, las pendientes pronunciadas de la M mayúscula. Ahora habla con Marianne casi cada noche por Skype, a veces después de cenar y otras más tarde, cuando ella vuelve a casa después de haber salido. Jamás han mencionado lo que ocurrió en Italia. Connell le está agradecido por no haber sacado nunca el tema. Cuando hablan, la conexión del vídeo es de alta calidad, pero a menudo se desincroniza con el audio, lo que hace que Marianne le parezca una imagen en movimiento, algo para ser contemplado. La gente de la universidad va chismorreando sobre ella desde que se fue. Connell no está seguro de si Marianne sabe o no lo que algunos como Jamie van contando por ahí. Él ni siquiera es realmente amigo de toda esa gente y aun así ha llegado a sus oídos. Un tipo borracho le contó en una fiesta que Marianne estaba metida en rollos raros, y que había fotos suyas en internet. Connell no sabe si lo de las fotos es verdad. Ha buscado su nombre en internet y no ha encontrado nada.

¿Es alguien con quien podrías hablar de lo que sientes?, pregunta Yvonne.

Sí, me ha estado apoyando en todo esto. Ella, eh… Es difícil describirla si no la conoces. Es tremendamente inteligente, mucho más inteligente que yo, pero diría que vemos el mundo de modo muy similar. Y hemos vivido toda la vida en el mismo sitio, así que es un poco raro estar separados.

Parece difícil.

Es solo que no hay mucha gente con la que haga clic, explica Connell. Es algo que me cuesta.

¿Dirías que es un problema nuevo, o es algo que viene de antes?

De antes, supongo. Diría que en el instituto a veces tenía esa sensación de aislamiento, o lo que sea. Pero a la gente le caía bien y todo eso. Aquí tengo la sensación de que a la gente no le gusto tanto.

Hace una pausa, que Yvonne parece reconocer como tal porque no lo interrumpe.

Como con Rob, mi amigo que murió. No se puede decir que conectáramos a un nivel muy profundo ni nada de eso, pero éramos amigos.

Claro.

No teníamos mucho en común, en términos de intereses y demás. Y en cuestiones políticas, seguramente no compartiríamos las mismas opiniones. Pero en el instituto todo eso no importaba demasiado. Estábamos en el mismo grupo, así que, ya sabe, éramos amigos.

Entiendo, dice Yvonne.

Y hacía cosas que no es que me entusiasmaran demasiado. Con las chicas su comportamiento dejaba un poco que desear, a veces. Ya sabe, teníamos dieciocho años o así, actuábamos todos como idiotas. Pero supongo que yo encontraba todo aquello un poco alienante.

Connell se muerde la uña del pulgar y luego deja caer de nuevo la mano sobre el regazo.

Probablemente pensé que si me mudaba aquí encajaría mejor, sigue diciendo. Ya me entiende, pensé que tal vez encontraría personas más afines o algo. Pero, la verdad, la gente aquí es mucho peor que la del instituto. O sea, va todo el mundo por ahí comparando el dinero que ganan sus padres. Es decir, literalmente: lo he visto.

Toma aire, con la sensación de que ha hablado demasiado rápido y durante demasiado rato, pero no está dispuesto a parar.

Siento que me marché de Carricklea pensando que podría tener una vida distinta. Pero odio esto, y ahora ya nunca podré volver. Es decir, todas esas amistades ya no están. Rob ya no está, no puedo volver a verlo. No podré recuperar nunca esa vida.

Yvonne le acerca la caja de pañuelos que hay sobre la mesa. Él mira la caja, adornada con hojas de palmera verdes, y luego a Yvonne. Se toca la cara y descubre que está llorando. En silencio, coge un pañuelo de la caja y se seca la cara.

Lo siento, dice.

Yvonne lo está mirando a los ojos, pero Connell no sabría decir si lo ha estado escuchando, si ha entendido o tratado de entender lo que ha dicho.

Lo que podemos hacer aquí en apoyo psicológico, dice ella, es intentar trabajar tus sentimientos, tus pensamientos y conductas. No podemos cambiar tus circunstancias, pero podemos cambiar la manera en que respondes a esas circunstancias. ¿Comprendes lo que quiero decir?

Sí.

Llegados a este punto de la sesión, Yvonne empieza a pasarle hojas de ejercicios, ilustrados con enormes flechas dibujadas que señalan los diversos bloques de texto. Connell las coge y finge tener intención de completarlas más tarde. Yvonne le entrega también algunas fotocopias sobre cómo lidiar con la ansiedad, que Connell finge que leerá. Luego le imprime una nota para que la lleve al servicio médico de la universidad, en la que les informa de su depresión, y él le dice que volverá para otra sesión en un par de semanas. Después de eso, sale del despacho.

Hace un par de semanas, Connell asistió a la lectura de un escritor invitado por la universidad. Se sentó al fondo de la sala de conferencias él solo, cohibido porque la asistencia era escasa y todos los demás estaban sentados en grupos. Era una de las salas grandes y sin ventanas del edificio de arte, con mesas abatibles acopladas a los asientos. Uno de sus profesores hizo una breve y aduladora presentación de la obra del autor, y luego él mismo, un treintañero de aspecto juvenil, subió al atril y dio las gracias a la universidad por la invitación. Para entonces, Connell ya se estaba arrepintiendo de su decisión de asistir. Todo en aquel evento resultaba serio y formulario, desprovisto de energía. No sabía por qué había ido. Había leído la colección de relatos del autor y la había encontrado desigual, aunque sensible en ciertos puntos, inteligente. Ahora, pensó, hasta ese efecto quedaba arruinado viendo al autor en este entorno, alejado de toda espontaneidad, recitando en voz alta pasajes de su propio libro a un público que ya lo había leído. La rigidez de su actuación hacía que las observaciones del texto parecieran falsas, distanciaban al autor de las personas sobre las que escribía, como si solo las hubiese observado para poder hablarles de ellas a los alumnos del Trinity. A Connell no se le ocurría ninguna razón de ser para estos eventos literarios, no entendía qué aportaban, qué sentido tenían. Solo asistía gente que quería ser la clase de gente que asistía a ellos.

Al terminar, habían organizado una pequeña recepción con vino a las puertas de la sala de conferencias. Connell se disponía a marcharse, pero se vio atrapado entre un grupo de estudiantes que hablaban a gritos. Cuando intentó abrirse paso, oyó a alguien decir:

Ah, hola, Connell.

La reconoció, era Sadie Darcy-O'Shea. Coincidían en algunas clases de filología, y sabía que estaba metida en la sociedad literaria. Era la chica que le había dicho en primer año que era «un genio».

Hola, la saludó.

¿Te ha gustado la lectura?

Connell se encogió de hombros.

Ha estado bien.

Empezaba a sentir ansiedad y quería marcharse, pero ella siguió hablando. Se secó las palmas de las manos en la camiseta.

¿No te ha dejado alucinado?

No sé, no le acabo de ver el sentido a estas cosas.

¿A las lecturas?

Sí. Ya sabes, no acabo de ver para qué sirven.

De pronto todo el mundo se giró, y Connell se volvió también para seguir la dirección de su mirada. El autor había salido de la sala de conferencias y se estaba acercando a ellos.

Hola, Sadie.

Connell no había intuido ninguna relación personal entre Sadie y el autor, y se sintió un tonto por decir lo que había dicho.

Has leído maravillosamente, comentó Sadie.

Connell, cansado e irritado, se hizo a un lado para que el autor se uniera al círculo y empezó a alejarse poco a poco. Entonces Sadie lo agarró del brazo y dijo:

Connell nos estaba diciendo que no le ve el sentido a las lecturas literarias.

El autor miró vagamente en dirección a Connell y luego asintió.

Sí, yo opino igual. Son aburridas, ¿verdad?

Connell se dio cuenta de que la falta de naturalidad de la lectura parecía caracterizar también su forma de hablar y de moverse, y se sintió mal por haber atribuido una visión tan negativa de la literatura a alguien que tal vez estaba sencillamente incómodo.

Bueno, nosotros las agradecemos, dijo Sadie.

¿Cómo te llamas, Connell qué más?, preguntó el autor.

Connell Waldron.

El autor asintió. Cogió una copa de vino tinto de la mesa y dejó que los demás continuaran hablando. Por algún motivo, aunque la oportunidad de marcharse se había presentado por fin, Connell vaciló. El autor dio un sorbo de vino y se volvió de nuevo hacia él.

Me gustó tu libro, dijo Connell.

Ah, gracias. ¿Vas a venir al Stag's Head a tomar algo? Creo que es allí adonde va a ir la gente.

Esa noche no salieron del Stag's Head hasta que cerró. Mantuvieron una amistosa discusión sobre las lecturas literarias, y aunque Connell no dijo gran cosa, el autor se puso de su parte, lo cual le gustó. Más tarde le preguntó a Connell de dónde era, y él le dijo que de Sligo, de un lugar llamado Carricklea. El autor asintió.

Lo conozco, sí. Había una bolera, allí, seguramente hace años que no está.

Sí, respondió Connell demasiado rápido. Celebré una fiesta de cumpleaños allí cuando era pequeño. En la bolera. Pero ya no está, claro. Como decías.

El autor dio un sorbo a su pinta de cerveza.

¿Qué te parece el Trinity? ¿Te gusta?

Connell miró a Sadie, al otro lado de la mesa, las pulseras entrechocando en sus muñecas.

Me está costando un poco encajar, la verdad.

El autor asintió de nuevo.

Eso tal vez no sea mala cosa. Podrías sacar de ahí tu primera colección de relatos.

Connell se echó a reír y bajó la vista al regazo. Sabía que era solo una broma, pero le pareció un pensamiento agradable, que tal vez no estuviese sufriendo en vano.

Sabe que mucha gente del ambiente literario de la universidad ve los libros principalmente como una forma de parecer cultos. Cuando esa noche en el Stag's Head alguien mencionó las protestas contra las medidas de austeridad, Sadie lanzó los brazos al cielo y dijo: ¡Nada de política, por favor! La valoración que había hecho Connell de la lectura en un primer momento no quedó rebatida. Era cultura como representación de clase, literatura fetichizada por su capacidad de transportar a gente cultivada a viajes emocionales falsos que luego les permitían sentirse superiores a la gente inculta acerca de cuyos viajes emocionales les gustaba leer. Aunque el autor en sí fuese buena persona, y aunque el libro fuese verdaderamente profundo, todos los libros se comercializaban en último término como símbolos de estatus, y todos los escritores participaban en un grado u otro de ese mercadeo. Así era, cabía suponer, cómo ganaba dinero la industria. La literatura, tal y como estaba presente en esas lecturas públicas, no tenía ningún potencial como forma de resistencia ante nada. Aun así, al volver a casa esa noche Connell releyó algunas notas que había estado tomando para un nuevo relato, y sintió la antigua palpitación del placer en su interior, como al contemplar un gol perfecto, como el movimiento susurrante de la luz entre las hojas, un fragmento de música que sale de la ventanilla de un coche al pasar. La vida brinda esos momentos de felicidad a pesar de todo.

Cuatro meses más tarde

(JULIO DE 2014)

Los ojos se le cierran hasta que la pantalla del televisor no es más que un rectángulo verde que bosteza luz por los bordes.

¿Te estás quedando dormida?, pregunta él.

Después de un silencio, ella responde:

No.

Él asiente, sin apartar los ojos del partido. Da un sorbo de Coca-Cola y el hielo que queda tintinea suavemente en el vaso. A Marianne le pesan los brazos y las piernas en el colchón. Está tumbada en el cuarto de Connell en Foxfield, viendo jugar a Holanda contra Costa Rica por un puesto en las semifinales del Mundial. Su cuarto está igual que en el instituto, solo que una esquina del póster de Steven Gerrard se ha despegado de la pared y se ha enroscado sobre sí misma. Pero todo lo demás está igual: la pantalla de la lámpara, las cortinas verdes, hasta las fundas de las almohadas con el borde a rayas.

Te puedo llevar a casa en la media parte, dice Connell.

Ella se queda callada un momento. Los ojos se le cierran en un pestañeo y luego se abren de nuevo, más que antes, y ve a los jugadores moviéndose por el campo.

¿Te molesto?

No, para nada. Es solo que pareces cansada.

¿Puede cogerte un poco de Coca-Cola?

Connell le pasa el vaso y ella se incorpora para beber, sintiéndose como una niña pequeña. Tiene la boca seca y nota el refresco frío e insípido en la lengua. Da dos tragos enormes y se la devuelve al tiempo que se seca los labios con el dorso de la mano. Él coge el vaso sin apartar la vista del televisor.

Estás sedienta, dice. Hay más abajo en la nevera si quieres.

Ella niega con la cabeza y se tumba de nuevo con las manos tras la nuca.

¿Dónde te metiste anoche?, pregunta Marianne.

Ah. No sé. Estuve un rato en la zona de fumadores.

¿Acabaste besándote con esa chica?

No.

Marianne cierra los ojos, se abanica la cara con la mano.

Estoy acaloradísima, dice. ¿Tú no tienes calor aquí?

Puedes abrir la ventana si quieres.

Marianne intenta arrastrarse por la cama en dirección a la ventana y llegar a la manilla sin tener que incorporarse del todo. Hace una pausa, esperando a ver si Connell interviene por ella. Ese verano él está trabajando en la biblioteca de la universidad, pero ha ido viniendo a Carricklea cada fin de semana desde que ella volvió a casa. Salen por ahí en el coche de Connell, a Strandhill, o a la catarata de Glencar. Él no deja de morderse las uñas y apenas habla. El mes pasado Marianne le dijo que no debía sentirse obligado a visitarla si no le apetecía, y él respondió en tono inexpresivo: Bueno, realmente es la única cosa que tengo que me hace ilusión. Al final se incorpora en la cama y abre la ventana ella misma. La luz del día se está apagando, pero el aire de fuera se siente cálido y quieto.

¿Cómo se llamaba? La chica del bar.

Niamh Keenan.

Le gustas.

No creo que compartamos demasiados intereses, responde él. Eric te estaba buscando anoche, ¿lo viste?

Marianne se sienta con las piernas cruzadas en la cama, de cara a Connell. Él está apoyado en el cabecero, con el vaso de Coca-Cola contra el pecho.

Sí, lo vi. Fue raro.

¿Por qué? ¿Qué pasó?

Iba muy borracho. No sé. Por algún motivo decidió que quería disculparse por la forma en que se había comportado conmigo en el instituto.

¿En serio? Qué raro.

Él vuelve a mirar la pantalla, así que Marianne se siente libre para estudiar su cara con detenimiento. Connell seguramente se da cuenta, pero educadamente no dice nada. La lamparita de noche difunde una suave luz sobre sus rasgos, la magnífica mandíbula, el ceño en un gesto fruncido de leve concentración, el tenue brillo de sudor en el labio. Demorarse en la contemplación de la cara de Connell siempre le proporciona un cierto placer, que puede modularse con un sinfín de otros sentimientos, dependiendo de la concretísima interacción de conversación y estado de ánimo. Su aspecto físico es para ella como una composición predilecta que suena algo distinta cada vez que la escucha.

Estuvo hablando un poco de Rob, prosigue Marianne. Me dijo que habría querido disculparse. O sea, no me quedó claro si era algo que Rob le había dicho realmente o si solo estaba haciendo alguna clase de proyección psicológica.

Estoy seguro de que Rob habría querido disculparse, la verdad.

Ah, detesto pensar que sea así. Detesto pensar que pudiera tener eso en la cabeza de algún modo. Yo nunca se lo tuve en cuenta, en serio. Ya sabes, no fue nada, éramos unos críos.

Sí que fue algo. Te hizo bullying.

Marianne no responde. Es cierto que le hizo bullying. Eric la llamó «plana» una vez, delante de todo el mundo, y Rob, riendo, corrió a decirle algo al oído, a darle coba o añadir algún otro insulto demasiado vulgar para soltarlo en voz alta. En enero, durante el funeral, todo el mundo hablaba de lo buena persona que era Rob, lleno de vida, hijo entregado y demás. Pero también era una persona muy insegura, obsesionada con la popularidad, y su desesperación lo había vuelto cruel. No por primera vez, Marianne piensa que la crueldad no daña solo a la víctima, sino también al que la ejerce, y puede que de un modo más hondo y permanente. Nadie extrae una enseñanza demasiado profunda del hecho de sufrir acoso; pero cuando acosas a otra persona aprendes algo sobre ti mismo que no olvidarás jamás.

Después del funeral, Marianne se pasó noches mirando la página de Facebook de Rob. Un montón de gente del instituto había dejado comentarios en su muro, diciendo que lo echaban de menos. ¿Qué hacía toda esa gente, pensó, escribiendo en el muro de Facebook de un muerto? ¿Qué significaban realmente para alguien esos mensajes, esas publicaciones de la pérdida? ¿Cuál era la etiqueta apropiada cuando aparecían en el timeline: ponerles un «me gusta» de apoyo? ¿Seguir bajando por la página en busca de algo mejor? Pero por aquel entonces todo la enfadaba. Cuando lo piensa ahora, no entiende qué era lo que la molestaba. Ninguna de esas personas había hecho nada malo. Solo estaban llorando su pérdida. Desde luego era absurdo escribir en su muro de Facebook, pero igual que era absurdo todo lo demás. Si daba la impresión de que la gente hacía cosas sin sentido ante el dolor, era solo porque la vida humana carecía de sentido, y esa era la verdad que revelaba el dolor. Desearía haber podido perdonar a Rob, aun cuando no significara nada para él. Cuando lo recuerda ahora, siempre lo ve con la cara escondida, apartándola, detrás de la puerta de la taquilla, tras la ventanilla subida de su coche. ¿Quién eras?, piensa, ahora que no queda nadie para responder la pregunta.

¿Aceptaste las disculpas?, pregunta Connell.

Marianne asiente, mirándose las uñas.

Claro que las acepté. No me gustan los resentimientos.

Por suerte para mí, responde Connell.

Suena el pitido del final de la primera parte y los jugadores dan media vuelta, con la cabeza agachada, y emprenden su lento camino campo a través. Siguen empatados a cero. Marianne se frota la nariz con los dedos. Connell se incorpora en la cama y deja el vaso en la mesilla de noche. Cree que se va a ofrecer a llevarla a casa, pero en lugar de eso dice:

¿Te apetece helado?

Marianne responde que sí.

Vuelvo enseguida, dice él.

Y deja la puerta del dormitorio abierta al salir.

Marianne está viviendo en casa por primera vez desde que dejó el instituto. Su madre y su hermano se pasan todo el día en el trabajo, y ella no tiene nada que hacer más que sentarse fuera a ver cómo reptan los insectos por la tierra del jardín. Cuando está dentro prepara café, barre suelos, limpia las superficies. La casa ya nunca está limpia de verdad, porque Lorraine trabaja a jornada completa en el hotel y no la han reemplazado. Sin ella, ya no es un lugar agradable en el que vivir. A veces Marianne va a pasar el día a Dublín, y se pasea con Joanna por la Hugh Lane con los brazos al aire, bebiendo de botellas de agua. La novia de Joanna, Evelyn, las acompaña cuando no está estudiando o trabajando, y siempre se muestra concienzudamente amable con Marianne y se interesa por saber de su vida. Marianne está tan feliz por Joanna y Evelyn que se siente afortunada hasta de verlas juntas, hasta de oír a Joanna al teléfono diciéndole alegremente a Evelyn: Vale, te quiero, hasta luego. Para Marianne es una ventana a la felicidad real, aunque una que ella misma no puede abrir ni tampoco cruzar.

La semana pasada fue con Connell y Niall a una manifestación contra la guerra en Gaza. Había miles de personas, portando carteles, megáfonos y pancartas. Marianne quería que su vida significase algo, quería acabar con toda la violencia que cometían los fuertes contra los débiles, y recordó un tiempo, años atrás, en el que se había sentido tan inteligente, joven y poderosa que casi podría haber logrado tal cosa, pero ahora sabía que no tenía el más mínimo poder, y que viviría y moriría en un mundo de violencia extrema contra los inocentes, y que como mucho podría ayudar únicamente a un puñado de personas. Era dificilísimo reconciliarse con la idea de ayudar solo a unos pocos, antes preferiría no ayudar a nadie que hacer algo tan pequeño y tan insuficiente, pero eso tampoco podía ser. La manifestación fue muy ruidosa y lenta, una multitud de personas tocando tambores y coreando consignas al unísono, equipos de sonido que se encendían y apagaban con un chisporroteo. Marcharon por el puente O'Connell, con el Liffey deslizándose lentamente bajo sus pies. Hacía calor, a Marianne se le quemaron los hombros.

Esa noche Connell la llevó en coche a Carricklea, pese a que ella había dicho que cogería el tren. Estaban los dos muy cansados en el camino de vuelta. Cuando cruzaban por Longford con la radio encendida, sonaba una canción de los White Lies que había sido popular en los tiempos del instituto, y sin tocar el dial ni elevar la voz para que se le oyera por encima del sonido de la radio, Connell dijo: Sabes que te quiero. No dijo nada más. Marianne dijo que también lo quería, y él asintió y siguió conduciendo como si no hubiese pasado nada en absoluto, como así era, en cierto modo.

El hermano de Marianne trabaja ahora para el consejo del condado. Llega por la noche y ronda por toda la casa buscándola. Desde su cuarto sabe que es él porque siempre lleva los zapatos puestos dentro de casa. Si no consigue encontrarla en el salón o la cocina, llama a la puerta de su cuarto.

Solo quiero hablar contigo, dice. ¿Por qué actúas como si tuvieses miedo de mí? ¿Podemos hablar un segundo?

Y entonces ella tiene que abrir la puerta, y él quiere que vuelvan sobre alguna discusión que han tenido la noche anterior, y ella le dice que está cansada y que quiere dormir un poco, pero él no se irá hasta que ella le diga que lamenta que discutieran, así que le dice que lo siente, y él responde:

Crees que soy una persona horrible.

Marianne se pregunta si será verdad.

Intento ser amable contigo, dice él, pero tú siempre cargas contra mí.

Ella no cree que eso sea cierto, pero sabe que probablemente él piensa que sí. En general la cosa no va a más, es eso todo el tiempo, nada más que eso, y largos días de entre semana pasando trapos por superficies y escurriendo estropajos empapados en el fregadero.

Connell vuelve arriba y le lanza un polo de hielo envuelto en plástico brillante. Ella lo atrapa y se lo lleva directo a la mejilla, donde el frío irradia agradablemente. Él se sienta de nuevo apoyado contra el cabecero y se pone a desenvolver el suyo.

¿Ves alguna vez a Peggy en Dublín?, pregunta ella. ¿O a alguna de esa gente?

Connell lo piensa, sus dedos hacen crujir el envoltorio de plástico.

No, responde. Pensaba que te habías discutido con ellos, ¿no es así?

Solo pregunto si hablas con ellos alguna vez.

No. No tendría mucho que decirles si los viera.

Marianne abre el envoltorio de plástico y saca el polo, naranja con crema de vainilla. En la lengua, diminutos copos de hielo transparente y sin sabor.

Lo que oí es que Jamie no estaba muy contento, añade Connell.

Creo que iba diciendo cosas bastante desagradables de mí.

Sí. Bueno, yo no hablé con él directamente, claro. Pero me quedó la impresión de que iba diciendo cosas, sí.

Marianne arquea las cejas, como si eso la divirtiera. Al principio, cuando se enteró de los rumores que circulaban sobre ella, no le había hecho ninguna gracia. Le preguntaba a Joanna sin parar: quiénes hablaban de ello, qué habían dicho. Joanna no le contaba nada. Le decía que en cuestión de semanas todo el mundo habría pasado a otro tema.

La gente es muy infantil en sus actitudes hacia la sexualidad, dijo Joanna. Seguro que su obsesión por tu vida sexual es más fetichista que nada que tú hayas hecho.

Marianne fue incluso a ver a Lukas y le hizo borrar todas las fotografías que tenía de ella, ninguna de las cuales había colgado nunca en internet. La vergüenza la envolvió como una mortaja. Apenas podía ver a través de ella. La tela no dejaba pasar su respiración, le picaba en la piel. Era como si su vida hubiese acabado. ¿Cuánto duró ese sentimiento? ¿Dos semanas, algo más? Y luego desapareció, y un breve capítulo de su juventud quedó cerrado, y ella había sobrevivido, se acabó.

No me dijiste nunca nada.

Bueno, oí que Jamie estaba cabreado porque habías cortado con él, y que iba soltando mierda sobre ti. Pero a ver, eso no son ni chismorreos, así es como se comportan los tíos. No sé de nadie que le diese la menor importancia.

Creo que es más un caso de daño a la reputación.

Y entonces ¿cómo es que no ha dañado la de Jamie?, pregunta Connell. Era él quien te hacía todas esas cosas a ti.

Marianne lo mira y ve que ya se ha terminado el polo. Está jugueteando con el palito de madera seco entre los dedos. A ella le queda solo un poco, lo ha lamido hasta dejar un bulbo lustroso de helado de vainilla que brilla a la luz de la lamparilla de noche.

Para los hombres es distinto.

Sí, estoy empezando a pillarlo.

Marianne lame el helado hasta dejar el palo limpio y lo examina unos segundos. Connell no dice nada durante un momento, y luego deja caer:

Está bien que Eric te haya pedido disculpas.

Lo sé, responde Marianne. La verdad es que la gente del instituto ha sido muy agradable conmigo desde que volví. Y eso que no he hecho ningún esfuerzo por verlos.

A lo mejor deberías.

¿Por qué? ¿Te parece que estoy siendo desagradecida?

No, solo me refiero a que debes de sentirte un poco sola.

Ella guarda silencio un momento, con el palito entre los dedos índice y corazón.

Estoy acostumbrada. En realidad he estado sola toda la vida.

Connell asiente, con el ceño fruncido.

Sí. Sé a qué te refieres.

Tú no te sentías solo con Helen, ¿no?

No lo sé. A veces. No me sentía siempre del todo yo mismo cuando estaba con ella.

Marianne se tiende boca arriba, la cabeza apoyada en la almohada, las piernas desnudas estiradas sobre la colcha. Mira fijamente la lámpara del techo, la misma pantalla de años atrás, de un verde polvoriento.

Connell, ¿sabes anoche, cuando estábamos bailando?

Sí.

Por un momento Marianne solo quiere quedarse ahí tumbada, prolongando ese intenso silencio con la mirada clavada en la lámpara, disfrutando de la cualidad sensorial de volver a estar ahí en ese cuarto con él, haciéndole hablar; pero el tiempo avanza.

¿Qué pasa con eso?, pregunta Connell.

¿Hice algo que te molestara?

No. ¿A qué te refieres?

Cuando te marchaste y me dejaste ahí, explica Marianne. Me sentí un poco incómoda. Pensé que a lo mejor habías ido a buscar a esa tal Niamh o algo, por eso te preguntaba por ella. No sé.

No me marché. Te pregunté si te apetecía salir a la zona de fumadores y me dijiste que no.

Ella se sienta apoyada sobre los codos y lo mira. Connell está ruborizado, tiene las orejas rojas.

No me lo preguntaste. Dijiste: Voy a salir a la zona de fumadores, y te fuiste.

No, te pregunté si querías venir, y tú dijiste que no con la cabeza.

A lo mejor no te oí bien.

Debió de ser eso. Recuerdo perfectamente habértelo preguntado. Pero la música estaba muy alta, para ser justos.

Se sumen en un nuevo silencio. Marianne se vuelve a tumbar en la cama, mira la luz, nota cómo se le enciende la cara.

Pensaba que estabas enfadado conmigo.

Vaya, lo siento. No estaba enfadado.

Y tras una pausa él añade:

Creo que nuestra amistad sería mucho más fácil si... bueno, si ciertas cosas fuesen de otra manera.

Marianne se lleva la mano a la frente. Connell calla.

¿Si qué fuese de otra manera?

No sé.

Lo oye respirar. Siente que lo ha arrinconado en la conversación, y no quiere presionarlo más de lo que lo ha presionado ya.

Ya lo sabes, no te voy a engañar, dice Connell. Es evidente que siento cierta atracción hacia ti. No intento buscar excusas. Es solo que tengo la sensación de que las cosas no serían tan confusas si en nuestra relación no hubiese ese otro elemento de por medio.

Marianne baja la mano a las costillas, siente la lenta elevación del diafragma.

¿Crees que sería mejor si no hubiésemos estado nunca juntos?, le pregunta.

No lo sé. A mí me cuesta imaginarme cómo sería la vida entonces. En plan, no sé a qué universidad habría ido ni dónde estaría ahora mismo.

Ella no dice nada, deja que ese pensamiento dé unas vueltas en su cabeza, con la mano apoyada en el abdomen.

Es curioso, prosigue Connell, las decisiones que tomamos porque nos gusta alguien y que hacen que nuestra vida sea completamente distinta. Creo que estamos en esa edad rara en que la vida puede cambiar muchísimo en función de pequeñas decisiones. Pero tú has sido una muy buena influencia para mí en conjunto; es decir, está claro que soy mejor persona ahora, creo. Gracias a ti.

Marianne se queda quieta, respirando. Le arden los ojos, pero no hace ningún gesto de tocárselos.

El tiempo que estuvimos juntos en el primer año de carrera, ¿te sentiste solo?

No, ¿y tú?

No. Me sentía frustrada a veces, pero no sola. Nunca me siento sola cuando estoy contigo.

Ya. Fue una especie de época perfecta en mi vida, a decir verdad. No creo que antes de aquello hubiese sido feliz nunca.

Ella presiona fuerte con su mano en el abdomen, expulsando todo el aire de su cuerpo, y luego inspira.

Anoche deseaba de verdad que me besaras, dice Marianne.

Oh.

El pecho de Marianne vuelve a hincharse y deshincharse lentamente.

Yo también quería, dice él. Supongo que no nos entendimos.

Bueno, no pasa nada.

Connell se aclara la garganta.

No sé qué es lo mejor para nosotros. Obviamente, me hace sentir bien que me digas todo esto. Pero, al mismo tiempo, las cosas entre nosotros siempre han terminado un poco mal. Ya me entiendes, eres mi mejor amiga, no querría perderte por ningún motivo.

Claro, comprendo lo que dices.

A Marianne se le han humedecido los ojos y tiene que frotárselos para impedir que caigan las lágrimas.

¿Lo puedo pensar?, pregunta Connell.

Por supuesto.

No quiero que creas que no valoro todo esto.

Ella asiente, frotándose la nariz con los dedos. Se pregunta si podría girarse de lado de cara a la ventana para que Connell no la viese.

Me has ayudado mucho, continúa diciendo él. Con la depresión y todo eso, no quiero entrar demasiado en el tema, pero me has ayudado muchísimo.

No me debes nada.

No, ya lo sé. No quería decir eso.

Marianne se sienta en la cama, baja los pies al suelo, hunde la cara entre las manos.

Me está entrando ansiedad, dice él. Espero que no sientas que te estoy rechazando.

No te angusties. No pasa nada. Tendría que irme ya a casa, si te parece bien.

Te puedo llevar.

No hace falta que te pierdas la segunda parte. Iré andando, no hay problema.

Empieza a ponerse los zapatos.

La verdad, se me había olvidado que había partido, dice Connell, pero no se levanta ni va a buscar las llaves.

Marianne se pone de pie y se alisa la falda. Él está sentado en la cama, mirándola, con una expresión atenta, casi nerviosa, en la cara.

Vale, dice ella. Adiós.

Hace ademán de cogerla de la mano y ella se la da sin pensar. Connell la sostiene un segundo, acariciándole los nudillos con el pulgar. Luego se lleva la mano de Marianne a los labios y la besa. Se siente agradablemente abrumada bajo el peso de su poder sobre ella, bajo la profundidad enorme y extática de su voluntad de complacerlo.

Qué bien, dice ella.

Él asiente, y Marianne nota un leve y placentero dolor en su interior, en la pelvis, en la espalda.

Solo estoy nervioso. Creo que es bastante evidente que no quiero que te vayas.

Ella dice con un hilo de voz:

A mí no me parece nada evidente qué es lo que quieres.

Connell se levanta y se coloca frente a ella. Como un animal amaestrado, Marianne se queda inmóvil, cada uno de sus nervios erizados. Querría soltar un gemido. Connell posa las manos en sus caderas y ella deja que la bese en la boca. La sensación es tan extrema que se siente desvanecer.

Lo deseo tanto, dice.

Me encanta oírte decir eso. Voy a apagar la tele, si te parece.

Marianne se sienta en la cama mientras él apaga el televisor. Luego se sienta a su lado y se besan de nuevo. Su tacto tiene un efecto narcótico sobre ella. Un grato atontamiento la invade, arde en deseos de quitarse la ropa. Se echa sobre la colcha y él se inclina sobre ella. Han pasado años. Nota la polla de Connell presionando con fuerza contra su cadera y se estremece con la fuerza extenuante de su deseo.

Hummm. Te he echado de menos, dice él.

No es así con otra gente.

Bueno, a mí me gustas mucho más que otra gente.

La besa otra vez y Marianne siente sus manos recorriéndole el cuerpo. Toda ella es un abismo en el que él puede sumergirse, un espacio vacío esperando que él lo llene. A tientas, mecánicamente, empieza a quitarse la ropa, y oye cómo Connell se desabrocha el cinturón. El tiempo parece elástico, se alarga con cada sonido y movimiento. Se tumba boca abajo y hunde la cara en el colchón, y él le acaricia el muslo por detrás. Su cuerpo no es más que una posesión, y pese a que ha ido de mano en mano y lo han maltratado de diversas maneras, le ha pertenecido siempre a él, y Marianne tiene ahora la sensación de estar devolviéndoselo.

De hecho, no tengo condones, dice él.

No pasa nada, me estoy tomando la píldora.

Connell le acaricia el pelo. Ella nota las yemas de sus dedos rozándole la nuca.

¿Quieres así?, pregunta él.

Como tú quieras.

Él se pone encima, una mano apoyada en el colchón junto a su cara, la otra hundida en su pelo.

Llevo un tiempo sin hacer esto, le dice.

No pasa nada.

Cuando entra dentro de ella, Marianne oye su propia voz gritando una y otra vez, unos gritos extraños y descarnados. Quiere agarrarse a él pero no puede, y nota cómo su mano derecha se clava inútilmente en la colcha. Connell inclina la cabeza para acercarse a su oído.

¿Marianne?, le dice. ¿Podemos volver a hacer esto, en plan, el fin de semana que viene, y el otro?

Siempre que quieras.

Él la coge del pelo, sin tirar, solo lo recoge en la mano.

¿Siempre que quiera, de verdad?

Puedes hacer conmigo lo que quieras.

Él emite un ruido gutural, entra en ella un poco más fuerte.

Eso me gusta.

La voz de Marianne suena ronca ahora:

¿Te gusta que te diga eso?

Sí, mucho.

¿Me dirás que soy tuya?

¿A qué te refieres?

Ella no responde, tan solo respira con fuerza contra la colcha y nota su propio aliento en la cara. Connell se detiene, esperando a que ella diga algo.

¿Me pegarás?

Durante unos segundos Marianne no oye nada, ni siquiera lo oye respirar.

No, dice él. No creo que quiera pegarte. Lo siento.

Ella guarda silencio.

¿Te parece bien?

Ella sigue sin decir nada.

¿Quieres que paremos?

Marianne asiente. Nota el peso de Connell apartándose de ella. Se siente de nuevo vacía, fría de repente. Él se sienta en la cama y se tapa con la colcha. Ella sigue tumbada boca abajo, sin moverse, incapaz de pensar en ningún movimiento que resulte aceptable.

¿Estás bien?, le pregunta Connell. Siento no querer hacer eso, es solo que pienso que sería raro. Es decir, no raro, pero… no sé. Creo que no sería buena idea.

A Marianne le duelen los pechos de estar así tumbada y le pica la cara.

¿Crees que soy rara?

No he dicho eso. Solo me refiero a que, ya me entiendes, no quiero que las cosas se pongan raras entre nosotros.

Marianne nota un calor terrible, un ardor amargo, por toda la piel y en los ojos. Se sienta, vuelta hacia a la ventana, y se aparta el pelo de la cara.

Creo que me voy a ir a casa, si te parece.

Claro. Si es lo que quieres.

Busca su ropa y se la pone. Él también comienza a vestirse, dice que al menos la llevará a casa, pero ella le responde que quiere caminar. La situación se convierte en una competición absurda para ver quién se viste más rápido, y Marianne, que lleva ventaja, termina primero y sale corriendo escaleras abajo. Para cuando Connell llega al descansillo ella está ya cerrando la puerta principal. Fuera en la calle, se siente una niña caprichosa por cerrarle así la puerta mientras él corría por el descansillo. Algo se ha apoderado de ella, no sabe qué. Le recuerda a la sensación que solía experimentar en Suecia, una especie de nada, como si no hubiese vida en su interior. Odia a la persona en que se ha convertido y no siente que tenga poder alguno para cambiar nada de sí misma. Ahora es alguien que hasta Connell encuentra repugnante, ha cruzado la línea de lo tolerable para él. En el instituto estaban ambos en el mismo punto, los dos confusos y en cierto modo sufriendo, y desde entonces ella siempre había creído que si lograban regresar juntos a aquel lugar todo volvería a ser lo mismo. Ahora sabe que en los años que han pasado Connell ha ido adaptándose poco a poco al mundo, un proceso de adaptación constante aunque doloroso a veces, mientras que ella ha ido degenerando, alejándose cada vez más y más de lo sano, convertida en algo corrompido hasta lo irreconocible, y han terminado por no tener nada en común.

Cuando entra en casa son las diez pasadas. El coche de su madre no está en la entrada, y dentro el pasillo está fresco y suena a vacío. Se quita las sandalias y las deja en el zapatero, cuelga el bolso del perchero, se peina el pelo con los dedos.

Al fondo del pasillo, Alan aparece por la puerta de la cocina con un botellín de cerveza en la mano.

¿Dónde cojones estabas?

En casa de Connell.

Alan se planta delante de la escalera, balanceando la botella a un lado.

No deberías ir ahí.

Ella se encoge de hombros. Sabe que se acerca un enfrentamiento, y no puede hacer nada por detenerlo. Se aproxima ya hacia ella desde todas direcciones, y no hay ningún movimiento especial, ningún gesto evasivo, que la pueda ayudar a escapar de él.

Creía que te caía bien, dice Marianne. Te caía bien cuando íbamos al instituto.

Ya, ¿cómo iba yo a saber que estaba mal de la cabeza? Está tomando medicación y todo eso, ¿lo sabías?

Ahora mismo está bastante recuperado, creo.

¿Y por qué te busca entonces?

Supongo que eso tendrás que preguntárselo a él.

Marianne intenta avanzar hacia las escaleras, pero Alan apoya la mano que tiene libre en la barandilla.

No quiero que la gente vaya diciendo por el pueblo que ese colgado se está tirando a mi hermana.

¿Puedo irme ya, por favor?

Alan agarra el botellín con fuerza.

No quiero que te vuelvas a acercar a ese. Te aviso. La gente del pueblo va hablando de ti.

No me puedo imaginar cómo sería mi vida si me preocupara lo que la gente piensa de mí.

Antes de que ella pueda darse cuenta de lo que está pasando, Alan levanta el brazo y le lanza el botellín. Se estrella a su espalda, contra las baldosas. A cierto nivel, sabe que su hermano no debía tener intención de darle, están solo a unos pasos de distancia y ha fallado de mucho. Aun así, pasa junto a él a la carrera y sube las escaleras. Siente su cuerpo corriendo a través del fresco aire del interior. Él da media vuelta y la sigue, pero Marianne consigue meterse en su cuarto y apoyarse contra la puerta antes de que la alcance. Alan intenta girar el pomo y ella tiene que hacer esfuerzos para impedirle que abra. Luego la emprende a patadas contra la puerta. El cuerpo de Marianne vibra con la adrenalina.

¡Tú, pedazo de friki! ¡Abre la puta puerta, yo no he hecho nada!

Con la frente apoyada en el suave grano de la madera, Marianne le pide a gritos:

Por favor, déjame en paz. Vete a la cama, ¿vale? Yo limpiaré lo de abajo, no le diré nada a Denise.

¡Abre la puerta!

Marianne empuja con todo el peso de su cuerpo contra la puerta, las manos aferradas firmemente al pomo, los ojos cerrados con fuerza. Desde bien pequeña su vida ha sido anormal, lo sabe. A estas alturas, el tiempo ha cubierto gran parte, del mismo modo que las hojas cubren al caer un pedazo de tierra y terminan por fundirse con el suelo. Las cosas que le pasaron entonces han quedado enterradas en la tierra de su cuerpo. Trata de ser buena persona. Pero en el fondo sabe que es una mala persona, que está corrompida, torcida, y que todos sus esfuerzos por ser una persona correcta, por tener las opiniones correctas, por decir las cosas correctas, esos esfuerzos no hacen más que disfrazar lo que hay enterrado en su interior, su lado malvado.

De pronto nota cómo el pomo le resbala de la mano y, antes de que pueda apartarse, la puerta se abre de golpe. Oye un crujido cuando impacta contra su cara, luego nota una sensación extraña dentro de la cabeza. Da unos pasos atrás mientras Alan entra en el cuarto. Hay un zumbido, pero no es tanto un sonido como una sensación física, como la fricción de dos placas metálicas imaginarias en algún lugar de su cráneo. Le gotea la nariz. Sabe que Alan ha entrado en el cuarto. Se lleva la mano a la cara. La nariz le gotea de un modo terrible. Aparta la mano y ve que tiene los dedos cubiertos de sangre, sangre templada, húmeda. Alan está diciendo algo. La sangre tiene que estar saliendo de su cara. Su visión se desliza en diagonal y el zumbido aumenta.

¿Ahora me vas a echar la culpa de esto?, dice Alan.

Marianne se lleva la mano de nuevo a la nariz. La sangre brota a tal velocidad que no puede contenerla con los dedos. Le corre por la boca y le resbala por la barbilla, la nota. Ve cómo aterriza en goterones sobre las fibras azules de la moqueta.

Cinco minutos más tarde

(JULIO DE 2014)

En la cocina, Connell saca una lata de cerveza de la nevera y se sienta a la mesa para abrirla. Al cabo de un minuto, la puerta principal se abre y se oyen las llaves de Lorraine.

Hola, dice él, lo bastante alto para que ella lo oiga.

Lorraine entra y cierra la puerta de la cocina. Sus pasos suenan pegajosos sobre el linóleo, como el sonido pastoso de unos labios al separarse. Connell repara en una gruesa polilla que descansa en la pantalla de la lámpara, inmóvil. Lorraine apoya la mano suavemente en su cabeza.

¿Ya se ha ido Marianne a casa?

Sí.

¿Cómo ha quedado el partido?

No lo sé. Creo que han ido a penaltis.

Lorraine aparta una silla y se sienta a su lado. Empieza a quitarse las horquillas del pelo y las va dejando sobre la mesa. Él da un trago de cerveza y deja que se caliente en la boca antes de tragársela. La polilla agita las alas en el techo. La persiana que hay sobre el fregadero está subida, y fuera se ve la silueta negra y difusa de los árboles recortada contra el cielo.

Yo me lo he pasado bien, gracias por preguntar, dice Lorraine.

Perdón.

Se te ve un poco desanimado. ¿Ha pasado algo?

Él niega con la cabeza. La semana pasada Yvonne le dijo que estaba «haciendo progresos». Los profesionales de la salud mental están siempre usando ese vocabulario aséptico, palabras que han dejado limpias como una pizarra, desprovistas de connotación, asexuales. Yvonne le preguntó por su sentimiento de «pertenencia».

Me dijiste que te sentías atrapado entre dos lugares, que no encajabas realmente en casa pero tampoco aquí. ¿Te sientes así todavía?

Él se encogió de hombros. La medicación sigue haciendo su trabajo químico en el cerebro, da igual lo que él diga o haga. Todas las mañanas se levanta y se ducha, se presenta a trabajar en la biblioteca, no fantasea con tirarse de un puente. Toma la medicación, la vida sigue.

Cuando tiene las horquillas ordenadas sobre la mesa, Lorraine empieza a soltarse el pelo con los dedos.

¿Te has enterado de que Isa Gleeson está embarazada?

Sí, sí.

Tu antigua amiga.

Connell coge la lata de cerveza y la sopesa en la mano. Isa fue su primera novia, su primera exnovia. Solía llamar al fijo de casa por las noches, después de que cortaran, y lo cogía Lorraine. Desde su cuarto, arriba, tapado con las sábanas, oía la voz de Lorraine diciendo: Lo siento, cariño, ahora mismo no se puede poner. A lo mejor puedes hablar con él en el instituto. En aquella época llevaba aparatos en los dientes, seguramente ya no. Isa… sí. Era muy tímido con ella. Hacía auténticas tonterías para ponerlo celoso, pero luego se hacía la inocente, como si no fuese evidente para ambos lo que pretendía: a lo mejor creía de verdad que él no se daba cuenta, o a lo mejor ella misma no era consciente. Connell no lo soportaba. Se fue alejando de ella más y más hasta que al final le dijo, con un mensaje de texto, que no quería seguir siendo su novio. Llevaba años sin verla.

No sé por qué quiere tenerlo, dice él. ¿Crees que es una de esas antiabortistas?

Ah, ¿ese es el único motivo por el que las mujeres tienen hijos? ¿Por alguna clase de postura política retrógrada?

Bueno, por lo que he oído no está con el padre. No sé si tiene trabajo siquiera.

Yo no tenía trabajo cuando te tuve a ti, dice Lorraine.

Connell mira fijamente la intrincada tipografía en blanco y rojo de la lata de cerveza, la orla de la B dibujando un bucle hacia atrás y hacia dentro, de vuelta hacia sí misma.

¿Y no te arrepientes?, le pregunta. Ya sé que intentarás no herir mis sentimientos, pero, sinceramente, ¿no crees que tu vida podría haber sido mejor si no hubieses tenido un hijo?

Lorraine se vuelve hacia él y le clava la mirada, con el rostro paralizado.

Oh, Dios. ¿Por qué? ¿Marianne está embarazada?

¿Qué? No.

Ella se echa a reír, se lleva la mano al pecho.

Menos mal. Dios.

O sea, doy por hecho que no, añade. Y si lo estuviera no tendría nada que ver conmigo.

Su madre guarda silencio un momento, con la mano todavía en el pecho, y luego dice diplomáticamente:

Bueno, eso no es asunto mío.

¿Qué quieres decir? ¿Crees que miento? No está pasando nada entre nosotros, te lo aseguro.

Lorraine no dice nada durante un momento. Connell da otro trago de cerveza y deja la lata sobre la mesa. Es irritante al máximo que su madre piense que Marianne y él están juntos, cuando lo más parecido a estar juntos a lo que han llegado en años ha sido esa misma noche y la cosa ha terminado con él llorando solo en su cuarto.

Entonces tú vienes a casa cada fin de semana solo para ver a tu queridísima madre, ¿no?

Connell se encoge de hombros.

Si no quieres que venga, no vengo.

Ah, no digas eso.

Lorraine se levanta a llenar el hervidor. Él la mira distraído mientras mete la bolsa de té en su taza favorita, y luego se frota los ojos de nuevo. Tiene la sensación de que ha arruinado la vida de todos aquellos a los que, siquiera de pasada, ha caído bien alguna vez.

En abril, Connell mandó uno de sus relatos, el único realmente terminado, a Sadie Darcy-O'Shea. Ella le respondió por e-mail en menos de una hora:

Connell es increíble! déjanos publicarlo por favor! bss

Cuando leyó el mensaje, el pulso le martilleó por todo el cuerpo, ruidoso y potente como una máquina. Tuvo que echarse a mirar el techo. Sadie era la editora de la revista literaria de la universidad. Al fin se sentó y le respondió:

Me alegro de que te haya gustado, pero no creo que sea lo bastante bueno para publicarlo todavía, gracias igualmente.

Al momento, Sadie insistió:

POR FAVOR? BSS

Connell sentía todo su cuerpo aporreando como una cinta transportadora. Hasta entonces nadie había leído nunca una sola palabra de su trabajo. Era un nuevo y agreste paisaje de experiencia. Estuvo un rato dando vueltas por el cuarto mientras se masajeaba el cuello. Luego le escribió:

Ok, qué te parece esto, lo puedes publicar con seudónimo. Pero también tienes que prometerme que no le dirás a nadie quién lo ha escrito, ni siquiera al resto de gente que edita la revista, ¿vale?

Sadie respondió:

Jaja qué misterioso, me encanta! gracias, querido! tu secreto
está a salvo bss

Su relato apareció, sin corregir, en el número de mayo de
la revista. Encontró un ejemplar en el edificio de arte la mañana que se imprimió, y fue pasando las hojas hasta llegar a la
página en que aparecía el relato, bajo el seudónimo «Conor
McCready». Ni siquiera parece un nombre de verdad, pensó.
A su alrededor, en el edificio de arte, la gente iba entrando en
fila a las clases matutinas, charlando café en mano. Solo en la
primera página del texto, Connell encontró dos erratas. Tuvo
que cerrar la revista unos segundos y respirar hondo varias
veces. Los estudiantes y profesores siguieron desfilando por su
lado, ajenos a su agitación. Abrió de nuevo la revista y siguió
leyendo. Otra errata. Quería arrastrarse debajo de una planta
y esconderse en un agujero bajo tierra. Y ahí se acabó, fue el
fin del suplicio de publicar. Como nadie sabía que había escrito el relato, no pudo sondear la respuesta, y ni un alma vino
a decirle nunca si lo consideraba bueno o malo. Con el tiempo comenzó a creer que solo había salido publicado porque
a Sadie le faltaba material de cara al cierre de la edición. En
general, la experiencia le había causado mucho más sufri-
miento que placer. Sin embargo, conservó dos ejemplares de
la revista, uno en Dublín y otro en casa, debajo del colchón.

¿Cómo es que Marianne se ha marchado tan temprano?, pregunta Lorraine.

No lo sé.

¿Es por eso por lo que estás de ese humor de perros?

¿Qué insinúas? ¿Que estoy aquí suspirando por ella, es eso?

Lorraine abre las manos como diciendo que no lo sabe, y
luego se sienta de nuevo a esperar a que el agua rompa a hervir. Connell está avergonzado, y eso le enfada. Sea lo que sea
lo que hay entre Marianne y él, nunca ha salido nada bueno
de ello. Solo ha servido para traerle confusión y tristeza a

todo el mundo. No puede ayudar a Marianne, no importa lo que haga. Hay en ella algo aterrador, un vacío enorme en lo más profundo de su ser. Es como esperar a que llegue el ascensor y que no haya nada cuando se abren las puertas, solo el vacío terrible y oscuro del hueco de la cabina, prolongándose hasta el infinito. Le falta alguno de esos instintos primarios, autodefensa o autoconservación, que hace comprensibles al resto de los seres humanos. Te apoyas esperando cierta resistencia, y todo vence bajo tu peso. Aun así, Connell se postraría y moriría por ella en cualquier momento, y eso es lo único que sabe de sí mismo que le hace sentir que vale la pena como persona.

Lo que ha pasado hoy era inevitable. Sabe cómo se lo podría presentar a Yvonne, o incluso a Niall, o a algún otro interlocutor imaginario: Marianne es masoquista y Connell es un tipo demasiado majo como para pegar a una mujer. Esta es, a fin de cuentas, la interpretación literal del incidente. Ella le ha pedido que le pegue, y cuando él le ha dicho que no, ella no ha querido seguir haciéndolo. De modo que ¿por qué, a pesar de la fidelidad de los hechos, esta le parece una forma poco honesta de narrar lo sucedido? ¿Cuál es el elemento que falta, la parte omitida de la historia que explica lo que les afecta a ambos? Tiene que ver con su historia en común, lo sabe. Es consciente desde el instituto del poder que tiene sobre ella. De la manera en que ella reacciona a su mirada o al contacto de su mano. De la manera en que su cara se ruboriza, y ella se queda muy quieta como esperando a recibir una orden. De su natural tiranía sobre alguien que parece, a ojos de los demás, tan invulnerable. Nunca ha sido capaz de aceptar la idea de perder ese poder sobre ella, como la llave de una casa vacía, disponible para su uso futuro. De hecho, lo ha alimentado, y sabe que es así.

¿Qué les queda, entonces? No parece que exista ya posibilidad de un punto intermedio. Han pasado demasiadas cosas entre ellos. Entonces ¿se ha terminado y ya no son nada? ¿Y en que se traduciría eso, lo de no ser nada para ella? Podría evitarla, pero tan pronto la volviese a ver, aunque cruzaran apenas una mirada a las puertas de una sala de conferencias, esa mirada no podría no contener nada. Y no querría jamás que fuera así. Había deseado sinceramente morir, pero nunca había deseado sinceramente que Marianne se olvidase de él. Esa es la única parte de sí mismo que quiere proteger, la parte de él que existe dentro de ella.

El agua empieza a hervir. Lorraine recoge la hilera de horquillas en la palma de la mano, las encierra en su puño y se las guarda en el bolsillo. Luego se levanta, llena la taza de té, añade leche y guarda de nuevo la botella en la nevera. Connell la mira.

Bueno, dice ella. Hora de acostarse.

Vale. Que duermas bien.

Oye la mano de ella en el pomo de la puerta, pero esta no se abre. Connell se vuelve y ve a Lorraine ahí de pie, mirándolo.

Y por cierto, no me arrepiento, dice. De haber tenido un hijo. Fue la mejor decisión que he tomado en la vida. Te quiero más que a nada en el mundo y estoy muy orgullosa de que seas mi hijo. Espero que lo sepas.

Él la mira. Se aclara rápidamente la garganta.

Yo también te quiero.

Buenas noches, pues.

Cierra la puerta tras ella. Connell oye sus pasos por las escaleras. Cuando han pasado unos minutos, se levanta, vacía los restos de cerveza en el fregadero y deja la lata sin hacer ruido en el cubo de reciclaje.

Sobre la mesa, el móvil empieza a sonar. Está puesto en modo vibración, de modo que se desplaza en pequeñas sacudidas por el tablero, reflejando la luz. Se acerca a cogerlo antes de que caiga por el borde, y ve que es Marianne quien llama. Se queda parado un momento, mirando la pantalla. Finalmente, desliza el botón de responder.

Hey, dice.

Oye su respiración trabajosa al otro lado de la línea. Le pregunta si está bien.

Perdona, de verdad, dice ella. Me siento una idiota.

Su voz en el teléfono suena empañada, como si tuviese un fuerte resfriado, o algo en la boca. Connell traga saliva y va hacia la ventana de la cocina.

¿Por lo de antes?, pregunta. Yo también le he estado dando vueltas.

No, no es eso. Es una tontería. Me he tropezado o algo y me he hecho un poco de daño. Siento molestarte con esto. No es nada. Es solo que no sé qué hacer.

Connell apoya la mano en el fregadero.

¿Dónde estás?

Estoy en casa. No es grave, solo que me duele, nada más. Ni siquiera sé qué hago llamándote. Lo siento.

¿Puedo ir a buscarte?

Ella calla un momento. Luego, con voz apagada, responde: Sí, por favor.

Voy para allá. Cojo el coche ahora mismo, ¿vale?

Sujetando el móvil entre la oreja y el hombro, busca su zapato izquierdo debajo de la mesa y se lo pone.

Eres muy amable, le dice Marianne al oído.

Nos vemos en unos minutos. Estoy saliendo ya, ¿vale? Hasta ahora.

Una vez fuera, entra en el coche y arranca el motor. La radio se pone en marcha y la apaga de un manotazo. Le cuesta respirar. Después de solo una cerveza se nota ido, no lo bastante alerta, o demasiado alerta, con los nervios erizados. El coche está demasiado silencioso, pero no soporta la idea de poner la radio. Se nota las manos sudorosas en el volante. Al girar a la izquierda para entrar en la calle de Marianne, ve que hay luz en la ventana de su dormitorio. Pone el intermitente y aparca en el camino de entrada desierto. Cuando cierra la puerta del coche tras de sí, el ruido resuena en la fachada de piedra de la casa.

Llama al timbre, y casi al instante la puerta se abre. Marianne está de pie ahí, la mano derecha en la puerta, la izquierda cubriéndole la cara, con un pañuelo de papel arrugado entre los dedos. Tiene los ojos hinchados, como si hubiese estado llorando. Connell se fija en que su camiseta, su falda y parte de la muñeca izquierda están salpicadas de sangre. Las proporciones del entorno visual a su alrededor se enfocan y desenfocan con un temblor, como si alguien hubiese cogido el mundo entre las manos y lo hubiese agitado con fuerza.

¿Qué ha pasado?

Detrás de ella, se oyen unos pasos estrepitosos bajando los escalones. Connell, como si contemplara la escena a través de una especie de telescopio cósmico, ve aparecer al hermano de Marianne al pie de la escalera.

¿Por qué tienes sangre?, le pregunta Connell.

Creo que me he roto la nariz.

¿Quién es ese?, grita Alan. ¿Quién hay en la puerta?

¿Necesitas ir al hospital?

Ella niega con la cabeza, dice que no hace falta ir a urgencias, que lo ha mirado en internet. Puede ir al médico mañana si todavía le duele. Connell asiente.

¿Ha sido él?

Ella asiente. Sus ojos tienen una expresión asustada.

Métete en el coche, dice Connell.

Ella lo mira, sin mover las manos. Todavía tiene la cara tapada con el pañuelo. Él agita las llaves.

Ve, dice.

Marianne retira la mano de la puerta y extiende la palma. Connell le da las llaves y ella, sin dejar de mirarlo, sale de la casa.

¿Adónde vas?, pregunta Alan.

Connell cruza el umbral y se planta delante de la puerta. Una bruma de colores difusos barre el camino de entrada mientras ve cómo Marianne sube al coche.

¿Qué está pasando aquí?, dice Alan.

Cuando está a salvo dentro del coche, Connell cierra la puerta principal, de modo que ahora Alan y él están solos.

¿Qué estás haciendo?

Connell, con la mirada todavía más borrosa, no tiene claro si Alan está furioso o asustado.

Tengo que hablar contigo, dice Connell.

Su visión oscila de un modo tan violento que tiene que apoyar una mano en la puerta para tenerse recto.

Yo no he hecho nada, dice Alan.

Connell camina hacia él hasta que Alan termina con la espalda contra la barandilla. Parece más pequeño ahora, y atemorizado. Llama a su madre, volviendo la cabeza con el cuello tensado al límite, pero no aparece nadie en las escaleras. Connell tiene la cara empapada en sudor. La de Alan solo es visible como un dibujo de puntos coloreados.

Si vuelves a tocar a Marianne, te mato, dice Connell. ¿Vale? Eso es todo. Vuelve a hablarle mal una sola vez y vendré aquí y te mataré, punto.

Aunque no ve ni oye demasiado bien, tiene la impresión de que Alan se ha echado a llorar.

¿Lo has entendido? Di sí o no.

Alan dice:

Sí.

Connell da media vuelta, sale por la puerta y la cierra a su espalda.

En el coche Marianne espera en silencio, una mano apretada contra la cara, la otra lánguida sobre el regazo. Connell se sienta al volante y se seca la boca con la manga. Se aíslan juntos en el silencio compacto del coche. La mira. Está un poco encorvada hacia delante, como si le doliera.

Perdona por molestarte, dice. Lo siento. No sabía qué hacer.

No me pidas disculpas. Has hecho bien en llamarme, ¿vale? Mírame un momento. Nadie te va a volver a hacer daño.

Marianne lo mira por encima del velo de papel blanco, y Connell siente de nuevo, en una rafaga, el poder que tiene sobre ella, la franqueza en sus ojos.

Todo va a ir bien. Confía en mí. Te quiero. No voy a permitir que te pase algo así nunca más.

Durante un segundo o dos ella le sostiene la mirada, y luego, al fin, cierra los ojos. Se recuesta en el asiento del pasajero, apoyada en el reposacabezas, la mano presionando todavía el pañuelo contra la cara. A Connell le parece una expresión de extremo agotamiento, o de alivio.

Gracias, dice Marianne.

Él arranca el coche y sale del camino de entrada. Su visión se ha aposentado, los objetos adquieren de nuevo forma sólida ante sus ojos, ya puede respirar. En lo alto, los árboles agitan alguna que otra hoja plateada en silencio.

Siete meses más tarde

(FEBRERO DE 2015)

En la cocina, Marianne vierte agua caliente sobre el café. El cielo se ve bajo y lanudo por la ventana, y mientras el café infusiona se acerca y apoya la frente en el cristal. Poco a poco, el vapor de su aliento va ocultando la vista de la universidad: los árboles se difuminan, la antigua biblioteca se transforma en una nube densa. Los alumnos cruzan la plaza central con abrigos de invierno, los brazos cruzados, desaparecen tras las manchas borrosas y luego se esfuman por completo. A Marianne ya no la admiran ni la injurian. La gente se ha olvidado de ella. Ahora es una persona normal. Pasa caminando y nadie se vuelve a mirarla. Va a nadar a la piscina de la universidad, come en el refectorio con el pelo húmedo, se pasea por el campo de críquet por la noche. Dublín le parece extraordinariamente hermosa cuando el tiempo está húmedo, la forma en que la piedra gris se oscurece hasta ennegrecer y la lluvia se desliza sobre la hierba y susurra sobre las tejas mojadas. Los chubasqueros reluciendo en la tonalidad submarina de las farolas. La lluvia plateada como calderilla bajo el fulgor de las luces del tráfico.

Limpia la ventana con la manga y va a por tazas al armario. Hoy le toca trabajar de diez a dos y luego tiene un seminario sobre la Francia moderna. En el trabajo responde e-mails informando de que su jefe está ocupado y no le es posible concertar una reunión. No tiene muy claro a qué se dedica él exactamente. Nunca tiene tiempo de reunirse con ninguna de las personas que quieren verlo, de modo que Marianne ha llegado a la conclusión de que o bien anda muy ajetreado, o bien está permanentemente ocioso. Cuando aparece por la oficina, a menudo enciende un cigarrillo con aire provocador, como para ponerla a prueba. Pero ¿cuál es la naturaleza de la prueba? Ella se queda allí sentada a su escritorio, respirando como siempre. A él le gusta hablar de lo inteligente que se considera. Resulta aburrido escucharlo, pero no agotador. Cuando termina la semana, le entrega un sobre lleno de billetes. Joanna se sorprendió al enterarse. ¿Qué hace pagándote en efectivo?, le preguntó. ¿Es un traficante de drogas o algo? Marianne le respondió que creía que era una especie de promotor inmobiliario. Ah, dijo Joanna. Uf, mucho peor.

Marianne filtra el café y llena dos tazas. En una: una cuarta parte de una cucharada de azúcar, una pizca de leche. En la otra café solo, sin azúcar. Las pone en la bandeja como de costumbre, cruza el pasillo con pasos silenciosos y llama a la puerta con la esquina de la bandeja. No hay respuesta. Se apoya la bandeja en la cadera con la mano izquierda y abre la puerta con la derecha. En el cuarto hay un olor denso, como a sudor y alcohol rancio, y las cortinas amarillas que cubren la ventana de guillotina siguen echadas. Despeja una zona del escritorio y deja ahí la bandeja, y luego se sienta en la silla con ruedas a beberse su café. Sabe algo amargo, no muy distinto del aire que la rodea. Este es para Marianne un momento agradable del día, antes de ir a trabajar. Cuando su taza está vacía, alarga la mano y levanta una punta de la cortina. La luz blanca baña el escritorio.

Al poco, desde la cama, Connell dice:

Ya estoy despierto.

¿Cómo te encuentras?

Bien, sí.

Ella le acerca la taza de café solo sin azúcar. Connell rueda en la cama y se vuelve hacia ella con los ojos diminutos y entrecerrados. Marianne se sienta en el colchón.

Siento lo de anoche, dice él.

A Sadie le gustas, ¿lo sabes?

¿Tú crees?

Connell apoya la almohada en el cabecero de la cama y coge la taza de manos de Marianne. Después de un largo sorbo, la mira de nuevo, todavía con los ojos tan entornados que el izquierdo está cerrado del todo.

No es ni lo más remotamente mi tipo, dice él.

No sé nunca contigo.

Él niega con la cabeza, da otro gran sorbo de café, traga.

Sí que lo sabes, replica Connell. Te gusta pensar que la gente es misteriosa, pero lo cierto es que yo no lo soy.

Ella medita sobre esto mientras él se termina la taza de café.

Supongo que todo el mundo es un misterio en cierto modo, dice al fin. Es decir, nunca puedes conocer del todo a otra persona, y esas cosas.

Ya. Pero ¿tú piensas eso de verdad?

Es lo que dicen.

¿Qué es lo que yo no sé de ti?, le pregunta él.

Marianne sonríe, bosteza y levanta las manos al tiempo que se encoge de hombros.

La gente es mucho más fácil de conocer de lo que pensamos, añade él.

¿Me puedo duchar yo primero o quieres entrar tú?

No, ve tú. ¿Puedo usar tu portátil para mirar el correo y demás?

Claro, tú mismo.

En el baño, la luz es azulada y aséptica. Marianne desliza la puerta de la mampara y abre el grifo, espera a que el agua salga caliente. Entretanto, se cepilla los dientes rápido, escupe la espuma blanca limpiamente por el desagüe y luego se suelta el pelo que lleva recogido en la nuca. Después se quita el camisón y lo cuelga detrás de la puerta del baño.

En noviembre, cuando el nuevo editor de la revista literaria de la universidad renunció, Connell se ofreció a ocupar su puesto hasta que encontraran a otra persona. Meses después todavía no se ha presentado nadie, así que Connell sigue editando él mismo la revista. Anoche fue la fiesta de lanzamiento del nuevo número, y Sadie Darcy-O'Shea llevó una fuente llena de ponche de vodka de color rosa brillante con trocitos de fruta flotando. A Sadie le gusta asomar por estos eventos para estrechar afectuosamente el brazo de Connell y entablar conversaciones privadas con él en torno a su «carrera». Anoche Connell bebió tanto ponche que se cayó al suelo cuando intentaba levantarse del asiento. Para Marianne fue en cierto modo culpa de Sadie, pese a que, por otra parte, era innegable que la culpa era de Connell. Más tarde, cuando Marianne lo llevó a casa y lo metió en la cama, él le pidió un vaso de agua, que se derramó por encima y sobre la colcha antes de caer desmayado.

El verano anterior había leído por primera vez uno de los relatos de Connell. Sentarse allí con esas páginas impresas, plegadas por la esquina superior izquierda a falta de grapas, le proporcionó una noción muy particular de él como persona. Por un lado se sintió muy cercana a él mientras leía, como si estuviese contemplando sus pensamientos más íntimos, pero también hizo que lo sintiera lejos, concentrado en una tarea compleja él solo, una tarea de la que ella jamás podría formar parte. Por descontado, tampoco Sadie podría formar nunca parte de ella, no verdaderamente, pero al menos era escritora, y escondía también una vida imaginaria propia. La vida de Marianne transcurre estrictamente en el mundo real, poblado de individuos reales. Piensa en Connell diciendo: La gente es mucho más fácil de conocer de lo que pensamos. Pero, aun así, él tiene algo de lo que ella carece, una vida interior que no incluye al otro.

Antes Marianne se preguntaba a menudo si él la quería de verdad. En la cama Connell le decía en tono cariñoso: Ahora vas a hacer exactamente lo que yo diga, ¿a que sí? Sabía cómo darle lo que ella quería, cómo hacer que se abriera, dejarla débil, desvalida, a veces llorando. Connell había entendido que no era necesario hacerle daño: podía conseguir que se sometiera por propia voluntad, sin violencia. Todo esto parecía tener lugar en el nivel más profundo de su personalidad. Pero ¿y en su caso? ¿Era solo un juego, o un favor que le hacía a Marianne? ¿Lo sentía él, lo sentía igual que ella? Todos los días, en las actividades cotidianas de sus vidas, Connell mostraba paciencia y consideración hacia los sentimientos de ella. La cuidaba cuando estaba enferma, leía los borradores de sus trabajos académicos, se sentaba a escucharla mientras hablaba de sus ideas, rebatiéndose a sí misma en voz alta y cambiando de opinión. Pero ¿la amaba? A veces a Marianne le entraban ganas de decirle: ¿Me echarías de menos, si me perdieras para siempre? Se lo había preguntado una vez en la urbanización fantasma, cuando eran solo unos críos. Él le había dicho que sí, pero en aquella época ella era lo único que tenía, la única cosa que tenía solo para él, y nunca volvería a ser así.

A principios de diciembre, sus amigos comenzaron a preguntarles por sus planes navideños. Marianne no había vuelto a ver a su familia desde el verano. Su madre no había intentado contactar con ella en ningún momento. Alan le había enviado algún mensaje del tipo: Mamá no piensa hablarte, dice que eres una deshonra. Marianne no había respondido. Había ensayado mentalmente qué clase de conversación tendría con su madre cuando esta la llamara al fin, qué acusaciones se harían, qué verdades defendería ella. Pero nunca sucedió. Su cumpleaños llegó y pasó sin noticias de casa. Y de pronto estaban en diciembre, y Marianne planeaba quedarse sola en la universidad durante las navidades y trabajar un poco en la tesis que estaba escribiendo sobre las instituciones penitenciarias irlandesas tras la independencia. Connell quería que fuese a Carricklea con él. A Lorraine le encantaría que te quedases en casa, le dijo. La llamaré, tendrías que hablar con ella. Al final fue Lorraine quien llamó a Marianne y la invitó personalmente a quedarse con ellos en Navidad. Marianne, confiando en que Lorraine sabía lo que era apropiado, aceptó.

En el trayecto en coche desde Dublín, Connell y ella hablaron sin parar, bromeando y poniendo voces graciosas para hacerse reír el uno al otro. Recordándolo ahora, Marianne se pregunta si tal vez estaban nerviosos. Cuando llegaron a Foxfield ya había oscurecido y las ventanas estaban plagadas de luces de colores. Connell sacó sus bolsas del maletero y las entró en casa. En el salón, Marianne se sentó junto al fuego mientras Lorraine preparaba el té. Las luces del árbol, apretujado entre la televisión y el sofá, parpadeaban siguiendo patrones repetitivos. Connell salió de la cocina con una taza de té para ella y la dejó en el reposabrazos de su sillón, y antes de sentarse se detuvo a recolocar una tira de espumillón. Quedaba mucho mejor donde él la había puesto. A Marianne le ardían la cara y las manos de estar junto al fuego. Lorraine entró en el salón y se puso a contarle a Connell qué parientes habían estado ya de visita, cuáles vendrían al día siguiente y demás. Marianne se sentía tan relajada que casi deseaba cerrar los ojos y dormir.

La casa de Foxfield era todo ajetreo en Navidad. Por la noche, ya tarde, la gente iba y venía, enarbolando surtidos de galletas en cajas de lata y botellas de whisky. Los niños pasaban corriendo a la altura de las rodillas soltando gritos ininteligibles. Una noche alguien trajo una PlayStation, y Connell estuvo despierto hasta las dos de la mañana jugando al FIFA con uno de sus primos pequeños, sus cuerpos verdosos a la luz de la pantalla, una expresión de intensidad casi religiosa en la cara de Connell. Marianne y Lorraine pasaban la mayor parte del tiempo en la cocina, enjuagando vasos sucios en el fregadero, abriendo cajas de chocolatinas, rellenando una y otra vez el hervidor de agua. En una ocasión oyeron una voz exclamando desde el salón: ¿Connell tiene novia? Y otra voz respondió: Sí, está en la cocina. Lorraine y Marianne intercambiaron una mirada. Luego oyeron una breve estampida de pasos, y un adolescente apareció en la puerta de la cocina con una camiseta del United. Tan pronto vio a Marianne, que estaba de pie ante el fregadero, le entró la timidez y agachó la cabeza. Hola, lo saludó Marianne. Él respondió con un rápido movimiento de cabeza, sin mirarla, y luego emprendió su penosa retirada hasta el salón. A Lorraine aquello le pareció graciosísimo.

La víspera de Año Nuevo vieron a la madre de Marianne en el supermercado. Llevaba un traje oscuro con una blusa de seda amarilla. Siempre perfectamente «arreglada». Lorraine la saludó educadamente y Denise pasó de largo, sin decir palabra, la mirada al frente. Nadie sabía qué agravio creía que se había cometido contra ella. En el coche, después de comprar, Lorraine se giró en el asiento del pasajero para apretarle la mano a Marianne. Connell arrancó el motor.

¿Qué piensa de ella la gente del pueblo?, preguntó Marianne.

¿De quién, de tu madre?, dijo Lorraine.

O sea, ¿cómo la ve la gente?

Con una expresión compasiva, Lorraine le respondió dulcemente:

Supongo que la consideran un poquito rara.

Era la primera vez que Marianne oía eso, o que pensaba siquiera en ello. Connell no intervino en la conversación. Esa noche quería ir al Kelleher's a celebrar la Nochevieja. Le dijo que iba a ir toda la gente del instituto. Marianne sugirió que ella se quedaría en casa, y él pareció considerarlo un momento antes de decir:

No, tendrías que salir.

Ella se tumbó boca abajo en la cama mientras él se cambiaba de camisa.

Dios me libre de desobedecer una orden, dijo.

Él buscó su mirada en el espejo.

Exacto.

El Kelleher's estaba abarrotado esa noche y un calor húmedo flotaba en el ambiente. Connell tenía razón, todos los del instituto estaban allí. No pararon de saludar a gente de lejos agitando los brazos y articulando con los labios. Karen los vio en la barra y corrió a abrazar a Marianne. Olía a un perfume suave pero muy agradable.

Me alegro tanto de verte…, le dijo Marianne.

Venid a bailar con nosotros, dijo Karen.

Connell llevó sus copas escaleras abajo, hasta la pista de baile, donde estaban Rachel y Eric, y Lisa y Jack, y Ciara Heffernan, que era de un curso inferior. Por alguna razón, Eric les hizo una burlona reverencia sin saber muy bien por qué. Seguramente iba borracho. Había demasiado ruido para mantener una conversación normal. Connell le sostuvo la copa a Marianne mientras ella se quitaba el abrigo y lo guardaba debajo de una mesa. Nadie bailaba, en realidad, solo estaban plantados, hablándose a gritos al oído. De vez en cuando Karen hacia un gracioso movimiento de boxeo, como si estuviese golpeando el aire. Otra gente se les unió, incluida alguna que Marianne no había visto nunca, y todos se abrazaban y gritaban cosas.

A medianoche, cuando todos celebraban la llegada del Año Nuevo, Connell cogió a Marianne entre sus brazos y la besó. Ella sintió, como una presión física sobre la piel, que los demás los miraban. Tal vez no se lo habían terminado de creer hasta entonces, o quizá persistía aún una morbosa fascinación sobre algo que en su día había sido escandaloso. Tal vez solo sentían curiosidad por ver la química entre dos personas que, al parecer, a lo largo de varios años, no habían sido capaces de dejar de cruzarse en la vida del otro. Marianne tenía que reconocer que, seguramente, también ella les habría echado algún vistazo. Cuando se separaron, Connell la miró a los ojos y le dijo: Te quiero. Ella reía, con la cara ruborizada. Estaba en su poder, él había decidido redimirla, y ella se había redimido. Era tan insólito que Connell se comportara de ese modo en público que debía de estar haciéndolo a propósito, para complacerla. Qué extraño para Marianne sentirse tan completamente bajo el control de otra persona, y al mismo tiempo qué normal. Nadie puede ser absolutamente independiente de los demás, así que por qué no desistir del intento, pensó, por qué no correr en dirección opuesta, apoyarse en la gente para todo y dejar que ellos se apoyen en ti, por qué no. Sabe que Connell la quiere, ya no tiene dudas al respecto.

Sale de la ducha y se envuelve en la toalla de baño azul. El espejo está empañado. Abre la puerta y él la mira desde la cama.

Hola, dice ella.

El aire estancado del cuarto le enfría la piel. Connell está sentado en la cama con el portátil en el regazo. Marianne va a la cajonera, coge ropa interior limpia y empieza a vestirse mientras él la mira. Cuelga la toalla de la puerta del armario y pasa los brazos por las mangas de una camisa.

¿Pasa algo?

Me acaba de llegar un e-mail.

Ah. ¿De quién?

Connell mira sin habla el portátil y luego otra vez a ella. Tiene los ojos rojos y soñolientos. Marianne se está abrochando los botones de la camisa. Él tiene las rodillas plegadas debajo de la colcha, la pantalla resplandece en su cara.

Connell, ¿de quién?

De una universidad de Nueva York. Por lo visto me ofrecen una plaza en el MFA. Ya sabes, el programa de escritura creativa.

Ella se queda quieta. Tiene el pelo aún mojado, calando lentamente la tela de la blusa.

No me habías dicho que te hubieses presentado.

Él se limita a mirarla en silencio.

O sea, felicidades, añade ella. No me sorprende que te hayan aceptado, es solo que me sorprende que no me lo mencionaras.

Él asiente, la cara inexpresiva, y vuelve a mirar la pantalla del portátil.

No sé. Tendría que habértelo dicho, pero, sinceramente, me pareció una posibilidad muy remota.

Bueno, eso no es motivo para no contármelo.

Da igual. Tampoco voy a ir. No sé ni para qué presenté la solicitud.

Marianne descuelga la toalla de la puerta del armario y la usa para masajearse lentamente las puntas del cabello. Se sienta en la silla del escritorio.

¿Sabía Sadie que te habías presentado?

¿Qué? ¿Por qué me preguntas eso?

¿Lo sabía?

Bueno, sí, responde él. Pero no veo qué importancia tiene.

¿Por qué se lo dijiste a ella y a mí no?

Connell suspira, frotándose los ojos con la punta de los dedos, y luego se encoge de hombros.

No lo sé. Fue ella la que me dijo que escribiera. A mí me pareció una estupidez, la verdad, por eso no te lo conté.

¿Estás enamorado de ella?

Connell le clava la mirada desde la otra punta del cuarto, sin moverse y sin apartar los ojos de ella durante varios segundos. Cuesta saber qué es lo que expresa su cara. Al final, Marianne aparta la vista para recolocar la toalla.

¿Estás de broma?, dice él.

¿Por qué no respondes a la pregunta?

Estás mezclando cosas, Marianne. A mí Sadie no me gusta ni como amiga, ¿vale?, la verdad es que me saca de quicio. No sé cuántas veces tengo que decírtelo. Y siento no haberte contado lo de la solicitud, pero, a ver, ¿cómo te hace llegar eso a la conclusión de que estoy enamorado de otra persona?

Marianne sigue pasándose la toalla por las puntas del cabello.

No sé, dice al cabo. A veces tengo la sensación de que quieres estar con gente que te entienda.

Pues claro, contigo. Si tuviese que hacer una lista de la gente que no me entiende ni por el más mínimo asomo, Sadie estaría arriba de todo.

Marianne calla de nuevo. Connell cierra el portátil.

Siento no haberte dicho nada, ¿vale? A veces me da vergüenza contarte ese tipo de cosas porque parecen tonterías.

Para ser sincero, te sigo viendo superior a mí y no quiero que pienses que soy... yo qué sé, un iluso.

Marianne estruja el pelo a través de la toalla, notando la textura burda y granulosa de las fibras.

Deberías ir. A Nueva York, me refiero. Tendrías que aceptar la oferta, deberías ir.

Connell no responde. Ella levanta la vista. La pared a su espalda se ve amarilla como una porción de mantequilla.

No, responde él al fin.

Estoy segura de que te darían alguna beca.

¿Por qué me dices esto? Pensaba que querías quedarte aquí el próximo año.

Yo me puedo quedar y tú puedes ir. Es solo un año. Creo que deberías hacerlo.

Él suelta un ruidito extraño y confuso, casi una risa. Se masajea el cuello. Marianne deja la toalla y empieza a desenredarse el pelo con cuidado.

Eso es absurdo. No me voy a ir a Nueva York sin ti. Ni siquiera estaría aquí si no fuese por ti.

Es verdad, piensa Marianne, no estaría aquí. Estaría en cualquier otra parte, viviendo una vida distinta. Hasta su forma de relacionarse con las mujeres sería distinta, igual que sus aspiraciones en el amor. Y también Marianne sería una persona completamente distinta. ¿Habría llegado alguna vez a ser feliz? ¿Y qué clase de felicidad habría sido? Todos estos años Connell y ella han sido como dos plantitas compartiendo el mismo trozo de tierra, han crecido el uno en torno al otro, retorciéndose para hacerse sitio, adoptando posturas improbables. Pero al final ella lo ha ayudado, ha hecho posible una nueva vida para él, y siempre podrá sentirse bien por ello.

Te echaría demasiado de menos, dice Connell. Me deprimiría, la verdad.

Al principio. Pero luego iría a mejor.

Se quedan sentados en silencio. Marianne sigue pasándose el cepillo metódicamente por el pelo, buscando a tientas los nudos y luego, despacio, con paciencia, desenredándolos. Ya no tiene sentido ser impaciente.

Sabes que te quiero, dice Connell. No voy a sentir nunca lo mismo por otra persona.

Ella asiente, de acuerdo. Él está diciendo la verdad.

Para ser sincero, no sé qué hacer. Dime que me quede y me quedaré.

Marianne cierra los ojos. Probablemente no volverá, piensa. O volverá, cambiado. Lo que tienen ahora no volverán a tenerlo nunca más. Pero para ella el dolor de la soledad no será nada comparado al dolor que sentía antes, el de sentir que no merecía nada. Connell le ha traído el regalo de la bondad, y ahora esta le pertenece. Y mientras, la vida se despliega ante él en todas las direcciones a la vez. Se han hecho mucho bien el uno al otro. Es así, piensa, es así. Las personas pueden transformarse de verdad unas a otras.

Tienes que ir. Yo siempre estaré aquí. Lo sabes.

AGRADECIMIENTOS

Gracias: en primer lugar a John Patrick McHugh, que apoyó
esta novela desde mucho antes de que terminara de escribir-
la, y que con sus conversaciones y consejos contribuyó de un
modo tan esencial a su desarrollo; a Thomas Morris, por sus
atentos y detallados comentarios sobre el manuscrito; a David
Hartery y Tim MacGabhann, que leyeron los primeros borradores de los capítulos iniciales de la novela y me brindaron
sus sabias recomendaciones; a Ken Armstrong, Iarla Mongey
y todos los miembros del grupo de escritores de Castlebar,
por apoyarme desde mis comienzos en la escritura; a Tracy
Bohan, por hacerlo prácticamente todo menos escribir el libro; a Mitzi Angel, que ha hecho de esta una novela mejor y
de mí una mejor escritora; a la familia de John; a mi familia,
y en particular a mis padres; a Kate Oliver y Aoife Comey,
como siempre, por su amistad; y a John, por todo.